L'appel du dragon

Tome 1
Aloha Shifters : Les Joyaux du cœur

Anna Lowe

Contents

Contents   i

Autres titres de la même série   iii

Chapitre 1   1

Chapitre 2   13

Chapitre 3   25

Chapitre 4   31

Chapitre 5   43

Chapitre 6   61

Chapitre 7   71

Chapitre 8   83

Chapitre 9   101

Chapitre 10   111

Chapitre 11   121

Chapitre 12   131

Chapitre 13   139

Chapitre 14   151

Chapitre 15   163

Chapitre 16   175

Chapitre 17   183

Chapitre 18   195

Chapitre 19   213

Aperçu: L'appel du loup   229

Par Anna Lowe   231

À propos d'Anna Lowe   239

Chapitre 1

Tessa avança de deux pas hésitants vers le portail ouvragé de l'allée privée et s'arrêta. Allait-elle vraiment le faire ?

« Tu peux leur faire confiance », avait dit Ella. Ella, la voisine qui était arrivée pile au bon moment et lui avait sauvé la vie.

Tessa se mordit la lèvre. Son T-shirt était déchiré à l'épaule et elle avait mal à la gorge depuis son agression. Ses doigts tremblaient toujours et son esprit était hanté par des visions d'une bête terrifiante. Comment pourrait-elle faire confiance à quelqu'un après ce qui s'était passé moins de vingt-quatre heures auparavant ?

Tu dois leur faire confiance. Personne d'autre ne peut te protéger de ce monstre.

Les grillons stridulaient dans la végétation luxuriante et une chauve-souris passa juste au-dessus de sa tête, petite tache noire sur le ciel obscur. Les palmiers oscillaient dans la brise tropicale, comme en écho aux paroles d'Ella. *Personne d'autre. Il n'y a personne d'autre.*

Tessa frissonna malgré la douceur de la soirée, refusant de se fier à ses propres sens. Certes, elle entendait le murmure rassurant de la mer sur la plage. Certes, le reflet scintillant de la lune sur le Pacifique devrait être apaisant, tout comme le parfum suave des hibiscus. Or, même l'île paradisiaque de Maui pouvait essayer de la duper. Des cauchemars risquaient de rompre cette paix profonde ; des cauchemars plus vrais que nature qu'elle ne parvenait pas à chasser de ses souvenirs, en dépit de ses efforts. Elle voyait toujours les yeux luisants de la créature qui l'avait attaquée.

À moi. Tu seras à moi, retentissait encore la voix assourdissante dans sa tête.

Elle prit une grande inspiration et jeta un œil par-dessus son épaule, regrettant d'avoir renvoyé le taxi. Ces dernières vingt-quatre heures étaient passées en un coup de vent. Elle avait à peine dormi, et la peur palpitait dans ses veines comme un poison. Comment savoir à qui faire confiance ?

Elle pencha la tête en arrière vers les étoiles et déglutit. Elle était seule, en pleine nuit, dans un coin reculé de Maui, hors des sentiers battus, et elle s'apprêtait à frapper à la porte d'un parfait inconnu pour lui demander de l'aide.

Un inconnu très riche, à en juger par le portail. Il y avait un motif intriqué au centre, mais elle avait du mal à distinguer les détails. Des volutes. Des dents. Un instant... était-ce... une queue ? Bon sang, était-ce un dragon ou avait-elle la berlue ?

Elle chassa cette pensée et s'efforça de réfléchir. Un portail aussi impressionnant devait protéger une sacrée propriété, un domaine en bord de mer à Maui, dont l'adresse avait suscité un sifflement admiratif chez le chauffeur de taxi quand elle la lui avait donnée à l'aéroport.

— Le domaine Koa Point, lui avait-il dit. Vous avez des amis haut placés, mademoiselle.

Tessa se mordilla la lèvre. Ce n'étaient pas des amis. C'étaient de parfaits inconnus. De toute façon, l'homme qui l'avait agressée à Phoenix était riche, lui aussi. Ce n'était pas parce qu'on était riche qu'on était digne de confiance... ni même humain.

Un tremblement l'ébranla quand les ongles de son agresseur lui revinrent en mémoire, transformés en griffes, tendues vers elle.

À moi. Tu seras à moi.

Elle secoua la tête et fit demi-tour pour rejoindre la route. Qui savait quels secrets étaient tapis derrière ce portail ? Ce serait plus sûr pour l'instant de retourner à Lahaina et de trouver un hôtel. Après une bonne nuit de sommeil, elle aurait toujours le temps de...

Les faisceaux lumineux de deux phares l'éblouirent et un moteur puissant vrombit dans l'allée. Tessa se figea lorsqu'une

Jaguar de collection roula jusqu'à elle, s'arrêtant à sa hauteur. Pendant un moment, rien ne se produisit, et elle songea à détaler, mais ses jambes étaient enracinées dans le sol.

La portière du conducteur s'ouvrit et un homme de grande taille en sortit. Tessa plissa les yeux dans la lumière pendant une longue minute pour tenter de discerner ses traits, alors qu'il restait là, debout, à la dévisager.

— Tu as pris ta décision ?

Sa voix tonitruante la fit sursauter.

Tessa serra son sac contre sa poitrine.

— Qui êtes-vous ?

Il s'avança, un petit sourire aux lèvres.

— Toi, qui es-tu ?

Elle essaya de formuler une réponse, mais ses lèvres tremblaient, tout comme le reste de son corps. Cet homme était-il un allié potentiel ou un ennemi mortel ?

Ses cheveux foncés et ses yeux d'un bleu intense contrastaient avec le blanc pur de sa chemise à col ouvert. Ses traits anguleux projetaient leurs propres ombres sur son visage. Grand et imposant, il semblait parfaitement à l'aise au cœur de la nuit.

Un vampire ! lui hurla son subconscient. *Ce doit être un vampire.*

Elle rejeta cette idée une seconde plus tard. Un vampire dégagerait forcément des ondes inquiétantes. En dépit de ses vêtements bien taillés, il émanait de cet homme une bestialité indomptable, comme celle d'un lion ou d'un loup. Un prédateur tout aussi capable d'arracher un à un les membres de son ennemi que de protéger son être aimé.

Un petit frisson se déversa dans sa colonne vertébrale.

Elle essaya de réprimer cette sensation et de rassembler ses pensées. Elle doutait qu'il s'agisse d'un vampire. Ella l'avait envoyée chez un groupe de métamorphes, n'est-ce pas ?

— Je m'appelle Tessa. Tessa Byrne.

Elle n'avait pas eu l'intention de lui donner son nom complet, mais tant pis. Il y avait une autorité si féroce chez cet homme, sans compter le fait qu'il était d'une beauté aveuglante malgré la pénombre de la nuit, qu'elle sentit ses neurones court-circuiter.

— Alors, Tessa, susurra-t-il comme s'il savourait un nouveau brandy. Tu as pris ta décision ?

— Quelle décision ? demanda-t-elle en reculant d'un pas.

— Si tu entres ou si tu pars.

Entre, lui dictait une partie de son cerveau. Celle qui ne pouvait s'empêcher de remarquer le relief de ses muscles sous le tissu fin de sa chemise.

Pars ! hurlait la partie terrorisée de son âme. *Va-t'en, et vite !*

Mais elle ne bougea pas. Elle en était incapable. Ou bien, elle n'en avait pas envie, car cela signifierait qu'elle le perdrait de vue. Elle se retrouverait seule, alors que son instinct lui intimait de rester.

— Je… je ne sais pas trop.

Bon sang, elle avait horreur d'être aussi timorée. Toute sa vie, elle avait été pleine d'assurance, compétente et forte. Mais depuis qu'elle avait été attaquée par cette chose pas tout à fait humaine, elle était complètement déboussolée.

Il la dévisagea pendant une minute avant de reprendre la parole. Une minute au cours de laquelle ses yeux parcoururent son corps et ses narines frémirent. Un peu comme l'avait fait son agresseur, et en même temps, d'une manière bien différente. Pour une raison qui lui échappait, cet inconnu la mettait à l'aise, tandis qu'elle s'était méfiée de celui qui l'avait attaquée, et ce bien avant qu'il ne révèle sa véritable nature.

Quand l'homme la regarda dans les yeux, son cœur s'emballa, lourd dans sa poitrine, et une sensation proche de la douleur s'insinua sous ses côtes. Un désir puissant, inexplicable, comme si elle était passée à côté de quelque chose de capital toute sa vie et qu'elle en prenait conscience seulement maintenant.

— Qu'est-ce que tu fais ici ? demanda-t-il.

Elle se secoua de sa torpeur et se posa la même question. Une douce brise marine lui effleura les joues, lui rappelant à quoi cet « *ici* » correspondait. Maui. Une île minuscule en plein Pacifique. Y serait-elle en sécurité ?

— C'est Ella qui m'envoie. Elle m'a dit de venir à Koa Point et de demander de l'aide. Elle m'a dit de vous expliquer ce qu'il s'est passé.

— Et que s'est-il passé ?

— J'ai été attaquée par Damien Morgan. Hier soir, à Phoenix.

Elle avait tout débité d'un trait et, devant l'absence de réaction de l'inconnu, elle commença à paniquer. Avait-elle dit quelque chose de travers ?

C'est alors qu'elle se rendit compte qu'il s'était complètement figé et que son regard n'était plus sur elle, mais dardé sur les ténèbres dans son dos.

— Viens avec moi, dit-il sèchement, tapant un code sur le pavé numérique à côté du portail.

Aiguillonnée par la peur, elle se rua vers la voiture. C'est dire à quel point la voix de l'homme était pressante et convaincante.

— Monte, ordonna-t-il en désignant le siège passager.

Ses bras étaient si longs et sculptés qu'elle dut le regarder à deux fois avant d'obéir. Ce type était bâti comme un nageur olympique, mais comme les plus costauds, ceux qui pratiquaient le papillon, avec leurs épaules incroyablement larges et des boules de muscles le long des bras. Alors qu'il se glissait dans la voiture à côté d'elle, il exsudait une puissance à l'état pur.

Il appuya sur le bouton d'une télécommande et grommela dans un interphone quelque chose que Tessa n'entendit pas, avant de démarrer.

Elle se cramponna à son siège en cuir en se demandant si, tout compte fait, la fuite n'aurait pas été le meilleur choix. À présent il était trop tard.

L'allée était sinueuse et l'enchaînement de virages l'empêchait de voir droit devant. La lune apparaissait par intermittence entre les palmiers, lui offrant un aperçu du paysage varié : des parcelles de gazon parfaitement entretenues entre d'épaisses tiges de bambous et des buissons touffus qui se balançaient sous le murmure du vent. Un virage plus loin, l'allée déboucha sur un long garage à la façade en forme d'arche. On aurait dit une écurie et Tessa se demanda combien de bolides racés dormaient à l'intérieur. L'homme se gara et sortit du véhicule avec agilité.

— Par ici.

Désignant un chemin dallé bordé de palmiers et de bougainvilliers luxuriants, il lui emboîta le pas, assez proche pour la rendre nerveuse, et pourtant sa présence était plus rassurante qu'oppressante. Comme s'il surveillait ses arrières et assurait sa protection.

Néanmoins, lorsqu'ils arrivèrent dans un espace dégagé éclairé par des torches en bambou, Tessa s'arrêta net. Elle s'était attendue à un manoir à couper le souffle, peut-être avec un serviteur ou deux en livrée, et au lieu de ça, elle tomba sur une cahute à trois murs, surmontée d'un toit de chaume et occupée par quatre gardes. Du moins, à leur allure, elle supposa qu'il s'agissait de gardes. Ils étaient costauds, très costauds, sans parler de leurs regards intenses fixés sur elle tandis qu'elle approchait. Leurs bras n'étaient pas ballants, bien au contraire ; ils étaient prêts à se mettre en action. Comme si, au lieu d'atterrir à Hawaï, elle avait débarqué dans une zone de guerre.

Soudain, ce qu'Ella avait dit lui revint à l'esprit.

« Ils font partie des forces spéciales. Enfin, faisaient. Des hommes au passé mouvementé et aux expériences musclées. Mais ne t'y trompe pas. Au fond, ce sont de vrais chiots. »

Tessa était perplexe. Elle aurait plutôt décrit ces hommes comme des rottweilers.

Le plus grand des quatre s'avança et lui indiqua la cabane.

— Entre, dit-il d'une voix rocailleuse.

Comme elle hésitait, celui qui l'avait accueillie au portail l'encouragea d'un signe de tête, avec un geste qui signifiait : *N'aie pas peur. Je te protège.*

Elle aurait pu ronchonner à cette idée, cependant elle le vit fusiller les autres hommes du regard. Une posture caractéristique qui montrait qu'ils signeraient leur arrêt de mort s'ils la touchaient. Elle s'exécuta donc, tout en se demandant pourquoi elle lui faisait déjà confiance. Pourquoi elle faisait confiance à ces hommes.

— Assieds-toi, lui intima le grand type. Vas-y, explique-nous.

C'était un militaire, elle n'en avait aucun doute, même si les lieux n'avaient rien qui évoquait l'armée. La structure en plein air ressemblait à certains appartements de luxe qu'elle avait eu l'occasion de voir, le genre d'endroit avec un vaste agencement ouvert, mais sans les murs. Il y avait un séjour meublé de quatre canapés disposés en carré, et dans un coin, une grande table entourée de lourdes chaises. Une cuisine design s'étendait sur le côté gauche de la structure, assortie d'un îlot et d'un support duquel pendaient des pots en étain. C'était le style de cuisine qu'elle aurait aimé explorer si elle n'avait pas été complètement sur les nerfs. Un gril gigantesque occupait l'un des angles et un réfrigérateur en inox d'une taille démesurée jouxtait un évier très profond. Avec l'absence de murs, la brise marine traversait l'espace, et de simples piliers soutenaient le vaste toit dépassant d'un bon mètre de chaque côté.

C'était un bel endroit. Simple, mais élégant, d'un style purement masculin, comme le rez-de-chaussée d'une fraternité très chic au thème tropical.

Tessa suivit la direction que lui indiquait l'homme et se laissa tomber sur un canapé moelleux, si moelleux que s'ils lui sautaient dessus, elle aurait bien du mal à s'en extirper. Toutefois elle ne s'en souciait presque plus. Dès qu'elle entra en contact avec les coussins confortables, une partie d'elle poussa un soupir, comme si elle venait de retrouver son foyer. Ce qui était stupide, complètement idiot même, venant d'une femme en cavale.

— Sers-lui un verre, ordonna l'homme depuis la porte à l'un de ses camarades.

L'interpellé se déplaça pour obéir, ce qui laissa tout de même pas moins de quatre malabars attroupés autour d'elle. Tessa se mit à trembler. Ses yeux passaient de l'un à l'autre, tandis qu'elle se demandait auquel elle pouvait se fier.

« Des métamorphes », lui avait dit Ella. « Ils sont humains, mais pas tout à fait. »

Elle se serait moquée d'elle si elle n'avait pas eu la preuve terrifiante que de telles créatures existaient bel et bien ; quand elle avait vu Damien Morgan se métamorphoser en dragon.

— C'est bon, les gars, lâcha celui qui avait des cheveux châtain clair.

Il avait parlé d'une voix décidément plus décontractée.

— Commencez par lui laisser de l'espace, ajouta-t-il en souriant. Ne t'inquiète pas. On ne mord pas.

Boone, le méta-loup, retentit la voix d'Ella dans son esprit. *C'est le plus sociable.*

Tessa pinça les lèvres. « Sociable » était un terme relatif, car elle pouvait se l'imaginer tout aussi aisément en train de fondre sur un ennemi en grognant qu'en train de remuer la queue. Finalement, elle se ressaisit parce que... *waouh!* Elle arrivait vraiment à l'imaginer sous la forme d'un loup. Quelque chose dans ses cheveux ébouriffés qui lui tombaient sur les yeux et qui rendait le tableau facile à se représenter. Non pas qu'elle ait déjà eu l'occasion de voir un loup-garou. Bon sang, elle n'avait jamais vu le moindre métamorphe avant hier. Elle n'avait jamais cru non plus en leur existence, d'ailleurs. Mais, maintenant...

Elle regarda autour d'elle. N'importe lequel de ces cinq hommes aurait pu apparaître dans un calendrier des « Beaux Gosses d'Hawaï » ou des « Dieux de l'Armée ». Mais à présent que le monde des métamorphes lui avait été révélé, elle distinguait aussi leur seconde nature. Elle tendit le cou, intriguée par le brun posté près de la porte. Il se tenait cependant derrière elle maintenant... Pour la protéger des autres ou la priver de la moindre possibilité de s'enfuir?

— Tu comptes nous présenter, Kai? demanda Boone avec un sourire digne d'un loup.

Kai. Il s'appelait Kai. Le cœur de Tessa se mit à battre plus vite, comme si elle venait de tomber sur un grand secret, et pas un simple nom.

Kai. Kai. Kai. Elle le chantonna dans son esprit, tout en cherchant désespérément à se rappeler ce qu'Ella avait dit à son sujet. Mais l'homme exerçait une telle fascination sur elle que son cerveau ne parvenait pas à se mettre en route.

— Tessa Byrne.

Sa voix profonde avait retenti dans son dos.

Elle avait toujours pensé qu'elle était facile à oublier, pourtant cet homme s'était rappelé son nom après sa brève mention dans l'obscurité.

Il s'en est souvenu, se dit-elle, éprouvant une minuscule lueur d'espoir malgré sa situation désespérée.

Un espoir qui vola en éclats au moment où un troisième homme grogna.

— Où est-ce que tu l'as trouvée, Kai ? aboya-t-il en la surplombant.

Elle aurait bien aimé voir Kai, mais non. Et ce troisième homme, le chef, à l'évidence, la dévisageait avec une telle intensité qu'elle en eut le souffle coupé. Ses yeux étincelaient et, en les examinant de plus près, elle y décela des flammes. Rouges, jaunes et orange, léchant le fond de ses prunelles.

Silas. La tête du groupe. Forcément. Ce qui signifiait qu'il était un dragon, comme l'homme qui l'avait attaquée.

« Méfie-toi de lui, l'avait prévenue Ella. C'est quelqu'un de bien, mais il a traversé beaucoup d'épreuves et il est irritable. »

Irritable ? Le type était terrifiant.

« Il ne fait pas confiance aux humains », avait ajouté Ella. « Peu de dragons en sont capables. »

Tessa s'enfonça un peu plus dans les coussins. Cela ne devrait-il pas être l'inverse ?

Un vrombissement rauque retentit dans son dos et elle vit Silas détourner son regard noir d'elle pour le braquer sur l'homme qui se tenait derrière elle.

C'était Kai, réalisa-t-elle. Kai, qui grognait en signe d'avertissement. Qui la protégeait une nouvelle fois.

— Je ne l'ai pas trouvée. C'est elle qui nous a trouvés. Et je pense qu'elle est capable de parler pour elle-même, gronda-t-il.

Si Tessa n'avait pas été aussi tendue, elle l'aurait peut-être serré dans ses bras, là, juste ici. Mais qui était Kai, en réalité ? Il ne l'avait pas lâchée des yeux de tout le trajet depuis le garage, elle les avait sentis dans son dos du début à la fin. Ses narines s'étaient aussi dilatées quand il avait flairé son odeur. Quel genre de métamorphe se conduisait ainsi ? Ella avait parlé d'un tigre...

Tessa décida que l'homme resté en retrait dans l'ombre, qui déambulait sur le pourtour de l'espace sans parois, était le tigre.

Cruz.

« Tiens-toi hors de son chemin quand il est dans un de ces mauvais jours », l'avait mise en garde Ella.

Tessa avait juste envie de répliquer que c'était elle qui avait passé une mauvaise journée, mais là, elle garda les lèvres closes. Au cas où.

Kai n'était donc pas le tigre. Elle regarda autour d'elle. Le grand gars costaud qui se tenait deux pas derrière Silas était tout ouïe et ne disait pas grand-chose. Il pouvait passer de féroce à amical d'un infime tressaillement de ses épais sourcils, et il inclinait la tête pendant que les autres parlaient.

Hunter, l'ours. Tout en muscle. Tout en loyauté, mais il a beaucoup souffert.

Elle laissa son regard s'attarder sur lui, juste assez longtemps pour se demander d'où provenait cette souffrance, cependant Kai revint se placer dans son champ de vision et elle ne vit plus que lui.

Il n'était pas plus costaud, plus grand ou plus beau que les autres, pourtant il lui coupait le souffle. Son pouls s'emballa et elle se retrouva à se pencher vers lui. Quel genre de métamorphe était-il ?

Pas un dont il fallait se moquer, c'était une certitude. Il bondit vers Silas et plaqua une main sur son large torse pour l'avertir. Chacun dans cette pièce était aussi tendu qu'elle. Les deux hommes se fusillaient du regard, avec la force de deux ouragans sur le point d'entrer en collision.

Boone, le métamorphe loup, murmura quelque chose d'une voix trop basse pour qu'elle puisse entendre, mais qui avait pour but de calmer les deux autres. L'ours haussa ses épaules, qu'il avait aussi larges que des rochers, et s'approcha encore, prêt à mettre un terme à leur affrontement. Les moustaches du tigre, ou du moins sa barbe de trois jours, tressaillirent et Tessa aurait juré que l'air avait crépité, traversé par un courant d'électricité pure.

— Hé, les gars, lâcha-t-elle sans réfléchir.

Tous les visages se tournèrent vers elle, affichant la plus grande surprise, et la tension baissa d'un cran. Mais quand elle croisa les yeux de Kai, sa propre tempête interne se mit à tourbillonner avec une vitesse accrue. Elle rougit. Le sang pulsa dans ses veines et des visions de nuages orageux traversèrent son esprit en même temps que des rafales hurlantes. Pourquoi réagissait-elle ainsi à lui ?

Soudain, les yeux de Kai étincelèrent comme ceux de Silas, et elle se figea.

« *Kai, un autre dragon* », rappela la voix d'Ella dans sa tête. « *Lié à Silas. Tout aussi dangereux, mais légèrement plus sain d'esprit.* »

Elle les fixa du regard. Des dragons. Bon sang ! Elle avait été attaquée par un dragon moins de vingt-quatre heures plus tôt. Pourquoi son amie lui avait-elle certifié qu'elle serait en sécurité ici, nom d'un chien ? Peut-être faisait-elle partie de la conspiration. Peut-être ne devait-elle pas se fier à Ella. Peut-être...

— Qui t'a envoyée ici ? demanda Silas. Comment as-tu trouvé cet endroit ?

— Grâce à Ella, répondit Tessa, le cœur au bord des lèvres.

Le tigre cessa brusquement ses déambulations et le silence se fit parmi les hommes. Silas haussa les sourcils. Kai lui fit signe de poursuivre d'un hochement de tête.

« Ce sont des types bien », lui avait assuré Ella. « Des hommes honorables, même s'ils sont un peu bruts de décoffrage. Ils ont traversé énormément de choses, survécu à des tas de tragédies. Tu peux leur faire confiance. »

Tessa blêmit. Comment pouvait-elle faire confiance à l'un de ces hommes, et plus encore à Kai ? Les dragons étaient les ennemis, bordel !

Chapitre 2

La voix de la femme tremblait quand elle parlait, mais ses yeux étaient farouches, si bien que le dragon intérieur de Kai vrombissait de fierté. Tout son corps frémissait et il fut pris d'un besoin urgent de se rapprocher d'elle. De la protéger. De la toucher. De lui montrer combien il se souciait d'elle.

Mais il n'osait pas. Pas en présence de ses camarades. Pas alors qu'elle le foudroyait du regard.

Elle est forte. Elle est farouche, ronronnait d'approbation son dragon intérieur.

Elle est humaine, lui rétorqua-t-il.

C'est notre compagne, gronda son animal.

Impossible. C'était impossible !

Mais bon sang, avant même d'avoir vu Tessa, il avait senti sa présence, comme il avait pressenti tous les moments importants de sa vie, une demi-seconde avant qu'ils ne se produisent réellement. C'était comme si le destin lui tapait sur le crâne et lui soufflait de faire attention. Que quelque chose était sur le point de se produire, quelque chose qu'il n'oublierait jamais.

Il avait éprouvé cette sensation le jour où sa mère était morte, ainsi que la veille du jour où il avait été présenté aux hommes qui allaient devenir des frères pour lui. Ce phénomène ne lui était pas arrivé souvent ; juste lors de ces deux événements majeurs de son existence. Et il n'avait jamais été frappé de prémonition concernant une femme, c'était un fait.

Jusqu'à aujourd'hui.

Il la dévisagea. Enfin, pour dire les choses plus exactement, il continua à la dévisager, parce que depuis le début, il était captivé par Tessa. Même sous le clair de lune, il était émerveillé par l'épaisseur de sa crinière rousse. Il était fasciné par sa voix claire, éclatante, même si elle se teintait de peur. Ses yeux verts lui avaient jeté un charme, alors que... Merde ! Ils balayaient à présent la pièce à la recherche d'une échappatoire au lieu de danser sur lui, comme ils l'avaient fait un peu plus tôt.

Son dragon grogna et donna des coups de queue.

Au départ, elle nous faisait confiance. Maintenant, après notre petit cirque, elle a peur.

Ce n'était pas sa faute, nom d'un chien. C'était Silas qui se dressait au-dessus d'elle.

Dans ce cas, pourquoi nous regarde-t-elle comme ça ? demanda son dragon.

— Comment connais-tu Ella ? l'interrogea doucement Boone.

Kai inclina la tête vers le loup ; il était reconnaissant pour le calme et la sérénité de sa présence. Boone avait toujours été comme ça, un peu comme Hunter, l'ours. Ils avaient tous appartenu à des branches de l'armée différentes avant que la chance, ou le destin, ne les réunisse tous les cinq dans une unité d'élite des forces spéciales. Leurs commandants humains n'avaient jamais soupçonné qu'ils étaient des métamorphes et ils avaient veillé à ne pas se trahir. Ensemble, ils avaient fait de leur ramassis de racailles un groupe de soldats aguerris. Aujourd'hui, ils étaient revenus à la vie civile pour tenter de se faire une place dans le monde. Silas était le cerveau de leur petit gang. Kai était la puissance pure, tandis que Boone et Hunter étaient la colle qui les maintenait ensemble. Cruz était leur cœur, même s'il aimait feindre de s'en moquer.

Kai regarda Silas, baissant légèrement le menton à l'attention de son cousin, plus âgé que lui. Ils représentaient tout pour les uns et les autres, même si c'était difficile de s'en souvenir quand leurs dragons intérieurs s'affrontaient.

Et bordel, ce que son dragon était nerveux, ce soir ! D'ordinaire, c'était Silas qui était imprévisible. Pourtant, depuis que Kai avait fait entrer Tessa, son dragon enrageait et hurlait, exigeant que les autres gardent leurs distances.

Tessa déglutit et releva le menton, effrayée, mais l'air défiant.

— Ella vit dans un appartement voisin au mien. Elle est arrivée juste à temps pour me sauver...

— Te sauver ? De qui ? s'enquit Silas.

Le dragon de Kai rugit à la pensée que quelqu'un ait pu menacer Tessa.

— Damien Morgan. Un magnat de l'immobilier venu de Phoenix, dans l'Arizona, qui...

Silas décocha un regard à Kai, alors que la voix de Tessa s'éteignait dans le silence qui s'était abattu sur la pièce.

Kai adressa un petit signe de tête à son cousin.

Oui. Ce putain de Damien Morgan.

Il brûlait de laisser sortir ses serres.

— Vous le connaissez ? demanda Tessa.

Elle fronça alors les sourcils avant de murmurer dans sa barbe.

— Bien sûr que vous le connaissez. C'est un dragon, lui aussi.

Silas lui jeta un regard noir et aboya sans prévenir, ce qui incita Tessa à se rapetisser à nouveau.

— On n'a rien à voir avec Damien ! Rien ! Un sentiment avec lequel Kai était entièrement d'accord, même s'il repoussa Silas et lança un avertissement mental à son cousin.

Arrête de lui flanquer la trouille.

Vous lui flanquez tous les deux la trouille, nuança Boone. *Pourquoi ne pas s'asseoir ?*

Kai baissa les yeux sur ses chaussures, prit une profonde inspiration et s'installa sur le canapé, ni trop loin, ni trop près de Tessa, écartant les bras pour que personne d'autre n'ose faire intrusion dans son espace.

— Comment connais-tu Damien Morgan ?

Tessa eut l'air si démoralisée qu'il eut envie de la serrer et de la bercer contre lui pour la débarrasser de ce sentiment. Mais il y avait peu de chances que cela arrive si elle s'imaginait que tous les dragons étaient comme Damien.

— Je suis cheffe cuisinière et je travaille en freelance, expliqua-t-elle. On avait un contrat stipulant que je devais cuisiner pour lui et, hier, je me suis rendue dans sa nouvelle propriété.

Les oreilles de Hunter s'étaient dressées. Réaction typique d'un ours obsédé par la nourriture. Kai souffla en visualisant l'endroit. Il n'y était jamais allé, cependant il avait vu des photos. Elles avaient figuré en couverture de toutes les revues d'architecture, parce que tout ce que Damien faisait, il le faisait en grand. Ce nid d'aigle, le dernier d'une longue série de propriétés que le métamorphe avait acquises en exclusivité à travers le monde, était à moitié creusé dans la falaise de Camelback Mountain, à Phoenix. Tout de verre et de pierre, doté d'une élégante piscine à débordement, c'était le repaire parfait pour un dragon. Si l'on en croyait les rumeurs qui circulaient parmi leur communauté, il y avait, derrière le manoir, une grotte chargée de trésors indescriptibles. Des trésors que Damien récemment avait volés à la famille de Kai.

Ce dernier grogna, imité par Silas. Tessa ayant cessé de parler, il insista avec douceur :

— Tu t'es rendue dans sa propriété et... ?

— Sa femme de ménage m'a laissée entrer, je ne pensais même pas le rencontrer. Mais il est venu me trouver dans la cuisine, avec une drôle d'expression sur le visage.

Les yeux de Tessa se perdirent dans le vague alors qu'elle ne cessait de tripoter le pendentif qu'elle avait autour du cou.

— Il s'est approché, approché encore et il m'a reniflée...

Elle se tut, les épaules voûtées comme si Damien était là, en train de humer son odeur.

— Ensuite, il m'a obligée à reculer et il a commencé à me dire des trucs insensés. Que j'étais à lui. Qu'il m'aurait. Que...

Elle s'arrêta et secoua la tête, rechignant à partager le reste de cette expérience. Kai ne désirait pas en entendre davantage, de toute façon. Il voulait bondir, voler jusqu'au continent et carboniser ce bâtard. Son souffle s'échauffait rien qu'à cette pensée.

Silas lui décocha un regard, le visage renfrogné, ayant flairé le léger effluve de soufre qui accompagnait la fureur d'un dragon.

C'est ça, souffle du feu, lâcha Boone. *Ça va vraiment l'aider à se détendre.*

Kai serra les lèvres et tint sa langue.

Tessa prit une profonde inspiration et poursuivit, omettant cependant quelque chose dans son histoire. Ça, il en était certain.

— Il a commencé à m'étrangler et j'ai cru qu'il allait me tuer...

Pas te tuer, faillit répliquer Kai. *Juste t'amener jusqu'à ta limite avant de te relâcher.*

Une forme malsaine de préliminaires que quelques-uns de ses frères dégénérés aimaient pratiquer avant de violer leurs victimes. Certaines femmes finissaient par être relâchées, si traumatisées qu'elles pouvaient à peine se rappeler ce qui leur était arrivé. Les autres mouraient avant la fin de cette « partie de plaisir » et leur corps était jeté quelque part loin, très loin.

Il serra les poings, plantant les ongles dans ses paumes. Silas et lui n'avaient jamais été adeptes de forme de plaisir si cruelle, mais ce n'était pas le cas de certains individus de leur espèce.

Je vais tuer Damien. Je jure que je vais le tuer, glissa-t-il à Silas.

Ce dernier leva les yeux au ciel.

Attends ton tour, mec. Attends ton tour.

— Mais ensuite, quelqu'un a sonné à la porte, reprit Tessa, qui referma ses bras autour d'elle. Damien m'a enfermée dans une pièce pendant qu'il allait voir son visiteur et je n'ai pas réussi à m'enfuir. Mais Ella est arrivée et m'a délivrée.

Silas opina du chef et Boone sourit.

Cette bonne vieille Ella.

Kai se promit de la remercier quand il en aurait l'occasion. Mais cette métamorphe était une renarde du désert, ce qui la rendait impossible à localiser. Elle avait servi à leurs côtés, dans le même corps d'élite secret de l'armée.

— Comment connais-tu Ella ? demanda Silas. Et comment se fait-il que tu sois au courant pour les métamorphes ?

Tessa grimaça.

— J'ignorais tout jusqu'à hier. Mais je flippais tellement, après avoir vu les crocs de Damien, que j'ai obligé Ella à tout me raconter.

Cruz, le tigre, grogna ses pensées dans l'esprit de chacun.

C'est une coïncidence qu'Ella vive dans l'appartement voisin au sien ? Et qu'elle soit arrivée pile au bon moment pour la sauver des pattes de Damien ?

Ça n'a rien d'une coïncidence, convint Silas. *Ella devait surveiller Tessa... ou Damien. Elle le déteste autant que nous.*

Mais pourquoi Morgan serait-il obsédé par cette femme ? Qu'est-ce qui pourrait l'intéresser chez une humaine ? demanda Boone.

Kai ravala un grognement. Comment quelqu'un pourrait-il ne pas être intéressé par Tessa ? Même avant de la voir à la porte de la propriété, il avait ressenti de l'attirance pour elle, une pression qu'elle exerçait sur lui comme un aimant. Alors qu'il se trouvait en ville, il s'était précipité de bonne heure chez lui, simplement pour répondre à son instinct qui lui soufflait que quelque chose de terriblement important exigeait immédiatement son attention. Et il l'avait trouvée là, plantée sur le pas de leur porte.

Je te l'avais dit, constata son dragon. *Elle est à nous. C'est le destin qui l'a amenée ici.*

Il n'avait pas envie d'y croire, mais ses camarades ne semblaient absolument pas fascinés par sa beauté, son odeur, son... son tout.

— Je voulais aller trouver la police, mais Ella m'a dit qu'on ne me croirait jamais. Elle m'a conseillé de venir ici. Pour vous demander de l'aide.

Tessa avait les yeux brillants et elle clignait pour retenir ses larmes. Des larmes de chagrin ? De peur ?

Des larmes de fierté, murmura son dragon. *Notre compagne est forte.*

— J'ai donc pris le premier avion et...

Silas leva les mains.

— Tu as réservé un vol ? En utilisant une carte de crédit ?

Elle secoua la tête.

— Je ne pense pas qu'il puisse suivre ma trace.

— Damien Morgan peut suivre la trace de n'importe qui n'importe où, répliqua Silas en fronçant les sourcils.

Tessa secoua de nouveau la tête et le cœur de Kai enfla. Peu de gens osaient contredire Silas, mais Tessa ne paraissait pas intimidée. Pas même par un dragon.

— Je ne pense pas. Mes clients me connaissent sous le nom de Thérèse Brûler, expliqua-t-elle en haussant les épaules. Quand j'ai débuté dans le métier, j'ai eu du mal à trouver du travail, donc un ami m'a conseillé de prendre un nom plus accrocheur.

— Ça a marché ? demanda Boone avec son sourire carnassier.

Tessa lui adressa un petit sourire en réponse et Kai regretta de ne pas l'avoir provoqué à sa place.

Un jour, on y arrivera, jura son dragon. *On la rendra si heureuse qu'elle nous sourira tous les jours.*

— Oui, répondit Tessa, dont le visage s'illumina avant de s'assombrir à nouveau. Mais regardez où ça m'a menée !

— Tu n'étais pas au courant pour Damien, intervint Kai.

Si elle avait évité son regard jusqu'à présent, elle le soutenait maintenant, un peu moins effrayée que précédemment. Avait-elle compris qu'il y avait de bons et de mauvais dragons, tout comme il y avait de bons et de mauvais humains ?

— Je suppose que non.

Elle balaya la pièce du regard et prit une profonde inspiration.

— J'ignorais tout des différentes sortes de métamorphes.

— Eh bien, ne laisse pas les dragons entacher notre réputation, plaisanta Boone. Comme je l'ai dit, on ne mord pas.

— Les loups ne mordent pas ? répliqua Tessa.

Boone sourit.

— Les loups sont très civilisés. En revanche, ne me lance pas sur les tigres.

Dans son coin de la pièce, Cruz poussa un grognement très grave, très félin.

Tessa éclata de rire. Oui, elle riait.

Soit c'est l'humaine la plus forte du monde, soit elle est si épuisée qu'elle n'a plus les yeux en face des trous, constata Hunter de sa voix basse de grizzly.

Kai rapprocha son verre d'eau. Hunter avait raison. Les yeux verts de Tessa étaient soulignés de cernes noirs et ses traits étaient tirés. Après ce qu'elle venait de traverser...

Elle s'affaissa.

— Je ne savais pas quoi faire d'autre. Je ne savais pas du tout où aller.

— On va t'aider, promit aussitôt Kai. Tu peux rester ici.

Boone toussota. Silas lui donna un coup de coude dans le ventre et Cruz gronda tout en lançant des protestations dans l'esprit de ses camarades métamorphes.

Elle ne peut pas rester ici. Pas d'humains. On était d'accord là-dessus.

Kai pivota pour fusiller le tigre du regard.

Je croyais que tu te méfiais des humains autant que moi, ajouta Cruz, ses yeux tachetés de jaune croisant les siens.

Kai retint l'aveu qui lui brûlait la langue.

Son dragon se fichait de ce que pensaient les autres.

Oui, on se méfie des humains. Seulement, pas de celle-ci.

Silas lui coula un regard de travers.

Pourquoi protèges-tu cette humaine ?

Comme il ne semblait guère prudent de répondre qu'elle était sa compagne, il se contenta de grogner.

Un dragon l'a menacée. C'est notre devoir de réparer la situation.

Silas l'examina et adressa finalement un hochement de tête à Tessa.

— Il se fait tard. On a une dépendance où tu peux rester... pour le moment.

Il adressa un regard appuyé à Kai, puis radoucit son expression quand il se retourna vers la jeune femme.

— Tu seras en sécurité ici. Je te donne ma parole. Tu ne crains rien.

Tessa agrippa le tissu du canapé et ses doigts jouèrent avec son collier pendant qu'elle hésitait. La pierre de son pendentif était d'un vert riche et profond, exactement de la même couleur de ses yeux.

Kai la dévisageait, priant pour qu'elle s'intéresse à lui, et elle finit par regarder dans sa direction.

Tu seras en sécurité ici, lui promit-il avec ses yeux. Son corps. Son âme. *Je te donne ma parole, tu seras en sécurité.*

Plus il plongeait dans ces incroyables yeux verts, plus le temps semblait ralentir. La pièce devint floue, de même que ses amis, et tous les sons se turent à l'exception des battements de son cœur.

Compagne, chuchota son dragon. *C'est notre compagne.*

Il avait envie de lui transmettre ces mots par la pensée, mais elle était humaine. Comment pourrait-elle l'entendre ? Comment pourrait-elle comprendre le lien éternel qui unissait deux métamorphes ?

— Tessa, lança Silas.

Et *bang !* Kai revint à la réalité. La jeune femme cilla, comme si elle avait dérivé quelque part au loin, elle aussi.

— Oui. Je veux dire, merci, balbutia-t-elle, soudain confuse. Je veux dire...

Silas hocha la tête avec lassitude.

— Boone, montre-lui le chemin.

Kai faillit bondir pour bloquer le passage au loup, cependant Silas l'arrêta d'un bras.

Tu restes ici. Il faut qu'on parle.

— C'est par là, annonça Boone en conduisant Tessa dans la nuit noire.

Elle accepta à contrecœur, les yeux rivés sur Kai dont l'âme criait. Il voulait être celui qui la guiderait, qui assurerait sa sécurité. Mais la poigne ferme de Silas sur sa chemise était plus forte et l'expression sur son visage indiquait que leur conversation allait être sérieuse. Kai se retourna alors vers Tessa pour lui répéter ses promesses. Il fut à deux doigts de sombrer de nouveau dans l'état hypnotique qui l'empêchait de détacher les yeux de cette femme.

— Kai, insista Silas en tirant sur sa manche.

— Viens, Tessa, appela Boone exactement au même instant.

Elle le regarda une dernière fois, puis s'enfonça dans la nuit et se fondit dans les ombres avec Boone.

Le dragon de Kai rugit en lui.

Pas Boone ! Il ne peut pas l'avoir ! Il...

Kai fit de son mieux pour ignorer cette voix. Boone était quelqu'un de bien à qui il confierait sa vie.

Tu lui confies notre compagne ?! cria son dragon.

Kai grinça des dents et se retourna lentement vers Silas. Hunter et Cruz disparurent dans la nuit, eux aussi, laissant les cousins en tête-à-tête. Pour se battre ? Parler ? Kai s'interrogeait.

Silas passa derrière le bar et se servit un cognac, sans lui en offrir un. Il se contenta de lever son verre et de pointer sur lui un doigt accusateur.

— Laisse-moi répéter ma question. Qu'est-ce qui t'intéresse autant chez cette humaine ?

Kai serra encore les dents. Comment répondre quand il n'était pas vraiment sûr lui-même ? Aussi, choisit-il de mentir :

— Je te l'ai déjà dit. Un autre dragon l'a menacée. C'est notre devoir d'arranger la situation.

Silas lui jeta un regard furieux, mais sa colère, Kai le savait, n'était pas dirigée contre lui.

— Ce salopard de Damien Morgan. Et s'il travaille toujours pour Drax...

Kai se figea ; un froid glacial lui parcourut l'échine.

— Drax ?

Silas hocha la tête et répéta le nom d'une voix plus forte pour montrer que ce dernier ne lui faisait pas peur :

— Drax.

— Tu en es sûr ?

— Je ne suis sûr de rien quand il s'agit de ces enfoirés.

Les pupilles de Silas étaient dilatées et Kai se redemanda ce qui avait pu se passer autrefois. Son cousin n'avait que quelques années de plus que lui, néanmoins il avait quitté la maison bien plus tôt que Kai. Il était ensuite revenu, terrifié, et n'avait pas dit un mot. Peu de temps après, il s'était engagé dans l'armée. Quand le tuteur de Kai était mort, il avait suivi les traces de Silas et s'était enrôlé également, faute de savoir quoi faire d'autre. Cela remontait à une bonne décennie, et maintenant... Il secoua la tête pour lui-même. Maintenant, lui aussi était terrifié et ne disait plus rien.

Il jeta un regard vers l'endroit où il avait vu Tessa pour la dernière fois, s'interrogeant sur tous les sentiments qu'elle avait éveillés en lui. Ces choses qu'il n'avait pas éprouvées depuis très, très longtemps.

Il abattit son poing sur le comptoir parce que manifester sa colère était plus acceptable que montrer quelque chose qui l'attendrissait.

— Ce connard de Damien Morgan.

Ils ne s'étaient croisés que deux fois, pourtant l'expérience avait suffi pour convaincre Kai de son arrogance et de son égoïsme. Certains métamorphes se cachaient complètement du monde des humains. D'autres faisaient de leur mieux pour s'y acclimater et même pour s'y rendre utiles, comme Kai, Silas et leurs frères d'armes. Quelques-uns, cependant, se servaient de leur aptitude unique à se transformer pour acquérir plus de pouvoir et de richesse ; comme Damien Morgan, le magnat de l'immobilier, et pire, comme Drax, le dragon le plus puissant de tous.

— Un magnat de l'immobilier, mon cul, grommela Kai en repensant aux terres que Morgan avait escroquées à sa famille

Il l'avait fait au moment où ils étaient les plus vulnérables, à savoir vingt ans plus tôt, quand l'ancienne génération était morte et que les petits jeunes en devenir étaient trop inexpérimentés pour résister.

Il prit la bouteille de cognac des mains de Silas et s'en versa deux doigts.

— On aurait dû l'éliminer il y a longtemps. Les deux, en fait. Morgan *et* Drax.

Silas lâcha un petit ricanement amer.

— J'ai essayé. Crois-moi, j'ai essayé.

Il se frotta le bras droit, là où sa manche dissimulait ses cicatrices. Kai reposa la bouteille dans un bruit sourd.

— Pendant combien de temps encore va-t-on les laisser s'en tirer comme ça ?

— On ignore s'ils travaillent ensemble sur cette affaire.

— Mais si c'est le cas ?

— J'imagine qu'on le saura bientôt. On dispose d'un jour, deux maximum, avant que Morgan découvre le vrai nom de Tessa et ne remonte sa piste.

Kai se hérissa et son dragon faillit cracher du feu.

Personne ne touchera à notre compagne.

— Laisse-le venir. Laisse-le venir nous affronter.

Silas secoua la tête.

— On sera peut-être capables d'affronter Morgan. Mais si Drax est impliqué... Je veux le démolir tout autant que n'importe qui, sauf qu'on n'est pas encore prêts. Tu le sais.

— Comment est-ce qu'on pourrait être plus préparés que ça ?

— Drax dispose de plus d'hommes, de bien plus d'argent et de dizaines d'espions.

— On a des espions nous aussi, objecta Kai.

Silas leva son verre pour porter un toast.

— Louée soit Ella.

Kai leva son verre, lui aussi.

— À Ella, alors.

— À Ella, répéta-t-il, en trinquant avec la nuit.

— Et à la chute de Damien Morgan, ajouta Kai. À la première occasion.

Chapitre 3

— Par-là, indiqua Boone en lui faisant signe d'avancer.

Tessa restait quelques pas en retrait. Était-elle vraiment en train de suivre un loup-garou dans la nuit ? Elle leva les yeux vers la lune, puis les posa sur le large dos de Boone, et enfin par-dessus sa propre épaule, en direction du bâtiment ouvert qu'ils venaient de quitter.

Kai. Quelque chose la retenait auprès de lui. Mais, bon sang, c'était un dragon, exactement comme celui qui l'avait attaquée.

« Les dragons sont terriblement possessifs », l'avait prévenue Ella. « Dès qu'ils voient quelque chose qui leur fait envie, ils n'abandonnent jamais. »

Ella parlait de Damien Morgan, bien entendu, néanmoins cette remarque s'appliquait sûrement à Kai aussi. N'empêche, Tessa hésitait. Son instinct la poussait vers lui, tout comme il lui avait soufflé de se tenir loin de Damien Morgan.

Elle s'obligea à mettre un pied devant l'autre et à suivre Boone, tout en l'observant attentivement. À ce stade, un loup-garou lui semblait le moindre des deux maux, du moment qu'il ne se mettait pas à hurler à la lune.

Boone surprit le regard qu'elle jetait vers le ciel et gloussa.

— Ne t'inquiète pas. Ce n'est pas la lune qui provoque notre métamorphose.

Métamorphose. Elle se répéta le mot dans sa tête. Il l'avait prononcé de façon aussi décontractée, comme si n'importe quelle créature pouvait passer de l'humain à l'animal.

— Qu'est-ce qui provoque vos « métamorphoses », dans ce cas ? demanda-t-elle en le suivant prudemment dans l'allée.

Il se glissa sous une feuille de la taille d'un parapluie et la souleva pour lui permettre de passer.

— Nous les contrôlons, déclara-t-il

Elle en fut un peu soulagée, jusqu'à ce qu'il ajoute :

— Enfin, la plupart du temps.

Elle s'arrêta net.

— La plupart du temps ?

Boone se contenta d'avancer à grandes enjambées, comme s'il n'y avait rien d'anormal dans leur conversation : juste une soirée comme une autre à Hawaï. Sauf que ce n'était pas le cas. Minuit venait de sonner, en ce jour où le monde de Tessa avait chaviré.

— Tu n'es pas si différente, je parie, répliqua-t-il alors que le clapotis des vagues qui se brisaient sur le rivage constellé de coraux devenait de plus en plus fort.

— Je suis sûre d'être très différente. Je n'ai jamais eu de fourrure ou de crocs.

— Je veux parler de contrôler tes métamorphoses.

Il s'arrêta et leva les yeux vers la lune.

— C'est comme quand tu es folle de rage. La plupart du temps, tu te maîtrises, n'est-ce pas ? Mais une fois de temps en temps, quelque chose arrive et tu craques.

Sa voix s'éteignit, presque à regret.

Tessa leva les yeux, elle aussi pour tenter de trouver une étoile capable de l'aider à s'orienter dans ce nouvel endroit. C'était si différent de l'Arizona, ici. Si vivant, si vert. Si plein de sons, comme le bruissement des feuilles les unes contre les autres et le clapot de l'eau sur la plage.

Oui, elle savait une chose ou deux sur les accès de colère. Enfant, elle avait été sujette à des crises incontrôlables.

« Aussi sauvage que ses cheveux », avait coutume de répéter sa mère.

« Sauvage comme nos ancêtres », ajoutait sa grand-mère, même si sa mère ne faisait qu'en rire.

— Chaque humain a un côté animal, murmura Boone. Quand on est un métamorphe, il ne fait que le faire remonter à la surface.

Tessa fronça les sourcils.

— Comme Ella ?

— La renarde du désert, lâcha Boone en souriant. Maligne comme pas deux. Belles jambes, également

Tessa ricana, mais Boone se contenta de sourire.

— Qu'est-ce que j'y peux ? Je suis un loup.

Comme le chemin se poursuivait, Tessa se demanda quelle était la superficie de la propriété.

— Et les dragons ? l'interrogea-t-elle, car ses pensées étaient revenues malgré elle vers Kai.

— Qu'est-ce que tu veux savoir sur eux ?

— Il y a quelque chose qui les fait soudain craquer, eux aussi ?

Boone s'arrêta et se retourna, tout en se grattant un sourcil.

— Écoute, je sais à quoi tu penses...

Tessa en doutait, parce que son esprit ne cessait de revenir au moment où son épaule avait effleuré celle de Kai. Où une décharge électrique avait parcouru son corps. Une vague de chaleur. Un sentiment de sécurité.

— Tu peux faire confiance à Kai et à Silas. Il leur arrive de se montrer difficiles, mais, bordel, ça vaut pour n'importe lequel d'entre nous.

Il se gratta le torse, l'air chagriné.

— Ceux dont tu dois te méfier, ce sont les gars comme Damien Morgan.

Tessa éclata d'un petit rire amer.

— Si seulement quelqu'un m'avait prévenue avant que je mette un pied dans sa maison.

Boone haussa les épaules.

— Bref, je devine que tu as eu ton comptant d'épreuves pour une nuit. Il est temps que tu prennes un peu de repos.

Il se remit à marcher et elle lui emboîta le pas malgré elle. Le feuillage se raréfia peu à peu tandis que le clapotis de la mer devenait plus fort, l'appelant. Soudain, Boone tourna sur un autre chemin et...

— Waouh !

Elle en eut le souffle coupé. Ils venaient de déboucher sur la plage. Une rangée de palmiers se dressait comme autant de mâts de drapeaux le long du rivage, leurs feuilles oscillant sous la brise nocturne. Le clair de lune faisait miroiter l'océan : non pas sous la forme de lueurs éparses, mais en tirant une longue ligne argentée à travers les flots. Les rayons lunaires étincelaient et dansaient sur les eaux, baignant toute la scène d'une lueur indigo.

— C'est magnifique, murmura-t-elle.

— Bienvenue à Hawaï, répliqua Boone avec un sourire. Et maintenant, au dodo.

Il tendit la main sur la droite.

— C'est ça que vous appelez une dépendance ? demanda-t-elle, bouche bée.

— Oui.

— Et je vais habiter ici ?

— Les lieux sont à toi, répondit-il en éclatant de rire.

Elle avança d'un pas, puis s'immobilisa encore une fois pour observer ce spectacle digne d'un magazine touristique. Le bungalow de plage était tout petit, mais parfait. Il s'élevait pile à l'endroit où l'étendue de sable se terminait, avec une petite marche montant vers une longue terrasse couverte. Un kayak couleur banane était appuyé contre le porche, l'invitant à échanger son horloge interne contre le temps insulaire. Le long toit incurvé, fait de feuilles de palmiers, montait haut en son centre pour descendre sur les côtés, protégeant en profondeur un perron où se prélassaient deux fauteuils inclinables. Toute la bâtisse était un appel au repos.

Boone fit coulisser une porte. Le contracte avec sa grande taille rendait l'endroit encore plus petit et plus cosy.

— On dirait le terrier d'un hobbit, avec ce toit de chaume ! s'exclama Tessa.

Il éclata de rire et actionna l'interrupteur, révélant un intérieur bleu et jaune qui apaisa les nerfs de la jeune femme.

— Ne dis surtout pas ça à Silas.

Elle n'avait pas l'énergie de se demander ce qu'il entendait par là.

— Bonne nuit, murmura-t-il, avant de regagner le sentier.

— Attends ! s'exclama-t-elle, cramponnée au cadre de la porte. Et demain ?

Il haussa les épaules.

— Qu'est-ce que tu veux dire ?

— Je voudrais savoir ce qui va se passer.

Il inclina la tête, à gauche, puis à droite.

— Je suis un loup, pas un devin. Mais ne t'inquiète pas. Tout ira bien.

Comment pouvait-il le savoir ? Et en être aussi sûr ?

— *Aloha po.* Bonne nuit, lança-t-il.

Sur quoi, il disparut sur le sentier.

Tessa serra ses bras autour d'elle et tourna les yeux vers la mer. Allait-elle vraiment passer la nuit parmi de parfaits inconnus ayant pour habitude de se métamorphoser en bêtes sauvages ?

Avait-elle le choix ?

Elle considéra brièvement le kayak. Personne ne se rendrait compte de rien si elle sautait dedans et s'enfuyait à coups de pagaie. Elle pourrait aller plus bas sur la côte, gagner la ville en faisant du stop, prendre une chambre d'hôtel et réfléchir à la suite des opérations.

La clarté lunaire lui lança un clin d'œil depuis la mer, histoire de lui rappeler quel était son véritable problème. Morgan. Le dragon maléfique vivait en liberté et était à sa recherche...

Elle s'éloigna du kayak pour scruter les ombres. Peut-être que rester ici était bel et bien sa meilleure option. Si elle s'en allait maintenant, elle tomberait fort probablement tout droit entre les griffes de son ennemi.

Une boule de Noël était accrochée à une fenêtre, toute bleue et scintillante sous le clair de lune ; un bleu pur, exactement comme les yeux de Kai.

Si tu pars maintenant, semblait lui dire la boule, *tu ne découvriras jamais le mystère qui se cache derrière ces magnifiques yeux.*

Son cœur se réchauffa et elle sentit ses joues s'empourprer, comme si Kai se trouvait vraiment à ses côtés, en train de lui réclamer un baiser avant d'aller se coucher. Un baiser dont son âme se languissait, même si son esprit résistait.

C'est un dragon. Il est aussi dangereux que Morgan, qui pense pouvoir prendre tout ce qu'il veut.

Il n'a rien à voir avec Morgan, protestait une petite voix au fond de son esprit. *Tu peux lui faire confiance. Tu devrais lui faire confiance.*

Faute de savoir quoi décider, elle prit une profonde inspiration. Elle examina ensuite le ciel. Pas le moindre signe de dragon, Dieu merci. Elle se précipita tout de même à l'intérieur, juste au cas où.

Chapitre 4

À son immense surprise, Tessa s'endormit à poings fermés à l'instant où elle posa la tête sur l'oreiller douillet de son lit *queen size*. Elle ne se réveilla que lorsque... que lorsqu'un palmier érafla le toit. Elle resta allongée là, fixant le plafond de chaume, sidérée que son sommeil n'ait pas été troublé par le moindre cauchemar. Quelques rêves avaient traversé son esprit, cependant ils étaient restés vagues et flous. Elle s'était sentie au chaud, relaxée et protégée ; comme un vagabond qui, en plein hiver, serait tombé sur une hutte avec une cheminée au feu crépitant. En lieu et place de l'hiver, cela dit, elle avait vu un paysage tropical, et au lieu d'être recroquevillée devant une cheminée, elle s'était retrouvée pelotonnée contre quelque chose, une chose au cuir rassurant au toucher. Une chose avec une courbe délicate, comme un canapé en forme de demi-lune.

Le bungalow était baigné d'une lumière qui faisait de son mieux pour s'insinuer sous le rebord incliné du toit. Pendant quelques secondes, elle eut même la sensation que Boone avait dit la vérité : tout irait bien.

Mais quand elle analysa plus attentivement ses rêves, son cœur se remit à tambouriner dans sa poitrine. La chose contre laquelle elle s'était imaginée pelotonnée n'avait pas été un canapé.

Il s'agissait d'un dragon endormi qui l'avait entourée de son aile pour la mettre à l'abri.

Tessa bondit du lit et se précipita pour ouvrir la porte, soudain avide d'air frais.

Le soleil faisait tout autant étinceler la mer que le clair de lune, et un puffin passa devant elle à tire-d'aile.

Aucune raison de t'inquiéter, semblait lui dire l'arc gracieux que décrivait l'animal dans les airs. *Aucune raison de t'inquiéter, ici.*

Elle observa l'épaisse végétation qui l'environnait. Aucune raison de s'inquiéter ? Comment réagirait-elle si un tigre sortait du taillis avec une proie ensanglantée dans la gueule ? Ou si un ours remontait le sentier de son pas lourd, museau au vent ? Elle leva les yeux. Un dragon pouvait fondre sur elle d'un instant à l'autre, précipitant de nouveau son monde dans les ténèbres.

Elle se replia dans son petit bungalow. Que faire ?

« Ta routine », avait coutume de lui répéter sa grand-mère chaque fois qu'elle devait permuter entre les maisons de ses parents. Une semaine ici, une autre là-bas. « Le plus important, c'est de conserver ta routine. Comme ça, tu te sentiras chez toi où que tu sois. »

Elle n'était pas certaine de pouvoir un jour se sentir chez elle dans un endroit truffé de métamorphes. Mais bon, elle n'allait pas rester longtemps. Juste assez pour trouver comment échapper à Damien Morgan, puis retourner à son ancienne vie.

Il y avait du café instantané dans la minuscule kitchenette et une douche sur le côté, avec de jolies serviettes moelleuses, alignées en rangées bien nettes. Elle les palpa, puis examina le bungalow éclatant de propreté. Qui se chargeait du ménage dans cette propriété ? D'autres métamorphes ? Des humains ? Des fées ?

Elle repoussa l'idée de son esprit et décida de se concentrer sur une chose à la fois, à commencer par une douche. La compagnie aérienne avait égaré les bagages qu'elle avait préparés en quittant précipitamment l'Arizona, si bien qu'elle avait dormi en maillot et sous-vêtements. Un examen rapide du placard lui révéla une sélection de T-shirts unis de différentes tailles, ainsi que des paréos, c'était déjà ça. Il y avait aussi une brosse à dents près du lavabo, Dieu merci.

Grâce à la douche, elle se sentit plus fraîche et plus forte, mais le café ne fit que lui ouvrir l'appétit, aussi prit-elle son courage à deux mains pour ressortir.

« Koa Point », avait expliqué Ella. « Un *koa* est un guerrier d'élite. »

Tessa pivota lentement. Pour ce qui était des guerriers, c'était un fait, mais *koa* aurait tout aussi pu bien signifier « endroit paradisiaque où la terre rencontre la mer », à en juger par la vue à couper le souffle.

Elle remonta lentement l'allée par laquelle Boone l'avait conduite au bungalow la veille au soir. Des sentiers partaient dans toutes les directions et un toit en tôle ondulée se laissait entrevoir sur la droite. Plusieurs maisons semblaient se nicher dans chaque recoin de la propriété, et elle se demanda qui les habitait. Plus que tout, elle brûlait de savoir où vivait Kai. Tous les dragons logeaient-ils dans des perchoirs surélevés, à l'instar de Damien Morgan ? La propriété partait du rivage pour aller jusqu'à... eh bien, elle ne saurait dire. Le domaine était vaste, c'était une certitude.

Le feuillage s'écarta brièvement et elle aperçut un héliport avec un hélicoptère marron orné de bandes jaunes et rouges, posé sur un carré de ciment. Elle pinça les lèvres et avança. Le propriétaire du domaine, quel qu'il soit, avait vraiment tout ce qu'il fallait.

Quand elle déboucha sur une pelouse jouxtant le bâtiment ouvert où elle avait rencontré les métamorphes le soir précédent, elle ralentit son allure et arrangea le paréo qu'elle avait noué autour de sa taille. Si seulement elle avait eu un miroir, sans même parler d'un spray au poivre... Pouvait-elle faire confiance à ces hommes ? Devait-elle s'en méfier ?

Elle approcha lentement, scrutant les lieux. Y avait-il quelqu'un ?

Le bâtiment au toit de chaume était aussi simple que quand ils étaient arrivés. Un sol de béton ordinaire recouvert d'un tapis tissé, mais élégant tout de même. Le canapé bordeaux où elle s'était assise faisait partie d'un ensemble de quatre, disposés en carré, délimitant ainsi la partie séjour. L'horloge posée sur la table indiquait onze heures.

Waouh, onze heures ? Elle revérifia. Avait-elle vraiment dormi aussi longtemps ?

— Bonjour, gronda une voix profonde sur sa gauche.

Tournant la tête, elle avisa Hunter, assis au comptoir de la cuisine. Penché sur un bol de porridge qu'il remuait avec une cuillère, il avait les cheveux en pétard et les yeux bouffis de sommeil.

— Bonjour, réussit-elle à répondre, s'efforçant de ne pas paraître trop surprise.

Les ours faisaient-ils tous la grasse matinée ou s'était-il couché tard ? Il sourit, tout en incorporant une bonne cuillerée de miel à son avoine, avant de soupirer quand il prit sa première bouchée.

Tessa se dit qu'elle pourrait gérer l'ours. Le loup s'était montré assez amical, lui aussi, mais qu'en était-il des autres ? Le tigre était là aussi, cependant dès qu'il la vit, il s'empara de son assiette et débarrassa le plancher.

— Ne fais pas attention à Cruz, lui glissa une voix douce.

Pivotant, elle découvrit Kai à l'autre bout de l'abri, appuyé contre le tronc torsadé qui constituait l'un des supports du plafond.

Même à la lumière du jour, c'était un homme tout en angles et formes ombrageuses, avec des pommettes hautes et ciselées. Le T-shirt noir qu'il portait moulait un torse impressionnant et ses doigts agrippaient le bois naturel de la colonne avec une telle force que ses articulations en avaient blanchi. Ce qui était amusant, parce que celle qui était nerveuse ici, c'était elle, non ?

— Je ne crois pas que Cruz m'apprécie, parvint-elle à lâcher en détournant le regard de Kai, non sans répéter à son cœur qu'il n'avait aucune raison de s'emballer.

— Ne le prends pas personnellement, répliqua Boone, qui surgit derrière lui. Il n'aime pas les humains.

Le loup était aussi grand et bien taillé que Kai, néanmoins c'était le dragon qui attirait son attention. Elle n'arrivait pas à détacher ses yeux ni ses pensées. Soudain, une idée la frappa : Kai appréciait-il les humains ?

Silas apparut sur le chemin et lui adressa un petit signe de tête en guise de salutation, l'incitant à se poser la même question. Silas la détestait-il ? Éprouvait-il de l'aversion à son égard ? Avait-il juste envie qu'elle s'en aille ?

— Tu as faim ? demanda Kai.

À l'instant où ses yeux revinrent se poser sur lui, l'esprit de Tessa lui suggéra une dizaine d'interprétations possibles du mot « faim ».

— Sers-toi, intervint Boone en déambulant dans la cuisine.

Il ouvrit la porte du réfrigérateur et s'empara d'une pizza congelée qu'il mit aussitôt au four.

Tessa le rejoignit et jeta aussi un œil dans le réfrigérateur. Les étagères étaient garnies de condiments et d'amuse-gueules, mais rien qui s'apparentait à un vrai repas. Il y avait des cornichons, cinq variétés de moutarde, trois briques de lait dont une qui semblait avoir dépassé sa date de péremption depuis longtemps, et enfin un morceau de fromage abandonné. Ni fruit frais ni légume, hormis une moitié d'ananas renversée sur une assiette. Peut-être cette propriété n'était-elle en effet rien d'autre qu'une vaste garçonnière. Elle coula un regard vers la poubelle et, naturellement, la découvrit remplie d'emballages de plats à emporter.

— Tu trouves quelque chose ? demanda Kai en s'approchant dans son dos.

Très près d'elle, mais toujours pas assez à son goût.

Je t'ai trouvé, toi, eut-elle envie de répondre.

Elle s'obligea à prendre une lente inspiration, histoire de se calmer. Pourquoi lui mettait-il le sang en ébullition ?

— Euh… eh bien…

Il haussa un sourcil en portant sur elle un regard qui était un mélange de celui de James Dean et d'un Clint Eastwood des années 60. Elle le savait, car elle avait eu à l'époque de l'université des photos en noir et blanc de l'un et de l'autre sur le mur de la chambre de son dortoir.

— Ce truc fera l'affaire, déclara-t-elle en se redressant rapidement, le fromage entre les mains.

— Il faudrait que quelqu'un aille faire les courses, constata l'ours en dévisageant les autres. Il ne reste plus rien. Qui est en charge de la cuisine, ce soir, d'ailleurs ?

Il ne reçut que le silence pour toute réponse. Silas observait Kai. Lequel observait Boone. Lequel observait Hunter, dont les yeux examinaient le plancher.

— Tu n'as pas dit que tu étais cheffe à domicile ? demanda Boone.

Quatre paires d'yeux de métamorphes affamés se tournèrent vers Tessa.

Elle hocha la tête, se balançant d'un pied sur l'autre. Se retrouver au centre de l'attention ne la dérangeait pas, mais ces hommes étaient si... intenses. Si puissants. Si... démesurés.

— Parfait. Je désigne donc l'humaine, reprit Boone avec un sourire. Pour préparer notre dîner, je veux dire. Pas pour constituer notre dîner.

Tessa planta les poings sur ses hanches.

— Très drôle.

Entendant un grognement, elle tourna la tête et vit Kai afficher un air méprisant à l'intention Boone.

— D'accord, concéda-t-elle, cherchant à véhiculer une impression de calme avant que ces deux-là ne se lancent dans un duel de regards. Ce sera un plaisir de vous préparer à dîner.

— Tu n'es pas obligée, intervint Silas, guère enchanté.

— C'est le moins que je puisse faire. Le supermarché est loin ? Est-ce que quelqu'un peut m'y emmener ?

Boone s'apprêtait à lever la main, mais un coup d'œil à Kai l'en dissuada et il la baissa aussitôt.

— Je t'y emmènerai, déclara ce dernier d'une voix ferme.

Exactement ce qu'elle avait espéré... et redouté. Tout ce qui le concernait la terrifiait et la titillait en même temps. Son cœur s'était mis à battre à tout rompre et elle sentit qu'elle rougissait.

— Génial, lâcha-t-elle en s'efforçant de paraître décontractée. Vous avez des envies particulières ?

— Un steak, grondèrent-ils tous en même temps.

Tessa faillit reculer. OK, donc ce sera du steak pour tout le monde.

— Saignants, ou ce n'était pas la peine de demander ?

— Saignant, confirma Boone.

— Saignant, oui, renchérit Kai.

— Saignant avec un glaçage au miel, murmura Hunter.

Tessa regarda autour d'elle. Si elle devait gagner le cœur de ces métamorphes en passant par leur ventre, eh bien, qu'il en soit ainsi.

— Il faut d'abord qu'on parle, objecta Silas, plus sombre et plus intense que jamais.

Et en un clin d'œil, la réalité reprit ses droits. Ce n'étaient pas de nouveaux clients pour qui elle pourrait apprécier faire la cuisine. C'étaient des métamorphes, tout aussi dangereux que Damien Morgan. Peut-être même plus dangereux encore. Ils étaient cinq, tout de même.

Elle se dit toutefois que s'ils avaient voulu la tuer, la violer ou la torturer, ils l'auraient déjà fait.

— Ça marche, répondit-elle, détestant l'hésitation qu'elle perçut dans sa voix. On peut parler.

Silas inclina la tête et la conduisit au-delà des canapés, vers une table dans un coin où, en galant homme, il tira une chaise pour elle. Mais avant qu'elle puisse s'asseoir, Kai vint se poster avec raideur entre eux deux et se saisit de la chaise, comme pour proclamer que personne ne pouvait faire une telle chose à part lui.

Tessa leva les yeux vers les deux hommes et se rendit compte qu'ils se fusillaient du regard, rejouant le duel de la nuit précédente.

— Je vais peut-être me contenter de m'asseoir ici, murmura-t-elle en contournant la table pour gagner une autre place.

Derrière elle, Boone gloussa avant de se taire quand les dragons lui jetèrent des regards mauvais.

Tessa secoua la tête. Les métamorphes. Comment parviendrait-elle un jour à les raisonner ?

Silas paraissait avoir les manières d'un homme d'une tout autre époque. D'un autre côté, Boone était un type moderne, du genre à poser les pieds sur la table basse. Kai se situait quelque part entre les deux. Cela résultait-il simplement de différences entre leurs personnalités ou bien chaque espèce avait-elle ses caractéristiques propres ?

Kai prit le siège à côté d'elle, abandonnant à Silas avec celui situé de l'autre côté de la table. La proximité du dragon apaisa les nerfs éprouvés de Tessa, toutefois les attentions dont elle faisait l'objet ne cessaient pourtant pas de l'inquiéter.

« Les dragons sont terriblement possessifs », avait dit Ella. « Dès qu'ils voient quelque chose qui leur fait envie, ils n'abandonnent jamais. »

Tessa s'assit et croisa les mains sur la table, se répétant que c'était comme une plainte qu'elle ferait à la police si elle avait été attaquée par un humain et non un métamorphe.

« Personne ne doit être au courant pour les métamorphes. Personne. Tu piges ? »

Ella s'était emparée de ses deux bras pour mieux insister. Elle lui avait parlé en chuchotant, dans un coin de l'aéroport, alors qu'elles attendaient le vol de Tessa.

— Raconte-nous tout depuis le début, déclara Silas s'asseyant sur la chaise en face de Kai et elle.

Aussitôt, elle porta la main au pendentif qu'elle avait autour du cou. Les yeux de Silas scintillèrent et suivirent son geste avec un tel intérêt qu'elle s'empressa de fourrer la fausse émeraude sous son T-shirt. Était-ce vrai, ce qu'on disait sur les dragons et les trésors ? Le cas échéant, n'étaient-ils pas en mesure de distinguer les vrais d'une babiole dénuée de valeur ? D'une valeur autre que sentimentale, du moins.

— L'assistant de Damien Morgan m'a téléphoné, se hâta-t-elle de raconter. Il m'a dit que Morgan testait différents chefs pour les quelques occasions où il logeait en ville, et nous avons perdu un temps fou pour parvenir à fixer un rendez-vous. C'est soi-disant « un homme très occupé », selon son assistant. Qui était un type plutôt hautain, d'ailleurs.

— Occupé à quoi ? intervint Silas.

Le métamorphe dragon voulait tout savoir : l'éventail des intérêts commerciaux de Morgan, ses contacts, sa routine quotidienne… Le genre de détails dont s'enquerrait un inspecteur de police. Mais Tessa ne connaissait pas assez Morgan pour répondre.

— C'était la première fois que je venais chez lui.

La première et la dernière fois, se promit-elle.

— Et il t'a attaquée sans crier gare ?

— À un moment, il reniflait ma soupe à l'oignon, répondit-elle après réflexion. Et l'instant suivant, il me reniflait, moi.

Elle frissonna.

— Ensuite il m'a attrapée et plaquée contre le mur.

Elle se recroquevilla, refusant de revivre la terreur de ces instants maudits. Tout comme l'impression étrange à lui hérisser la peau qui avait suivi quand Morgan avait parlé de compagne, de reproduction et...

Elle sauta ce passage.

— Ensuite, on a sonné à la porte et il m'a poussée dans une autre pièce.

— Et Ella a surgi de nulle part ?

Tessa hocha la tête.

— C'était très bizarre. C'était comme si elle m'avait suivie jusque là-bas, au cas où quelque chose arriverait. Attendez !

Son sang se glaça soudain.

— Vous croyez qu'Ella a quelque chose à voir avec...

— Tu peux faire confiance à Ella, la coupa aussitôt Silas.

— Vous en êtes sûrs ?

Elle avait été si reconnaissante envers elle pour l'aide qu'elle lui avait apportée qu'elle n'avait pas pris la peine de vraiment réfléchir. Mais, en y repensant, il semblait étrange que sa voisine l'ait sauvée d'un dragon. Comme si Ella avait soupçonné que quelque chose se tramait. Mais quoi ?

— On en est sûrs et certains, répliqua Silas avec une telle fermeté qu'elle n'osa pas insister. Ce qu'on ne comprend pas, c'est pourquoi Morgan t'a ciblée.

Ciblée. Tessa détesta la sonorité de ce mot. Pourtant, c'était la vérité.

— Vous pensez qu'il va chercher à me retrouver ?

Il inclina la tête d'un côté puis de l'autre.

— Ça dépend. Est-ce qu'il t'a montré son dragon ?

Tessa se cramponna au rebord de la table et ferma les yeux.

— Ses ongles sont devenus des serres et ses oreilles se sont allongées.

Elle passa les doigts sur ses propres oreilles comme pour en étirer la pointe, façon Dr Spock.

— Ses yeux étincelaient comme de la lave en fusion. Comme un feu. Comme… comme…

Elle chercha le mot pendant quelques instants, puis désigna Silas.

— Comme les tiens.

Elle trembla en voyant crépiter les étincelles et les petites flammes dans le regard de son interlocuteur, toutefois elle se força à ne pas reculer. Peut-être les dragons étaient-ils comme les chiens ou les chevaux : des créatures à qui on ne devait pas montrer sa peur.

Elle jeta un regard à Kai ; rien que pour leur prouver à quel point elle était forte, même si au fond d'elle, c'était le chaos. Mais elle se figea. Il avait les yeux étincelants lui aussi, mais du bleu se mêlait à l'orange et au rouge. Un bleu pur, riche, comme les tréfonds d'un brasier. C'était plus beau qu'effrayant.

Silas se racla brutalement la gorge, ce qui devait faire office de signal. Kai cilla, douchant la flamme bleue. Tessa s'empressa de détourner les siens pour scruter ses mains. Qu'est-ce qui s'était passé ? Les yeux des dragons avaient-ils un code couleur ? Dans ce cas, que signifiait le bleu ?

— Rien d'autre ? demanda Silas. T'a-t-il montré ses dents ? Ses ailes ? Sa queue ?

Tessa gloussa.

— Je suis sûre que je serais morte sur place s'il m'avait montré ses dents. Enfin, oui, ses canines avaient légèrement poussé.

— Comme ceci ?

Il ouvrit la bouche et retroussa les lèvres.

Tessa leva les mains.

— Je t'en prie, ne me montre rien. Je ne suis pas encore prête.

Tellement pas !

— Qu'as-tu vu d'autre ? demanda Kai.

— J'ai jeté un œil par le trou de la serrure et j'ai aperçu un autre homme entrer. Je n'ai pas pu distinguer son visage, mais j'ai revu Morgan. Ses bras se sont transformés en ailes pendant qu'il marchait d'avant en arrière. Dieu merci, Ella a frappé à la fenêtre et m'a aidée à m'échapper.

Ella, qui l'avait soutenue pendant qu'elle progressait dans un passage large de quelques centimètres au bord d'une falaise à pic, puis qui s'était métamorphosée en renarde afin de la guider sur une pente abrupte, loin de cet endroit affreux.

Tessa ferma les yeux et serra son pendentif entre ses doigts, ravalant le goût de bile remontait dans la bouche. Dire qu'elle avait échappé de peu à un destin si horrible…

— Tessa, chuchota Kai.

Enfin, elle devina qu'il s'agissait de Kai, même si elle n'aurait jamais imaginé que sa voix puisse être aussi douce et aussi gentille. Elle leva les yeux.

— Tous les dragons ne sont pas mauvais, Tessa. Damien Morgan est une exception.

Ses yeux la suppliaient, la suppliaient vraiment, comme s'il était incroyablement important pour lui qu'elle le comprenne. Il avait de nouveau le regard étincelant et paraissait retenir son souffle.

Elle sentit ses joues s'enflammer et le reste de la pièce s'évanouit lentement jusqu'à ce qu'il ne reste plus qu'elle, Kai, et la promesse contenue dans ses yeux. Sa supplication.

S'il te plaît, fais-moi confiance. Sache que je ne te ferai jamais de mal. Jamais, disaient ses yeux. Des yeux de dragon qui ressemblaient exactement à ceux qu'elle avait vus en rêve. *Je te protégerai jusqu'à la fin de mes jours.*

Pendant un instant magique, toute l'angoisse s'évacua de son âme et elle regretta de ne pas être capable, elle aussi, de maîtriser l'éclat de ses yeux. D'être en mesure de lui dire : « Je te crois. Je te fais confiance. »

Elle aurait peut-être été assez ensorcelée pour ajouter un truc dingue comme : « Je crois que je pourrais même t'aimer », si Silas n'avait pas abattu sa tasse sur la table et rompu le charme.

— Qu'a dit Morgan ? Répète-moi ses paroles exactes.

Elle serra ses bras autour d'elle et s'adossa à son siège alors que les mots de Morgan affluaient dans son esprit, noyant ceux de Kai.

« Tu seras une bonne compagne pour moi », avait-il lâché, lui soufflant son haleine de soufre au visage. « Tu engendreras mes nombreux héritiers et je deviendrai le plus puissant de mon espèce. »

— Je ne me rappelle pas, chuchota-t-elle en espérant que les dragons n'étaient pas capables de flairer un mensonge.

Chapitre 5

Kai comprenait que les questions épuisaient Tessa, et ça le tuait presque de la voir revivre l'horreur de ce qui s'était passé.

C'est bon, lâche-la un peu, aboya-t-il à Silas.

Ils n'avançaient pas et Tessa était de plus en plus désemparée. Même si elle ne le montrait pas vraiment... La brave petite humaine faisait de son mieux pour faire bonne figure. Pourtant, sa tension se percevait. Quelques minutes plus tôt, elle avait esquissé un sourire... quand ils avaient évoqué le dîner, en fait. À présent qu'ils discutaient du moment où elle avait échappé de peu à la mort des mains du dragon qu'ils haïssaient plus que tout autre sur Terre, elle était pâle comme un linge.

Silas était aussi implacable que Kai l'aurait normalement été, mais stop, c'en était assez. Il autorisa deux questions supplémentaires avant de repousser sa chaise et d'annoncer :

— Il faut qu'on y aille, avant que les magasins ne ferment.

Son cousin fronça les sourcils. Les magasins étaient très loin de fermer et ils le savaient aussi bien l'un que l'autre.

Ça suffit avec tes questions, lui dit-il mentalement. *Laisse-moi voir ce que je peux tirer d'elle sur le trajet jusqu'en ville.*

— On pourrait peut-être aller voir également si mes bagages ont été retrouvés, intervint Tessa, qui avait l'air tellement épuisée que Kai faillit lui prendre la main.

— Je ne suis pas certain que quitter la propriété soit une bonne idée, répliqua Silas, qui s'empressa de se lever pour lui bloquer le passage.

Kai le transperça de son regard le plus noir.

Elle sera avec moi.

Silas lui répondit par l'un de ses regards qui lui faisait comprendre que c'était bien ça le problème.

Écoute, elle se remet à peine du choc, insista Kai. *C'est tout autant une énigme pour elle que pour nous. Laisse-lui un peu de temps. Elle se rappellera peut-être un détail important si elle se sent davantage dans son élément.*

Les yeux féroces de son cousin se posèrent sur lui puis sur Tessa, avant de revenir. Il finit par hocher la tête avec lenteur.

— Soyez prudents, alors.

À la seconde où Kai se leva et prit la main de Tessa, il comprit ce que Silas voulait dire en leur conseillant la prudence. Ce simple contact avec l'humaine suffit à animer son dragon.

Mienne ! Ma compagne !

Oui, il devait se montrer prudent… avec son cœur.

Elle ne m'appartient pas, réprimanda-t-il son dragon. *Je me contente de l'aider pour le moment.*

Pour toujours, souffla son dragon.

— Tu pourrais peut-être joindre Ella pendant ce temps, suggéra-t-il à Silas pour essayer de distraire son dragon.

— J'ai essayé toute la matinée, soupira-t-il en les regardant partir.

Kai le savait à la sensation de brûlure dans son dos.

Fais attention à ce que tu t'autorises à éprouver pour cette humaine, murmura Silas dans son esprit. *Fais attention.*

Kai s'empressa de faire tourner Tessa au coin de la bâtisse, en direction du garage.

— Euh, Kai ?

Il se repassa sa voix en esprit, savourant les sonorités de son prénom sur la langue de cette femme.

— Oui ?

— On est obligés d'y aller à cette allure ?

Oups. Il s'était mis à marcher de plus en plus vite, jusqu'à presque courir.

Elle a de longues jambes, mais pas à ce point, murmura son dragon. *Ralentis.*

— Pardon, murmura-t-il en s'obligeant à revenir à la marche.

— Kai ? l'interpela Tessa une seconde plus tard, ce qui fit éclater de nouveaux feux d'artifice en lui.

— Oui ?

— Tu m'écrases la main.

Oups. Il la relâcha aussitôt, mais pour la reprendre une seconde plus tard, en s'intimant de ne pas la serrer, cette fois-ci.

— Pardon. C'est juste que Silas me tape parfois sur les nerfs. Il est un poil intense.

Elle eut un petit rire assorti d'un coup d'œil ironique.

— Silas ? Un poil intense ?

Il la dévisagea et c'était reparti. Ce feu, ce rugissement dans ses yeux. Les petites secousses d'orange et de rouge parmi le vert.

Elle ferait un bon dragon, fredonna sa bête intérieure.

Il plissa les lèvres.

Je parie que papa pensait ça de maman.

La réplique cloua le bec de son dragon, ravivant tous ces souvenirs. Des souvenirs vagues de sa mère qui était morte quand il était jeune. Une humaine accouplée à un dragon qui avait été incapable de se défendre contre une attaque de dragons renégats. Ceux-ci avaient été informés par des humains. Son père ne se l'était jamais pardonné et il était mort peu de temps après en pourchassant ceux qui avaient tué sa compagne.

C'est ce que tu veux pour Tessa ? le morigéna-t-il.

Son animal refusant de répondre, il poursuivit, histoire d'enfoncer le clou.

C'est pour cela qu'elle ne peut pas nous appartenir. Mets-toi bien ça dans le crâne. Pas d'humaine. On ne peut pas lui faire courir un danger pareil.

Elle est déjà en danger, objecta son dragon. *C'est nous qui garantissons sa sécurité.*

Kai avançait d'un pas lourd. Si seulement c'était aussi simple.

— Kai ?

La voix de Tessa s'immisça dans le nuage d'orage des émotions tourbillonnant autour de son cœur, ce qui y ramena le calme.

— Oui ?

— Ça va ?

À présent, c'était elle qui lui serrait fort la main. Il sourit malgré lui.

— Ça va, murmura-t-il. Merci.

Ils continuèrent à remonter l'allée en silence.

Arrête de la regarder, ordonna-t-il à son dragon.

Essaie donc toi-même de ne pas regarder une femme aussi belle, répliqua la bête.

Il essayait, mais échouait la plupart du temps, en effet. Le T-shirt blanc faisait ressortir le vert brillant de ses yeux et le paréo coloré auquel elle l'avait assorti était noué d'une façon complexe qui soulignait la courbure parfaite de ses hanches. Ses cheveux rebondissaient sur ses épaules, rougeoyant sous le soleil. Elle s'apparentait plus à une fille ordinaire qu'à une gravure de mode, avec ses taches de rousseur et ses lèvres fines, mais bordel ! Il y avait plus d'âme en elle que si on réunissait dix mannequins au regard creux. Plus d'audace. Plus d'étincelle. Il le décelait dans ses yeux comme dans son pas rapide et souple.

— Joli collier, commenta-t-il quand elle le surprit à regarder une fois de plus dans sa direction.

Elle se saisit du pendentif et le souleva à son attention. Le bijou ressemblait vraiment à une émeraude, du même vert que ses yeux. La forme de la pierre lui paraissait familière, d'une manière qu'il ne parvenait pas à expliquer.

— Ce n'est pas une vraie, mais c'est ma grand-mère qui me l'a donnée, donc elle signifie beaucoup pour moi, murmura-t-elle.

Le sourire avec lequel elle fixait le pendentif avait une nuance douce-amère qui lui donna très envie d'en découvrir davantage, même s'il n'osait pas l'interroger. Mais elle fit rapidement disparaître à nouveau le bijou.

— Donc, les dragons savent-ils voler ? demanda-t-elle.

Bien sûr que je sais voler, ricana son dragon.

— Oui.

— Dans ce cas, pourquoi toutes ces voitures ? s'étonna-t-elle en désignant la longue rangée de places de parking coiffés d'une arche qu'ils avaient fini par atteindre.

— Oh. Le propriétaire du domaine en fait la collection.

— Je vois, fit-elle, sur un ton qui indiquait que non, elle ne voyait pas du tout. Et qui est-ce, le propriétaire ?

Il attrapa une clef à un crochet et continua à avancer, sans s'arrêter devant la Jaguar qu'il conduisait la veille au soir, sans s'arrêter non plus devant la Ferrari, la Lamborghini ou la Jeep.

— C'est compliqué.

— Essaie de m'expliquer.

Il hésita, parce qu'il n'était pas totalement au courant de tout lui non plus. Silas avait quitté l'armée quelques mois avant le reste de leur équipe, et quand Kai et les autres l'avaient rejoint sur Maui, son cousin avait déjà conclu l'accord de garde et surveillance. Il avait été clair sur le fait qu'il ne fallait pas trop l'interroger sur le propriétaire.

— C'est un arrangement spécial. Le propriétaire n'est presque jamais là. Nous gardons un œil sur cet endroit, comme des concierges ou des gardiens.

— Des gardiens ? demanda-t-elle en haussant un sourcil. Vous gardez quoi, exactement ?

— Eh bien, le domaine, répondit Kai en désignant les lieux d'un geste vague.

— Et qu'est-ce que vous y faites ? Vous tondez la pelouse ?

Il secoua la tête. Bon sang, non. C'était la tâche du jardinier.

— Vous réparez la plomberie ?

Eh bien, non. Mais...

— Vous prenez soin de toutes ces voitures ?

Il avait une réponse à cette question.

— C'est Hunter qui s'en occupe. C'est lui le mécanicien.

— Alors qu'est-ce que tu fais, toi ?

Et voilà, elle avait inversé les rôles et c'était à son tour de poser un million de questions.

— Qui es-tu ? Un détective privé ? plaisanta-t-il.

— Non. Parce que toi, oui ?

Il ouvrit la bouche, puis la referma, incapable de décider s'il devait admettre la vérité.

— Tu plaisantes, dit-elle.

Il secoua la tête.

— Prouve-le.

À présent, il se rappelait pourquoi Cruz détestait à ce point les humains. Ils n'arrêtaient pas de fouiner. Même si la manière dont procédait Tessa était très... mignonne.

— Prouve-le, insista-t-elle.

Avec un soupir, il sortit son portefeuille et lui montra ses papiers. Bien entendu, elle les lui prit des mains et les examina attentivement.

— Un permis de pilote ? Les dragons ont besoin de ça ?

— C'est pour l'hélicoptère, expliqua-t-il en lui reprenant le portefeuille afin d'en tirer la carte suivante.

— L'hélicoptère, d'accord, marmonna-t-elle, avant de se reprendre. Waouh, attends. Pourquoi un dragon a-t-il besoin d'un hélicoptère ?

— Pour le travail, répondit-il en haussant les épaules.

Elle ne parut pas convaincue.

— Tous les gars ont un permis de pilote ?

Kai éclata de rire.

— Non. Boone, ça ne le dérange pas de voler, mais essaie de faire monter un ours ou un tigre dans un hélico. Ces grands garçons ont le trouillomètre à zéro.

Tessa resta bouche bée devant la carte suivante.

— État d'Hawaï...

Sa voix s'éteignit et elle laissa échapper un petit sifflement.

— Tu es vraiment détective privé ?

— Tu es bien cheffe privée, toi, se hasarda-t-il, en se dirigeant vers la Land Rover aux vitres teintées.

— Oui, c'est totalement la même chose, ironisa-t-elle en grimpant à l'intérieur.

Il engagea le véhicule sur la route, gardant les yeux braqués devant lui.

— Tu gagnes vraiment ta vie en tant que détective privé ?

— Tu arrives vraiment à gagner ta vie en tant que cheffe privée ?

— Oui, admit-elle avec une note de fierté. Ça marche bien, dès que tu réussis à te faire un nom.

Elle fronça les sourcils.

— Sauf avec les dragons, bien entendu.

— Tous les dragons ne sont pas mauvais, nuança-t-il.

Elle posa les yeux sur lui pendant une longue et pénible minute, clairement indécise. Mais elle était en voiture avec lui, non ?

— Changeons de sujet, décréta-t-elle. Raconte-moi ce que vous faites comme travail.

— On n'a pas besoin de beaucoup. Quelques enquêtes. J'emmène aussi de temps en temps des touristes pour des vols panoramiques.

Elle le regarda d'un air interloqué.

— En hélicoptère, se hâta-t-il de préciser. Pas sous ma forme de dragon. Et on fait tous un peu les gardes du corps, quand l'occasion se présente.

Elle ricana.

— Ça, oui, je veux bien y croire.

Il se demanda ce qu'elle voulait dire, mais il ne chercha pas à creuser la question, de peur qu'elle ne fouine plus loin. Avec Silas et les autres, ils effectuaient des séries de travaux qui exigeaient leurs compétences spéciales. Un peu de renseignements, un peu d'investigation. Plus des contrats privés dont il n'avait guère envie de partager les détails.

— Vous avez enquêté sur moi ? demanda Tessa.

Il hocha lentement la tête. Avec précaution.

— Un peu. Hier soir. Juste pour tenter de comprendre pourquoi Damien Morgan t'a prise pour cible.

— Et qu'avez-vous découvert ?

— Rien. Pas encore. Il n'y a pas non plus pour l'instant de déclaration de disparition te concernant. Quand ta famille risque-t-elle de commencer à s'inquiéter ?

Il avait trouvé des informations sur elle, ses parents, divorcés depuis des décennies si l'on en croyait les registres publics, ainsi que sa sœur qui vivait sur la côte est.

Tessa mit du temps à répondre. Trop de temps, en fait.

— Pas avant un moment, chuchota-t-elle. On n'est pas très proches.

Il aurait voulu continuer à lui poser des questions, cependant son visage était devenu de marbre. Elle aurait tout aussi bien pu brandir un panneau « Défense d'entrer ». Aussi, il se calma et changea de sujet.

— Donc, cheffe privée. Tu aimes bien ?

Elle hocha la tête.

— Oui. Cuisiner pour les restaurants finit par devenir un peu ennuyeux. J'aime bien varier les recettes, voir ce que les clients préfèrent.

Il gloussa.

— Tu n'as jamais songé à écrire un livre de cuisine ?

Il avait posé la première question qui lui était venue à l'esprit, mais apparemment, il avait touché une corde sensible, car elle soupira et murmura :

— Un jour.

Kai regretta de ne pas avoir le pouvoir d'attraper ce « jour » et de le lui tendre sur-le-champ. Elle paraissait si mélancolique, si pleine d'espoir, que son dragon intérieur se remit à comploter.

Peut-être que si elle restait avec nous pendant quelque temps...

— Quel genre de livre de cuisine ? demanda-t-il pour l'amadouer. Tu as une spécialité ?

Elle posa un regard rêveur vers la mer.

— Les grillades. Un livre sur les grillades. Quelque chose comme « Grillez gourmet » ou « Grillé à bloc », je me disais.

Il la dévisagea. Waouh. Elle ne plaisantait pas. Une seconde plus tard, les épaules de Tessa s'affaissèrent légèrement.

— C'est un peu idiot, hein ?

— Pas du tout. Ça a l'air génial.

Elle lui adressa un sourire si reconnaissant, si étincelant, qu'il ne put s'empêcher de lui répondre par un sourire tout aussi grand.

Il ralentit à l'approche d'un nouveau virage, continua sur leur route privée et déboucha sur l'autoroute Honoapi'ilani, retournant tout du long l'idée dans sa tête.

Elle pourrait tester ses recettes sur les gars, avança son dragon.

Avant même qu'il s'en rende compte, il avait le cerveau plein d'images où il se voyait mettre à jour sa cuisine, aller lui chercher des ustensiles...

Peu importe ce dont elle a besoin, approuva son dragon. *On peut la rendre heureuse.*

Il était pris au piège, sur ce point. Son boulot n'était pas de rendre Tessa heureuse. C'était d'enquêter subtilement sur elle. Pourquoi ne pouvait-il s'empêcher de s'écarter de sa mission ?

Il vérifia sa vitesse et ralentit au troisième virage de la route, comme il le faisait toujours, adressant un petit salut sur la gauche.

— Agent Meli, murmura-t-il par pure habitude.

— Agent qui ?

Il désigna le véhicule de police dissimulé dans la courbe du virage.

— Elle cherche toujours à nous choper pour excès de vitesse.

Tessa se pencha et il se demanda ce qu'elle arrivait à voir. Il s'imagina parfaitement l'agent Meli. Lunettes noires. Cheveux bruns, attachés en chignon, et un visage qui faisait souhaiter à la plupart des gars d'être invités à se ranger sur le bas-côté. D'après Hunter, le mélange de traits asiatiques, caucasiens et polynésiens faisait de l'agent Dawn Meli la plus belle femme du monde. Kai jeta un regard sur la rouquine à ses côtés. La fliquette avait peut-être tapé dans l'œil de Hunter, pour sa part, il préférait Tessa, avec ses cheveux flamboyants et ses yeux verts.

Non pas qu'il ait un type de prédilection, néanmoins à la seconde où il avait posé les yeux sur elle...

Mienne, murmura son dragon.

Sauf qu'elle était humaine. Plus il se rapprochait d'elle, plus il la mettait en danger.

— Elle a déjà réussi ? demanda Tessa en agitant la main à l'adresse de la policière. À attraper quelqu'un pour excès de vitesse, je veux dire.

— Elle se fait Boone à chaque fois, s'esclaffa-t-il. Je pense qu'il aime ça. Et pour ce qui est des autres, elle nous attrape une fois de temps en temps. Sauf Hunter. Il respecte toujours les limitations de vitesse.

— Toujours ?

— Toujours, répondit-il en agitant la main. Les ours. Tu sais comment ils sont.

Elle marmonna des propos sardoniques qui lui rappelèrent qu'elle venait tout juste de basculer dans le monde des métamorphes.

La plupart des humains s'enfuiraient en hurlant s'ils en apprenaient autant qu'elle. Mais Tessa avait, semblait-il, un instinct pour les métamorphes. Elle avait réussi à faire la connaissance de tout le monde à Koa Point sans ciller. Enfin, presque.

Tu vois ? Elle peut gérer la situation. Elle nous appartient, chuchota son dragon.

— Comment connais-tu Ella ? demanda-t-elle.

Il pinça les lèvres, accélérant maintenant que la voiture de patrouille était derrière eux.

— C'est une amie.

— Une amie, répéta-t-elle, à l'évidence guère rassurée.

Il haussa les épaules. Que dire ? Quelles explications donner ? Parce que parler d'Ella revenait à parler de son propre passé trouble.

Allez. Si tu ne peux pas lui parler à elle, avec qui pourras-tu le faire ? insista son dragon.

« Avec personne » aurait été sa meilleure réponse. Pourquoi en parler à qui que ce soit ?

Mais Tessa le dévisagea de ses grands yeux verts et il ne put s'empêcher de s'ouvrir un peu.

— On a grandi ensemble. Pas très loin d'ici.

Il montra le sud, du côté de Maui où se trouvait Hana.

— Ella et toi ?

— Ella, Hunter et moi.

— C'était quoi, une espèce de communauté de métamorphes ? plaisanta-t-elle.

Il lâcha un rire qui sonna faux.

— L'endroit ressemblait plutôt à une maison de métamorphes en manque de disciplines. Nos parents sont morts quand on était petits.

Morts ou partis venger la mort d'une compagne, comme son père : il décida de laisser cette partie de côté.

Le visage de Tessa se décomposa.

— Je suis désolée. Je ne voulais pas...

Il haussa les épaules.

— On a eu de la chance. Georgia Mae s'est occupée de nous. On a reçu tout l'amour dont on avait besoin. On n'avait peut-être pas beaucoup d'argent, mais elle réussissait à joindre les deux bouts.

— Donc, ce n'était pas un domaine comme celui-ci ?

Elle désigna du pouce Koa Point derrière elle.

— J'aurais bien aimé ! s'esclaffa-t-il.

— Georgia Mae est une métamorphe, elle aussi ?

Il hocha la tête.

— Était. Une chouette. Elle plaisantait là-dessus ; soi-disant que ça l'aidait à garder un œil sur nous la nuit.

Dieu merci, Tessa n'insista pas pour en savoir davantage. Il n'eut donc pas à expliquer combien il avait été difficile d'accepter la mort de Georgia Mae. Il n'eut pas non plus à lui donner d'autres détails, à savoir que certains parmi eux ne se rappelaient pas leurs parents ni toutes les particularités affreuses de leurs jeunes vies.

L'humeur de son dragon s'assombrit.

Maman. Je me rappelle maman.

Oui, il s'en souvenait lui aussi. Raison supplémentaire pour protéger son cœur, désormais.

Toutefois la tâche devenait plus difficile à chaque heure qui passait, surtout avec Tessa dans les parages. Son odeur l'enveloppait comme une écharpe de soie. Sa voix s'insinuait jusque dans les tréfonds de son âme, donnant à son dragon des envies de fredonner. Le soleil, qui se reflétait sur ses cheveux, lui rappelait la richesse de leur couleur.

Belle, murmura son dragon. *Elle est si belle.*

Il lui tendit son portable, repêché au fond de sa poche, dans l'espoir de pouvoir ainsi se reconcentrer. Primo, ils devaient aller s'enquérir de ses bagages. Secundo, ils devaient acheter à manger. Et tertio, il devait récolter toutes les informations possibles sur elle afin de comprendre pourquoi Morgan l'avait attaquée.

Sans doute parce qu'elle sent divinement bon, murmura son dragon. *Parce qu'elle est parfaite.*

Il tourna les yeux vers la droite et vit le soleil se refléter sur son pendentif. Était-ce ce qui l'avait appâté? Le bijou avait déjà attiré plusieurs fois son propre regard et celui de Silas : Kai avait vu son cousin reluquer l'émeraude puis s'en détourner, exactement comme lui. C'était une pierre saisissante, mais pas la véritable raison de l'attirance de Morgan. Celui-ci devait en avoir après Tessa, pas après son pendentif.

Elle parla au téléphone, se tut et reprit la parole.

— Vont-ils arriver par le prochain vol ?

Elle afficha un air maussade.

Au temps pour ses bagages, soupira son dragon.

Quand un panneau apparut sur leur droite cependant, elle reprit du poil de la bête.

— Un marché! Super!

Il voulut protester ; le supermarché était plus proche, ce serait plus rapide, mais merde : comment pouvait-il la priver de ces petites minutes de bonheur?

— Allons-y pour le marché, soupira-t-il en prenant la direction du centre-ville pour se garer.

— Waouh! C'est magnifique, commenta-t-elle en regardant à droite et à gauche, une fois qu'ils déambulèrent dans la rue.

Kai observa, lui aussi. En temps normal, il n'accordait pas beaucoup d'attention au centre de Lahaina. Mais oui, les vieilles bâtisses étaient très jolies, en effet. Des toits rouges, des moulures blanches, des balcons ombragés. Des dizaines d'enseignes à l'ancienne étaient suspendues au-dessus des trottoirs, sur fond de murs pastel. La ville était un peu touristique, mais animée et gaie aussi, comme Tessa.

— C'était un port de baleiniers, autrefois, murmura-t-il.

Quand il vit ses yeux étinceler d'émerveillement et de joie, il regretta de n'avoir pas d'autres informations à lui communiquer.

— Magnifique. Et waouh !

Elle s'arrêta net, bouche bée, devant le banian.

— C'est une espèce d'arbre historique..., commença-t-il alors qu'elle se précipitait déjà pour lire la plaque.

— « Planté le 24 avril 1873. » Purée ! Il a plus d'un siècle et demi.

C'était un vieil arbre étrange, avec des branches qui partaient dans tous les sens puis revenaient vers le sol pour créer un treillage de troncs et de racines. Il avait l'air de sortir tout droit d'un livre de fantasy.

— On dirait une cathédrale, murmura Tessa, qui plissait les yeux face au soleil filtrant à travers les feuilles.

Kai n'y avait jamais pensé de cette façon, mais oui, il voyait la ressemblance. Balayant les environs du regard, il chercha à appréhender cet environnement familier d'un regard neuf. C'était très joli. Bien plus joli que la plupart des autres endroits dans le monde, supposa-t-il.

— C'est génial, déclara Tessa, avant de le conduire vers le marché abrité sous une canopée de branches et de feuilles.

Tables et étals formaient un labyrinthe dans une explosion de couleurs et d'odeurs. La fragrance suave de la papaye. Les touffes vertes et rugueuses des ananas frais. Le violet profond des choux. Surgi de nulle part, un souvenir fit irruption dans sa mémoire. Le jardin de Georgia Mae que tous les enfants devaient aider à cultiver. À l'époque, ils rechignaient, mais en y repensant, il se rappelait uniquement l'odeur des tomates mûres, le goût de la mangue fraîche. L'odeur forestière des herbes et la chaleur du soleil sur son visage.

— Tu peux me tenir ça, s'il te plaît ? demanda Tessa, interrompant sa rêverie.

Il cligna des yeux et prit une profonde inspiration. Peut-être devrait-il venir plus souvent au marché. Peut-être bien qu'il y ferait un saut, la prochaine fois qu'un cauchemar provoqué par ses années de service actif le hanterait.

— Bien sûr, marmonna-t-il en s'emparant du sac qu'elle lui confiait.

Tessa était une pro, se dirigeant droit vers les meilleurs étals, échangeant amicalement avec les vendeurs et les complimentant sur leurs produits. Kai n'avait rien d'autre à faire qu'à la suivre comme un petit chien talonnant sa maîtresse. Une comparaison des plus pertinentes, semblait-il, parce que son esprit se déconnecta et ses sens disparurent jusqu'à ce qu'il ne voie, ne sente et ne goûte plus qu'elle.

— Excusez-moi.

Un type qui reculait dans un stand avec une brouette pleine de fruits à pain percuta Tessa et Kai grogna. Un véritable grognement de dragon qu'il ravala aussi vite qu'il put.

— Tu as dit quelque chose ? s'enquit-elle.

— Non, non, rien.

C'était le paradis, toutefois c'était aussi une torture. Qu'elle soit aussi proche... doublement proche, dans ces allées étroites. Chaque fois que quelqu'un passait, ils étaient serrés l'un contre l'autre et leurs corps ne cessaient de se frotter. Quand l'épaule de Tessa lui effleura le torse, son dragon soupira. Et lorsque sa main entra en contact avec la sienne, il dut faire d'immenses efforts pour ne pas s'en saisir à nouveau. Puis, elle poussa ses fesses contre sa hanche, et il faillit grogner.

— Je vais vous cuisiner un dîner mémorable, murmura-t-elle, comme si elle lisait dans son esprit.

D'ailleurs, elle se lécha aussi les babines. Son parfum, mêlé aux odeurs du marché, le forçait à envisager une fête d'un genre différent.

Elle emprunta chaque allée à deux reprises, et une fois de retour à la voiture, elle l'obligea à effectuer un détour de plusieurs kilomètres pour un boucher qui proposait de la viande de bœuf nourri à l'herbe et dont elle avait appris l'existence grâce au bouche-à-oreille.

— Mais... ? voulut-il objecter.

Elle fronça les sourcils et il capitula. Cette femme n'était peut-être pas un dragon, malgré tout elle savait donner des ordres quand il le fallait.

Il était dix-sept heures quand ils regagnèrent la propriété, et il avait l'intention d'aller faire sur-le-champ son rapport à Silas. Non pas qu'il ait grand-chose à lui apprendre, si ce n'était que le sourire de Tessa illuminait son âme et que son rire lui donnait l'impression d'une lampe allumée dans un tunnel. Il découvrit alors que ce n'était pas du tout un tunnel, mais une cage qu'il avait construite autour de lui-même. Bien entendu, Tessa eut d'abord besoin d'un coup de main pour transporter les courses et il lui emboîta le pas, comme il l'avait fait toute la journée.

— Comment appelez-vous cet endroit ? demanda-t-elle pendant qu'ils approchaient de la bâtisse ouverte.

— Un *akule hale*. Ça signifie « lieu de rassemblement ».

— *Akule hale*, murmura-t-elle, laissant les syllabes flotter sur sa langue.

Il avait pensé la déposer et la laisser vaquer à ses occupations, mais bon sang... Si Tessa était dans son élément sur le marché, elle était la reine absolue en cuisine, et il ne fallut pas attendre longtemps pour que les cinq métamorphes vivant dans la propriété ne se réunissent autour d'elle. Même le sinistre Silas et le tigre ermite qu'ils devaient tous supporter étaient là, à la contempler. Babas d'admiration.

— Waouh ! Voilà quelqu'un qui aime vraiment cuisiner, murmura Boone.

Kai se demanda ce que Tessa aimait faire d'autre avec un tel appétit. Comment pourrait-il parvenir à déchaîner la magie dans son âme ?

— C'est une pro, convint Hunter.

Très vite, elle confia une tâche à chacun. Kai insista pour laver les légumes, parce qu'ainsi, il se retrouverait tout près d'elle. Hunter aiguisa les couteaux et Boone...

— Je suis vraiment obligé d'émincer les oignons ? protesta le loup en essuyant une larme au coin de son œil.

Tessa demanda à Silas de dresser la table, ce qu'il fit en mettant une nappe et tout le tralala ; ils avaient vraiment l'impression que c'était une occasion spéciale, même si aucun d'entre eux n'aurait su dire laquelle. Même Cruz rôda autour de l'*akule hale* pour humer les effluves des plats de Tessa.

« Les humains aussi ont de la magie en eux », avait coutume de répéter Georgia Mae. Alors que Kai ne l'avait jamais vraiment crue jusqu'à présent, il devait désormais bel et bien se rendre à l'évidence.

Le soleil se couchait et ses rayons dorés, qui entraient dans la cuisine, illuminaient les cheveux de Tessa. Si de petites mèches bouclaient sur son front, le reste ondulait comme un rideau de soie. Elle mélangeait une salade, et quand elle inclina la tête vers son épaule pour repousser ses cheveux, il faillit tendre la main pour les caresser. L'odeur du charbon de bois emplit l'air, pourtant son nez, comme le reste de ses sens, n'était focalisé que sur elle. Il se pencha encore et tout commença à disparaître, à l'exception du parfum affriolant de Tessa. Plus près... plus près...

— Tu pourrais m'ouvrir ça, s'il te plaît ? demanda-t-elle après avoir bataillé obstinément avec un bocal pendant une bonne minute.

Il revint brusquement à lui. Quand il se saisit du récipient récalcitrant, quelque chose en lui soupira face au naturel de cette scène domestique. Il pourrait passer sa vie à regarder Tessa sans jamais s'en lasser.

— Une cheffe privée, donc ? gloussa Boone.

Oui, en effet. Le dragon intérieur de Kai se gonfla de fierté.

Il avait vu un jour la vidéo d'un artiste célèbre qui jetait de la peinture sur une toile, avant de la transformer en chef-d'œuvre en deux mouvements de poignet. Il en allait de même avec Tessa. Quand elle jeta six steaks marinés sur le barbecue, tous les métamorphes grognèrent.

— Bon sang, ce que ça sent bon ! murmura Boone.

Kai inhala une profonde bouffée... de Tessa qui se tenait juste à côté de lui et murmura :

— Tu m'étonnes.

— Encore quelques minutes et on est parés, déclara-t-elle sans se douter le moins du monde de l'effet qu'elle avait sur lui.

Ses yeux brillaient de joie et non de peur ; elle souriait pendant qu'elle travaillait.

Une goutte d'huile l'éclaboussa, ce qui l'obligea à retirer prestement sa main. Kai faillit s'en saisir pour la frotter, mais elle lui montra sa peau intacte.

— Je ne me brûle jamais. C'est pratique pour un chef, non ?

— Pratique, murmura-t-il, même si une partie de lui aurait secrètement voulu avoir une excuse pour lui caresser la peau.

Kai s'obligea à reculer d'un pas et trouva les autres gars qui souriaient eux aussi. Ils souriaient et s'écartaient tous pour regarder un maître à l'œuvre. Enfin, tous sauf Silas. Même Cruz, qui dissimula son sourire en se passant la langue sur les lèvres à l'instant où il surprit Kai en train de le regarder.

Ce dernier prit une profonde inspiration et balaya son environnement du regard. Le soleil se couchait sur le Pacifique. Les palmiers ondulaient. Ses camarades souriaient. Ils avaient quitté l'armée depuis quelques mois, pourtant ils ne s'étaient toujours pas vraiment détendus depuis. Cuisiner faisait en général partie des corvées, comme patrouiller ou effectuer les petits travaux dont ils se chargeaient. Mais là...

On vit de nouveau, dit son dragon en souriant.

Il examina Tessa. Était-ce sa cuisine ou bien elle-même qui avait réintroduit un peu de gaieté dans leurs existences ?

Il surprit alors le regard noir que Silas posait sur lui, et effaça aussitôt le sourire idiot qui s'était dessiné sur son visage. Ce n'était pas le paradis. Ce n'était pas sa compagne. Et toute magie qui se frayait un chemin jusqu'à leur petit coin meurtri du monde ne saurait durer très longtemps.

Chapitre 6

— Le meilleur steak de ma vie, déclara Boone en se frottant le ventre.

Tessa balaya la table du regard. Le loup n'était pas le seul à avoir l'air satisfait. Tous les autres aussi. Elle devait avouer qu'elle se sentait plutôt contente, pour sa part. Elle aimait son métier, mais cela faisait longtemps qu'elle n'avait pas eu l'occasion de savourer un repas avec des gens pour qui elle avait cuisiné. Cette soirée s'avérait donc être un changement bienvenu.

Tout comme le fait d'être assise à côté de Kai. C'était chouette.

Enfin, cette partie-là était même géniale. L'avoir si près d'elle lui communiquait du peps et de l'énergie, comme si quelque chose de profondément endormi en elle commençait lentement à revenir à la vie.

— Vraiment bon, commenta Kai, ce qui la fit rayonner.

Faire des courses avec lui avait été amusant et son côté autoritaire s'était légèrement atténué. Bon, OK, il avait grogné quand des gens s'étaient trop approchés d'elle, néanmoins sa réaction tenait sans doute au fait que le garde du corps en lui s'était mis en route. D'ailleurs, ce comportement lui avait plutôt plu. Le fait de se sentir spéciale. Protégée. Plus important, il avait capitulé sur plusieurs points et s'était plié à ses exigences. Donc finalement, peut-être n'était-il pas aussi psychorigide qu'elle l'avait redouté.

Non pas que ce constat doive avoir de l'importance, mais d'une certaine manière, ça comptait. Une partie d'elle insistait pour qu'elle ne nourrisse pas trop d'espoirs. Pourquoi ? Elle l'ignorait, même si elle savait qu'ils allaient bientôt devoir se séparer. Elle reviendrait à son ancienne vie, si elle avait de la chance, et se demanderait si son séjour à Hawaï n'avait été qu'un rêve.

— Alors, qu'est-ce qu'on aura au dîner, demain ? lança Boone. Sauf si le comportement de Hunter à table t'a trop dégoûtée.

Le métamorphe ours leva l'un de ses épais sourcils sans pour autant répliquer.

— Le comportement de Hunter à table ? rétorqua-t-elle.

Boone avait été le seul à lécher son couteau, à la différence de Hunter, qui avait tenu le sien dans son énorme paluche et sa fourchette dans l'autre. Un ours au summum des bonnes manières, comme si sa mère avait été présente. Les dragons, Tessa l'avait constaté, aimaient les reflets brillants des lampes sur l'argenterie et elle se demanda si les légendes concernant les trésors scintillants qu'ils amassaient étaient fondées. De l'autre côté, Cruz avait vérifié le tranchant de son couteau à l'aide de son pouce et il avait grimacé. Mais bizarrement, il ne l'intimidait plus autant qu'avant.

Il était agréable de s'asseoir afin de savourer un repas, pour une fois. Elle avait été très occupée à monter son affaire, à travailler le matin dans un café et le soir pour ses clients. Elle avait consacré chaque minute de répit à prévoir des annonces, à suivre les demandes... Tout ce qui pourrait faire fonctionner son activité. Elle avait été trop occupée pour se rendre compte de sa solitude... jusqu'à maintenant.

Elle porta les yeux sur Kai juste au moment où il dirigeait son regard vers elle. Était-il solitaire, lui aussi ? Elle se détourna avant de se perdre encore dans ces prunelles bleues et se tamponna les lèvres avec sa serviette.

— Qu'est-ce que vous voudriez manger, demain ?

Silas s'éclaircit brusquement la gorge et on y était : un rappel qu'elle ne devrait pas tarder à repartir.

Tessa baissa les yeux, nouant et dénouant ses doigts.

Un lourd silence s'ensuivit, jusqu'à ce que Hunter, le malabar le plus poli qu'elle ait jamais rencontré, se lève et propose de débarrasser la table. Quand Tessa bâilla derrière sa main, Kai insista pour la ramener dans son bungalow.

— Pardon, murmura-t-elle. C'est le décalage horaire.

Le décalage horaire ou, tout simplement, son épuisement émotionnel après les deux journées les plus folles de sa vie.

Kai quitta la hutte commune à sa suite, puis ils plongèrent dans la nuit. Il marchait sans rien dire à ses côtés. Proche, mais pas trop, ce qui était bien dommage, vraiment. Ou peut-être une bonne chose, étant donné les picotements dans son corps chaque fois qu'ils entraient en contact. Bon sang, elle vibrait rien qu'en se tenant à côté de lui. Elle pourrait se consumer dans des flammes, s'ils y allaient à fond et s'étreignaient.

— Tu es douée dans ce que tu fais, murmura-t-il en écartant un buisson feuillu pour qu'elle puisse passer.

Elle ralentit et l'effleura. Rien qu'un léger frôlement, mais suffisant pour allumer la foudre dans ses veines.

— J'aime cuisiner et c'est chouette d'avoir des invités qui apprécient.

« Invités » n'était pas le mot approprié, cependant elle aurait eu du mal à qualifier les métamorphes de « clients ». La dirigeante d'entreprise, mère de cinq enfants, pour qui elle avait cuisiné était une cliente. Le couple de retraités dans l'élégant appartement près du terrain de golf de Scottsdale était des clients. Damien Morgan avait été un client, lui aussi. Elle plissa le nez. On lui avait recommandé de faire des vérifications avant de se rendre chez eux, mais bordel de merde ! Elle avait été si désireuse d'effectuer cette mission qu'elle l'avait acceptée sans réfléchir.

— Ça va ? chuchota Kai.

Avait-il lu une nouvelle fois dans ses pensées ou cet homme était-il un champion pour deviner les humeurs à partir du langage corporel ?

Elle prit une profonde inspiration, s'intimant l'ordre de savourer le parfum des hibiscus qui l'entouraient et non de humer une bouffée de la senteur riche et terreuse qui émanait de Kai. S'ordonnant de ne pas désirer un homme, un compagnon, un amant, qui soit à ce point au diapason de ses besoins.

— Ça va, chuchota-t-elle. Merci.

— La nuit est belle, murmura-t-il en désignant les étoiles.

Ils atteignirent le rivage et elle demeura silencieuse, absolument pas prête à lui souhaiter bonne nuit. Incapable de faire autre chose que de se demander si Kai percevait, lui aussi, l'énergie électrique qui crépitait entre eux.

Il se tenait aussi immobile qu'une statue, les mains profondément enfoncées dans ses poches. Tessa leva les yeux vers les étoiles, regrettant de ne pas avoir le courage de lui toucher la main et de se tourner pour l'embrasser. Juste un chaste baiser pour lui souhaiter bonne nuit...

La mer paraissait se moquer d'elle, lui soufflant toutes sortes d'idées idiotes. Et la lune... Sa lumière avait-elle vraiment besoin d'onduler sur l'océan pour créer cette atmosphère si paisible, si parfaitement typique d'une nuit de noces hawaïenne?

Elle ferma les yeux, compta jusqu'à cinq pour s'obliger à se concentrer plutôt sur les étoiles. Les étoiles, le ciel et la brise...

— Ça ne me dérangerait pas d'être un dragon, dit-elle doucement, énonçant une pensée surgie de nulle part.

Kai donna l'impression de n'avoir jamais entendu une chose pareille. Mais il se ressaisit rapidement.

— Ah bon? Pourquoi?

Elle grimaça et déplia ses doigts en l'air.

— Eh bien, pour commencer, j'aurais eu des griffes pour remettre Morgan à sa place.

Il gloussa.

Elle leva ensuite les deux bras, imaginant ce que cela ferait d'avoir des ailes. De s'envoler loin de salopards dans le genre de Morgan. De s'envoler pour sa propre tanière, peut-être. Ou de voler tout court, comme elle se l'était souvent figuré quand elle était enfant.

— J'aimerais voler par une nuit comme celle-ci, chuchota-t-elle.

Elle plongea légèrement sur la gauche, comme pour négocier un virage au-dessus des ondulations de la mer. Elle s'inclina ensuite sur la droite, imaginant ce que cela ferait de s'envoler vers la lune, avant de foncer vers la lumière argentée qui dansait sur les vagues. Un millier d'odeurs tropicales se précipiteraient à sa rencontre régalant ses sens. Elle se rétablirait à la toute dernière seconde et raserait les vagues comme une mouette. Et Kai serait juste derrière elle, criant de joie.

L'intéressé inclina la tête et elle laissa retomber ses bras. Il devait la prendre pour une cinglée, comme le faisait sa sœur quand elle lui racontait ses rêves d'envol. Kai gratta le bord de la pelouse avec sa chaussure.

— C'est chouette.

— Qu'est-ce qui est chouette ? demanda-t-elle en levant les yeux vers lui.

— De voler. Par une nuit comme celle-ci.

Il s'avança près de l'eau, incurvant sa main à droite, puis à gauche, pour imiter un planeur. Ou un dragon en train de planer, comprit-elle.

Elle reporta ses yeux sur l'eau, luttant contre l'émotion qui enflait dans sa poitrine. Une sensation nostalgique, douloureuse, comme quelque chose dont on l'aurait privée avant même sa naissance.

— C'est comment ?

Son torse se souleva puis s'abaissa alors qu'il prenait une profonde inspiration. Il médita sa réponse quelques secondes avant de parler d'une voix si basse qu'elle dut tendre l'oreille pour saisir ses paroles.

— C'est agréable quand la mer est assez calme pour que la lune s'y reflète de cette façon. Lorsque tu voles dans son faisceau lumineux, c'est presque comme un chemin. Mon père disait que c'était le chemin vers le paradis.

Sa voix, devenue plus douce, s'emplit de respect.

— Il disait que c'était le chemin qui l'avait conduit jusqu'à ma mère.

Tessa soupira, suivant des yeux le clair de lune qui s'étendait jusqu'à l'infini. Si seulement elle pouvait voler. Peut-être qu'elle trouverait sa propre âme sœur.

Tu l'as déjà trouvée, chuchota une petite voix dans son cerveau. *Maintenant, il est temps de le faire tien.*

Tessa prit une profonde inspiration, s'ordonnant de ne pas se laisser emporter. Une douce soirée tropicale à côté d'un homme magnifique aux manières parfaites avait le chic pour se jouer du cœur d'une jeune femme.

Kai s'éclaircit la gorge et se tourna vers les terres. Elle l'imita aussitôt.

— C'est amusant aussi de voler par-dessus les montagnes. De glisser au-dessus des crêtes et d'en suivre les arêtes tranchantes.

La nuit était si claire qu'elle distinguait le tracé accidenté des pentes supérieures de West Maui, ligne sombre devant un ciel infini parsemé d'étoiles scintillantes.

— Ça doit être génial, chuchota-t-elle tandis qu'une vague se brisa à hauteur de cheville sur la plage, ce qui fit rouler des galets. Mais tu n'as pas peur que quelqu'un te remarque ?

Kai se contenta de hausser les épaules.

— On veille à ne pas se montrer ouvertement, mais la plupart des gens lèvent à peine les yeux, sans même parler de faire attention au ciel. Nos ailes réfléchissent la lumière de telle façon qu'à moins de voler droit sur un humain et de cracher du feu, ils ne nous remarquent pas.

Elle se retourna, plus tentée que jamais de tendre le bras pour le toucher, passer une main sur ce bras et voir si elle y décèlerait les contours d'une aile. Ensuite, elle le supplierait de se métamorphoser pour le voir sous sa forme de dragon.

Ou bien se contenterait-elle de le toucher pour le plaisir de le toucher... un toucher humain. Un baiser humain.

La bouche de Kai se tressaillit. Était-il en train d'imaginer la même chose qu'elle ? Quelques secondes plus tard, elle recula et frotta ses bras qui frissonnaient.

— Je ferais mieux de rentrer, chuchota-t-elle en se rapprochant du bungalow.

Les lèvres de Kai remuèrent et la moitié la plus courageuse de Tessa brûlait d'envie d'entendre ce qu'il avait à dire. L'autre, celle qui avait peur et qui avait presque été tuée par un dragon, en avait eu assez pour la journée.

— Merci pour tout, murmura-t-elle en se dirigeant vers le porche.

Il eut l'air si triste qu'elle fut à deux doigts de revenir sur ses pas pour le serrer dans ses bras. Soudain, son visage redevint impassible et l'occasion s'était envolée.

— Bonne nuit, Tessa, lâcha-t-il d'une voix entre le chuchotement et le soupir.

Il resta planté là un moment, comme s'il voulait qu'elle revienne, puis ses épaules s'affaissèrent et il pivota pour s'en aller.

— Bonne nuit, chuchota-t-elle en se glissant à l'intérieur.

Elle ferma lentement la porte et s'adossa contre le battant, en proie à une sensation de vide et d'épuisement. Ses oreilles cherchèrent à entendre un petit grattement à sa porte, dans l'espoir que ce serait Kai, revenu lui dire encore quelque chose. Ou peut-être plaquer ses lèvres incroyables sur les siennes.

Mais il n'y eut pas de coup frappé à la porte. Pas de baiser. Juste le tambourinement de son propre cœur et une âme en peine.

« J'aimerais voler par une nuit comme celle-ci. »

Qu'est-ce qui lui était passé par la tête ? Elle ne pouvait pas voler. Elle n'était pas un dragon. Elle était victime d'un choc et d'une hallucination, ça n'allait pas plus loin.

Elle soupira et partit sous la douche. Le barbecue l'avait fait transpirer et se laver lui procurerait le plus grand bien. Aussi se rendit-elle dans la salle de bains tout en glissant les mains sous la taille de son paréo. Elle s'immobilisa et passa les doigts sur la soie. Ce serait agréable d'avoir Kai pour dénouer sa tenue, non ?

La zone classée X de son cerveau approuva l'idée, et pas qu'un peu, enchaînant avec des suggestions encore plus érotiques... Ce serait si bon de le sentir arriver derrière elle pour humer ses cheveux, comme il l'avait fait à un moment dans la cuisine.

Elle ferma les yeux, s'adonnant à toutes sortes de fantasmes pendant qu'elle jouait avec la ceinture de son paréo. Lentement, elle le fit glisser. Non pas d'un geste rapide, comme elle l'aurait fait pour elle-même, mais dans un mouvement long et sensuel, comme elle imaginait Kai en train de le faire. Elle passa ensuite les mains sur ses cuisses.

Elle plissa les lèvres. Fantasmer un peu ne faisait pas de mal. Pourquoi combattre l'énergie sexuelle qui s'était accumulée en elle au fil de la journée ?

Après s'être débarrassée du reste de ses vêtements et s'être bien trop amusée de ce qui n'aurait dû être qu'un acte banal, elle ouvrit le robinet de la douche et y entra, se figurant que c'était Kai et non elle qui tenait le savon dans sa grande main. Elle s'appuya contre l'une des parois de la douche, se savonnant de haut en bas puis laissant l'eau évacuer le savon. Imaginer une scène ne pouvait pas faire de mal, si ?

Elle se mit à fredonner et passa le savon entre ses seins, suivant la courbe du gauche, puis remontant, contournant. Autour... autour.

Elle fredonna et décrivit des cercles de plus en plus étroits jusqu'à rencontrer son téton.

Je veux que ce soit Kai qui me fasse ça, suppliait son corps.

Fais comme si c'était lui, s'intima-t-elle.

Son téton se dressait à présent et les cercles qu'elle décrivait autour se firent plus bruts. Elle pinça, ce qui lui provoqua un halètement et une grimace de douleur.

Oui, Kai, aurait-elle dit si elle avait pu.

Elle ne fit pas glisser consciemment le savon de l'autre côté. Il y arriva, tout simplement, comme si c'était lui qui guidait sa main. Kai, ou le destin, ou quelque dieu hawaïen sensuel aimant jouer avec les mortelles comme elle.

Prenant appui contre le mur de la douche, elle s'autorisa à écarter un peu les jambes et fit glisser le pain de savon de plus en plus bas. Plus bas. Encore plus bas...

— Oui, Kai..., chuchota-t-elle en se touchant.

Ses halètements s'accélérèrent et devinrent de plus en plus irréguliers tandis qu'elle se frottait contre sa propre main.

— Oui... Oui...

Elle insinua un doigt en elle, puis deux, imaginant combien ceux de Kai seraient grands. Il l'emplirait encore et encore. La pénétrerait sans cesse, de plus en plus fort...

Elle rejeta la tête contre le mur pendant que ses caresses se faisaient de plus en plus brutales. Un dragon ne serait pas doux, n'est-ce pas ? Non, il se conduirait avec un peu de sauvagerie, juste comme elle aimait.

Sa tête roula d'un côté à l'autre pendant qu'elle se représenterait le merveilleux amant qu'il serait. La titillant de cette façon, lui donnant juste ce dont elle avait besoin. C'est-à-dire ce qu'aucun autre amant ne lui avait encore donné.

— Kai..., haleta-t-elle en balançant les hanches.

C'était le Kai imaginaire, et non elle-même, qui pinçait son téton.

— Oui, murmura-t-elle tout en perdant le contrôle. Oui...

Des nuages de vapeur montaient et se déployaient hors de la douche tandis que son corps se contractait toujours plus sous l'effet du désir. Un besoin même, urgent, bestial, comme elle n'en avait encore jamais connu.

— Oui ! cria-t-elle, le corps secoué de frissons quand l'ultime résistance céda enfin en elle.

Une vague de chaleur d'une force qu'elle n'avait encore jamais ressentie se répandit à travers son corps. Elle s'en délecta. L'accueillit. La savoura parce que ce pourrait bien être le plus grand plaisir qu'elle ait jamais connu.

Le martèlement de son cœur ralentit un peu et ses épaules s'abaissèrent. Ce n'était pas Kai. Ce n'était pas de la satiété. Rien qu'elle en train de s'imaginer des choses.

Juste elle, toute seule.

Chapitre 7

Kai marchait à grandes enjambées sur le chemin, passant une main dans sa chevelure. Pourquoi Tessa faisait-elle ça? Et pourquoi lui, faisait-il ça?

Il s'arrêta pour s'adosser à un palmier, comme un soldat blessé incapable d'effectuer un pas supplémentaire. Sauf qu'il n'était pas blessé. Il brûlait de désir.

Il avait été tourmenté toute la journée par une légère érection, devenue si pénible pendant le dîner qu'il avait dû se retenir de gémir. Parce que, quelque part entre le moment où Tessa avait émincé les tomates et saupoudré les steaks d'épices, ses fantasmes secrets, qui mijotaient jusqu'à présent, avaient carrément flambé, et son dragon intérieur avait mis au point toute une stratégie pour la convaincre.

Prends cette femme. Emmène-la dans ma tanière. Fais-la mienne.

La créature ronronnait comme s'il s'agissait du plan le plus parfait au monde, toutefois son côté humain y décelait plusieurs failles mineures.

Des failles? Quelles failles? insistait son dragon.

Kai soupira et ferma les yeux. Il avait réussi à tenir la bête sous clef dans les tréfonds de sa conscience pendant la plus grande partie de la journée, mais à présent, cette satanée bestiole bondissait et hurlait dans sa tête. Dans son cœur aussi, sans même parler de son jean.

Je dois posséder ma compagne! Je veux la toucher. L'embrasser. Lui procurer du plaisir.

Il ferma les yeux et compta jusqu'à dix.

Vingt.

Trente.

Il ne parvint qu'à grincer des dents et transpirer, parce que son sexe était devenu si monstrueusement dur qu'il distendait son pantalon.

Il serra les poings et fit appel de toutes ses forces à une dose miraculeuse de self-control qui lui permettrait de survivre à ce désir. Chaque métamorphe luttait contre son côté animal, mais il ne pouvait laisser son dragon remporter cette partie.

Elle est à nous, siffla la bête.

Il se frotta à l'écorce du palmier, qu'il lacéra de ses ongles devenus aussi longs que des griffes à mesure que son dragon prenait lentement le dessus.

Soudain, la voix de Tessa s'insinua dans sa tête.

Ses ongles sont devenus des serres et ses oreilles se sont allongées...

Elle avait blêmi en se rappelant l'assaut de Morgan. Kai jeta un regard noir à ses ongles et refoula son dragon intérieur.

Ce bâtard de Morgan..., fulmina son dragon.

Tu veux être comme lui? répliqua-t-il.

Lentement, douloureusement, la brûlure de son désir céda du terrain.

Il resta planté là quelques minutes, puis secoua la tête, ajusta son pantalon et reprit sa route. Avec raideur pour commencer, un peu plus nonchalamment ensuite. Silas serait déjà furieux qu'il ait tant tardé.

Il se retrouva sur l'allée dallée qui conduisait à sa maison, la deuxième plus élevée du domaine. Silas disposait d'un meilleur emplacement au sommet de la falaise, mais Kai se sentait davantage chez lui là où il vivait. La vue s'étendait jusqu'à la côte, vers Lahaina, et de l'autre côté du canal vers Molokai. S'il se plantait à l'extrême sud de sa terrasse, il apercevait même le toit de chaume du bungalow destiné aux invités, pointant au milieu des arbres.

Cette pensée le fit presque sautiller, cependant quand il atteignit son porche, il s'arrêta net. Silas se tenait là, à l'attendre. Il s'en fallait de peu pour que de la fumée ne lui sorte pas par les oreilles.

— Qu'est-ce qui t'a retenu aussi longtemps? siffla son cousin.

Kai ouvrit et referma la mâchoire, ce qui produisit un petit claquement quand il leva les yeux vers lui.

— Je n'ai fait que lui dire bonne nuit.

Les narines de Silas se dilatèrent et ses yeux étincelèrent.

— Tu t'intéresses bien trop à elle.

— Elle a besoin de protection et je veux la venger de Morgan.

— Tu es sûr que c'est tout ce que tu veux ?

Non, mais il avait déjà commencé à prendre des libertés avec la vérité. Il pouvait donc tout aussi bien la déformer complètement, puisqu'il y était.

— Je veux juste arrêter cet enfoiré. Et s'il s'en prenait à d'autres femmes ? Si les humains découvraient qui il est vraiment ? Il pourrait nous mettre tous en danger.

Cet argument, Silas ne pouvait l'éluder. De plus, cela pourrait rediriger la colère de son cousin vers quelqu'un d'autre. Faire de Morgan le méchant.

Bordel, il était bel et bien le méchant, en plus.

— Morgan pourrait poser un plus gros problème que nous ne l'avions pensé, déclara Silas qui se tourna pour étudier le ciel nocturne.

— Qu'est-ce que tu veux dire ?

— Je n'ai toujours pas réussi à contacter Ella, si bien que j'ai commencé à enquêter sur les relations d'affaires de Morgan et ses déplacements au cours des six derniers mois.

— Et ?

Il n'avait jamais vu son cousin afficher une mine aussi sombre. Ce dernier portait un regard mauvais sur l'horizon, et Kai sentit une force obscure, menaçante se faufiler à travers la nuit tropicale.

— S'ils sont vraiment liés, je soupçonne Morgan d'être plus qu'un simple partenaire commercial subalterne pour Drax.

— Subalterne ? ricana Kai. On connaît bien, toi et moi, l'étendue des connexions de Morgan et tout ce qu'il contrôle.

Silas secoua la tête.

— N'empêche qu'il reste du menu fretin par rapport à Drax. Leurs déplacements sont si souvent concomitants que je suis sûr qu'ils agissent ensemble. Ce ne sont que des suppositions, mais les trous dans leurs emplois du temps et toutes ces heures pendant lesquelles personne ne peut vraiment les localiser se chevauchent. Il y a ça, et le fait que Morgan ait fait des versements sur un compte bancaire aux îles Caïmans.

— Compte qui pourrait appartenir à n'importe qui, souligna Kai.

— En effet. Je n'ai pas pu suivre la trace plus loin. D'un autre côté, Morgan semble avoir consolidé son propre pouvoir. Je ne sais pas ce qui est pire : qu'il travaille pour Drax ou qu'il s'enhardisse assez pour tenter ses propres coups.

Kai rumina cette pensée quelques instants.

— Pourquoi Tessa, dans ce cas ? Pourquoi pas n'importe quelle autre humaine ?

Silas lui adressa un regard appuyé.

— C'était ce que tu étais censé découvrir.

Kai lui renvoya un regard noir. D'accord, il avait passé l'essentiel de son temps à savourer sa compagnie plutôt qu'à essayer d'explorer ses antécédents. Mais il était important de découvrir quelle personne elle était, non ?

— Alors, mets-toi au boulot, gronda son cousin en regagnant l'escalier. Découvre tout ce que tu peux sur elle. Je veux que la question soit résolue aussi vite que possible. Je la veux en sécurité, oui, mais loin d'ici. Pigé ?

Le dragon de Kai faillit montrer les dents, cependant il refoula son côté animal.

— Et comment gère-t-on Morgan ? Il pourrait attaquer une autre femme n'importe quand.

Silas marqua une pause, le temps de le fusiller du regard.

— Pour Morgan, on va s'occuper de son cas. D'une manière ou d'une autre, je le jure.

Je le jure aussi, gronda le dragon de Kai.

Silas hocha la tête en guise d'adieu et partit, non sans lui avoir jeté un ultime regard lui intimant de ne pas s'impliquer davantage avec cette humaine.

Kai prit une profonde inspiration pour calmer son dragon et tourna la tête vers l'autre côté du canal Pailolo, une étendue d'eau de treize kilomètres qui séparait Maui de Molokai. Enfin, il essaya, car son instinct ne cessait de ramener son regard vers le toit qui pointait parmi les arbres sur la plage. Tessa dormait-elle ? Était-elle inquiète ? Se sentait-elle seule ?

« J'aimerais voler par une nuit comme celle-ci », avait-elle soupiré avec un tel regret dans la voix qu'il en avait eu le cœur serré.

Il ne pouvait imaginer ce que cela faisait d'être incapable de voler. De ne jamais sentir l'air sous ses ailes ou de foncer vers le soleil. Il ne pouvait s'imaginer être indéfiniment attaché à la terre.

Imagine ce que ce serait de voler avec elle, chuchota son dragon.

Il ferma les yeux et s'approcha encore du bord de sa terrasse. La hauteur était importante et il n'y avait pas de rambarde pour le protéger. Il était un dragon après tout, il avait besoin d'un endroit d'où s'envoler et où atterrir.

Imagine-toi t'envoler avec elle, murmura son dragon. *On pourrait l'emmener au-dessus des montagnes. Lui montrer ce que c'est que planer sur la mer.*

Il prit une profonde inspiration, songeant que ce serait amusant. Que ce serait exaltant de partager son passe-temps favori avec cette femme.

On pourrait lui apprendre à négocier les courants d'air ascendants au-dessus des falaises de la côte de Molokai. Comment battre des ailes... ?

Les yeux de Kai s'ouvrirent d'un coup. Waouh ! Minute. Son dragon ne parlait pas d'emmener Tessa voler. Il parlait de lui apprendre à voler par elle-même.

C'est une humaine, objecta-t-il.

On pourrait la revendiquer, chuchota son dragon. *La faire nôtre. Elle pourrait être une dragonne, elle aussi.*

Tu es cinglé ?

Tu connais les vieilles légendes, siffla son dragon.

Bien sûr qu'il connaissait les vieilles légendes. Son père avait vécu assez longtemps pour lui enseigner les coutumes des dragons.

Des tas de dragons métamorphosaient leur compagne humaine autrefois, avança son dragon.

Autrefois, objecta-t-il. *Pas au cours des cent dernières années.*

L'accouplement avec une humaine pour la « revendiquer » se scellait au moyen d'une morsure délicate dans le cou. Toutefois la changer en dragon impliquait de souffler du feu dans cette plaie, une étape dangereuse que ses parents ne s'étaient jamais résolus à franchir.

Mais ça pourrait marcher. Les loups font ça tout le temps. Les ours aussi, insista son dragon.

Les dragons sont différents. On a besoin de feu pour métamorphoser nos compagnes. Papa n'aurait jamais risqué la métamorphose de maman.

Ses parents s'étaient liés pour la vie, néanmoins son père n'aurait jamais osé changer sa mère en dragonne. Primo, elle aurait été trop timorée pour essayer, et secundo, le risque était trop grand dans l'esprit de son père.

Il aurait peut-être mieux fait de le faire, grogna son dragon. *Comme ça, elle aurait eu une chance de survivre.*

Kai se gratta le torse avant de se reprendre. Il avait résisté à son dragon toute la journée. À présent que le soleil s'était couché, il pouvait le laisser sortir et le distraire par un long vol agréable. Son âme en serait assez reposée pour qu'il puisse réfléchir clairement. Il pourrait tout évacuer de son système et partir à la recherche de la famille de Tessa dès son retour.

Oui, siffla son dragon. *Allons voler.*

Il se débarrassa rapidement de ses habits sur une chaise et se planta à la limite de sa terrasse, les orteils cramponnés au rebord. Levant le menton vers les étoiles, il écarta les bras en grand.

Voler, fredonna son dragon alors que sa chaleur corporelle montait en flèche.

Son sang se mit à circuler plus vite et les battements de son cœur, au départ réguliers, s'accélérèrent pour finir en staccato.

Vole, l'autorisa-t-il en écartant les doigts, signe qu'il cédait enfin.

C'était éprouvant, cette sensation de déchirure dans ses épaules qui signalait le début d'une métamorphose, mais c'était également excitant. Un pic. Une décharge d'adrénaline. Ses doigts s'étirèrent dans la douleur, pourtant à mesure que ses ailes se déployaient de plus en plus, jusqu'à ce qu'elles s'étendent sur toute la largeur de la corniche, il ressentit aussi un afflux de sensations. Ses orteils se raidirent en devenant des griffes. Ses oreilles reculèrent pendant que son visage s'étirait et que sa peau prenait la consistance d'un cuir épais.

Il prit une profonde inspiration puis la relâcha, projetant une lame de feu dans la nuit.

Je suis un dragon, rugit sa deuxième moitié. *Je suis libre.*

Il libéra une nouvelle colonne de flammes de trois mètres, décolla de la corniche et s'élança vers le ciel. Quelques instants plus tard, il survolait Koa Point.

Chaque fois qu'il volait, Kai s'estimait chanceux : pas seulement d'être un dragon, mais d'être l'un des derniers représentants du puissant clan Llewellyn avec Silas. Ils se métamorphosaient en dragons immenses et puissants, à la différence de certains de leurs cousins éloignés qui pouvaient changer sans pour autant dépasser la taille d'un humain.

« Waouh ! Tu es encore plus gros qu'un éléphant », avait dit Hunter, impressionné, la première fois qu'il l'avait vu se transformer au cours de leur adolescence.

Il s'était renfrogné, à l'époque. Les éléphants étaient de gros animaux maladroits alors que les dragons étaient raffinés. Puissants. Presque élégants.

Voler ! s'écria son dragon qui se délectait d'une bourrasque sous ses ailes.

En temps normal, il rasait le toit de la maison de Boone sur son trajet vers la mer, juste pour le plaisir d'entendre le loup pester. Mais ce soir-là, il vira vers le nord, afin de survoler le cottage des invités. Pas trop bas, parce qu'il ne voulait pas faire sursauter Tessa. Mais pas trop haut non plus, pour continuer à sentir sa présence.

Imagine-nous en train de voler avec elle à nos côtés, fredonna son dragon.

Il repoussa cette pensée, très loin, et demeura parfaitement immobile jusqu'à avoir assez de distance avec le petit bungalow pour battre des ailes. Il fonça tout droit, un grand sourire aux lèvres, vers les ondulations argentées de l'eau, là où la lune se reflétait sur la mer.

Le véritable chemin vers le paradis, exactement comme son père l'avait dit. Pourtant, au lieu de suivre la ligne argentée, il se surprit en effectuant une longue boucle pour revenir tout droit à son point de départ. Tout droit vers Tessa.

C'est ça, le chemin vers le paradis, affirma son dragon. *Le chemin vers notre compagne.*

Il voulut protester, mais le reflet lui sembla plus lumineux quand il effleura la surface vers sa nouvelle destination. Seule brillait la lumière du cottage qui l'attirait à elle.

Chez nous, souffla une voix rêveuse dans son esprit. *C'est chez nous.*

Il lui fallut toute sa volonté pour ne pas s'arrêter et atterrir sur le seuil de la porte de Tessa, comme l'exigeait son dragon.

Continue à voler, insista-t-il. *Continue à voler, bon sang.*

Chez nous, chantonnait son dragon, sans se donner vraiment la peine de répondre. *C'est chez nous. Elle est notre foyer.*

Kai jura et frappa sur la fine paroi entre sa conscience et celle de son dragon.

Continue à voler ! Pas question de lui faire peur !

Il n'avait aucun mal à imaginer son dragon atterrir dans un jaillissement de flammes, fredonnant pour inciter Tessa à sortir. Bordel, elle risquerait de s'enfuir en poussant des hurlements.

On a besoin de Tessa, rugit son dragon. *Admets qu'elle est notre compagne.*

Impossible.

Admets-le. Admets-le et je te laisserai lui faire la cour.

Kai jura, mais que pouvait-il faire ?

D'accord ! C'est bon, d'accord. Mais continue à voler.

En un coup de vent, son dragon enroula le bord inférieur de ses ailes et fonça vers le ciel, manquant de peu d'abattre des arbres. En fait, sa queue heurta un palmier et en secoua furieusement la frondaison. Néanmoins, une minute plus tard, il fonçait vers la lune, pleurant de joie.

Elle est mienne ! Hourra !

Si Kai avait été sous sa forme humaine, il se serait pris la tête entre les mains, en signe de défaite. Mais il n'était pas humain. Il était un dragon qui se dirigeait vers les montagnes, criant de joie.

Il rasa les pentes les plus basses, puis vira et effectua un looping au-dessus du Mauna Kahalawai avant de filer à travers les vallées luxuriantes de West Maui. Exactement comme il avait l'habitude de le faire lorsqu'il esquivait les formations rocheuses comme l'Iao Needle à la toute dernière seconde, juste pour le plaisir, quand il était enfant.

À l'évidence, il avait tenu trop longtemps son dragon en laisse.

Peut-être que c'est ton cœur que tu as tenu trop longtemps en laisse, rétorqua ce dernier.

Visiblement, la bête n'avait pas l'intention de céder le contrôle. Le mieux que Kai pouvait faire, c'était de subtilement l'amener à dévier vers le nord-ouest.

Survolons Molokai, tenta-t-il. *Un beau vol, bien long.*

Les oreilles de son dragon frémirent.

On n'y est pas allés depuis un moment.

On pourrait voler le long des falaises, suggéra-t-il de la voix la plus douce possible. *Ce serait marrant.*

Bonne idée, approuva son dragon. *On va repérer les meilleurs endroits où emmener Tessa un jour.*

Kai leva les yeux au ciel, mais tant pis, il était prêt à tout faire pour épuiser la bête.

Molokai, murmura son dragon en prenant la direction du nord-ouest. *Peut-être même plus loin. On pourrait aller jusqu'à Oahu et revenir en une nuit.*

Kai grimaça. Molokai, ça allait, mais Oahu se trouvait à cent soixante kilomètres et il avait besoin de temps pour enquêter sur la famille de Tessa avant l'aube, car Silas lui demanderait un rapport.

D'un autre côté, un vol marathon épuiserait son dragon et lui clouerait le bec pendant un moment.

D'accord, lâcha-t-il. *Va pour Oahu.*

C'était une belle nuit, il devait bien l'admettre. Le genre de nuit où le ciel et la mer semblaient se fondre l'un dans l'autre et où les îles paraissaient flotter au milieu du ciel, du moins de son point de vue en altitude. L'atmosphère était relativement calme elle aussi, sauf en ce qui concernait les vents latéraux qui s'élevaient depuis l'extrémité ouest de Molokai. Cet épisode mis à part, le vol se déroula sans encombre, grâce aux lumières d'Oahu pour le guider. Les étoiles étincelaient au-dessus de sa tête et il avait la sensation que ses ailes étaient plus larges que jamais. Son corps était fort, sa queue longue et souple. Et, nom d'un chien, qu'est-ce que c'était bon de laisser son dragon repousser les limites une fois de temps en temps !

Un looping au-dessus de Diamond Head, décréta-t-il alors que les lumières de Honolulu se rapprochaient. *Et ensuite, on rentre à la maison.*

Son dragon hocha la tête.

Ensuite, on rentre à la maison.

Il fonça par-dessus la montagne, vira pour suivre la courbe du cratère, puis se remit à filer au-dessus de la mer. Molokai et Lanai formaient deux bosses diffuses sur l'horizon aqueux. Les alizés s'étaient tus à présent, ce qui facilitait son vol… jusqu'à ce qu'une drôle de sensation lance une alerte dans son esprit.

Il tendit son long cou et avisa trois formes sombres qui se découpaient sur les lumières de Honolulu. Il plissa les yeux, puis rugit.

Des dragons !

Il hésita un bref instant. L'État d'Hawaï avait son lot de métamorphes, toutefois Silas et lui étaient les deux seuls drag- ons à résider dans les îles. Qui pouvaient donc être ces trois intrus ?

Les dragons étaient des créatures hautement territoriales et ne s'éloignaient guère de leur maison. Quand c'était le cas, il s'agissait la plupart du temps pour faire la guerre. Kai regarda mieux, espérant que le clair de lune allait lui révéler davantage que l'éclat terne de leur peau tannée. Une chose était sûre : ces dragons tendaient le cou pour augmenter leur vitesse au maximum. Si Kai gardait l'allure tranquille de son vol longue distance, ils allaient le rattraper en quelques secondes. Et s'ils venaient tout juste de s'élancer, ils seraient bien plus frais que lui.

Kai se trouvait toujours à près de deux kilomètres de la terre, au-dessus de l'océan, où il aurait de l'espace pour se battre. Il attendit une seconde supplémentaire puis plongea, les ailes étroitement repliées contre ses flancs. Aussi vite qu'il était descendu en piqué, il freina, déployant largement les ailes pour surprendre par en dessous les trois étrangers.

Il souffla dans les ténèbres : une simple langue de feu qui, dans le langage des dragons, demandait s'ils étaient amis ou ennemis.

Il espérait qu'il s'agirait de la première réponse, néanmoins il aurait davantage parié sur la seconde. Et quand les trois autres répondirent par de longues flammes incendiaires qui visaient ses ailes, il obtint sa réponse.

Ennemis. Oui, ce sont des ennemis, comprit-il en ripostant par son propre jet de feu, avant de décamper.

Son esprit tourbillonnait tandis qu'il rugissait dans la nuit.

Qui êtes-vous ?! Que voulez-vous ?!

La voix moqueuse du dragon au centre parvint à son esprit.

Notre identité n'a aucune importance. Ce qu'on veut, c'est ton trésor.

Son trésor ? Kai éclata d'un rire qui retentit comme un aboiement avec sa voix de dragon. De tous les dragons du monde à qui tendre une embuscade, Silas et lui étaient sans doute les cibles les moins rentables. Leur famille avait été dépouillée de tout. Même en réunissant leurs biens, les cousins n'avaient rien qu'un dragon qui se respectait un tant soit peu appellerait un trésor. Pas un véritable trésor, en tout cas.

On veut ton trésor, ajouta le dragon sur sa droite. *Et on la veut vivante.*

Kai fut si désarçonné par la remarque qu'il hésita une seconde de trop. Il sursauta en entendant le grésillement d'un autre jet de flamme ; un feu du dragon qui l'atteignit à la pointe de l'aile et brûla sa chair.

Il rugit et pivota sur lui-même pour attaquer le plus proche des trois. Ouvrant largement la mâchoire, il prépara ses ailes au choc du recul et déclencha sa propre salve de flammes.

Trois contre un, calcula-t-il en se retournant pour affronter le deuxième dragon. *À cent quarante kilomètres de la maison.*

Merde.
Ce n'était pas ainsi qu'il s'était imaginé cette nuit-là.

Merde.
Ce n'était pas ainsi qu'il s'était imaginé cette nuit-là.

Chapitre 8

— Waouh, murmura Tessa en s'asseyant sur son lit.

L'écho d'une collision venait de retentir, si puissant que le sol en avait tremblé. Elle resta figée pendant une minute, cramponnée à ses draps, clignant des yeux sous la lumière du jour à se demander où elle était.

Ses rêves avaient été un mélange d'images floues et intrigantes, comme des barbecues devenant des feux hors de contrôle, mais sans bruits tonitruants. Pas comme le son d'un deltaplane percutant les arbres et s'écrasant sur la pelouse devant sa maison.

Soudain, elle se souvint : elle était à Hawaï, pas en Arizona. Et... Oh, bordel ! Ce n'était sans doute pas un deltaplane qui se trouvait de l'autre côté de sa porte.

Elle repoussa ses couvertures et se précipita vers la porte d'entrée où elle hésita une seconde. Et si Damien Morgan était venu la kidnapper ?

Non, se dit-elle quelques secondes plus tard. Morgan aurait rugi, or tout ce qu'elle entendait dehors, c'était un gémissement sourd. Lentement, elle entrouvrit la porte et glissa un œil à l'extérieur. Rien. Pas dans sa ligne de mire, en tout cas. Toutefois le gémissement devenait plus sonore. Elle avança de quelques centimètres, sans lâcher le cadre de la porte, comme si une tornade pouvait s'élever et la balayer.

— Tessa.

Un chuchotement parvint à ses oreilles, à peine audible par-dessus la rumeur de la mer et le bruissement des feuillages. Le son était si faible qu'il aurait été aisé de le manquer. Mais son instinct la poussait à s'approcher davantage et son âme hurlait. Et si c'était Kai ? Et s'il était blessé ? Avant même de se rendre compte de ce qu'elle faisait, elle avait ouvert sa porte en grand et s'était ruée dehors.

— Kai ?

Elle était à deux pas de sa terrasse quand elle s'immobilisa en dérapant sur les graviers.

— Oh, mon Dieu, chuchota-t-elle en reculant lentement.

Ce n'était pas Kai. Ce n'était même pas un humain et, elle en était encore plus sûre, ce n'était pas un deltaplane.

C'était un dragon. Un vrai dragon recroquevillé sur le sol.

Tessa ravala le cri qui montait dans sa gorge, incapable de savoir si elle était plus fascinée qu'effrayée. Elle espérait à moitié que ce truc de métamorphose n'était qu'un canular sophistiqué, que celle d'Ella en renarde sous ses yeux n'avait été que le résultat d'une espèce de canular élaboré. Mais nom d'un chien, la créature qui gisait devant elle était aussi grosse qu'un camion et sa poitrine se soulevait et s'abaissait avec difficulté. Sa queue striée battait sans bruit, projetant des cailloux un peu partout, tandis que ses griffes se cramponnaient au sol.

Il souffre, comprit-elle.

Elle restait figée, à se demander quoi faire. À se demander ce que lui, lui ferait.

Le dragon gémit. Une aile gigantesque traînait par terre, courbée dans un angle étrange, alors que l'autre était soigneusement repliée le long de son flanc.

Tessa.

Le chuchotement atteignit son esprit exactement au moment où les yeux de l'animal s'ouvrirent pour se braquer sur elle. Des yeux si bleus qu'ils rivalisaient avec le ciel.

Elle se raidit, le souffle coupé.

— Kai ?

Il cilla et elle en eut le cœur serré. C'était vraiment lui et, *waouh !* Il était vraiment un métamorphe dragon.

Son rythme cardiaque s'accéléra dans sa poitrine, exactement comme quand elle l'avait rencontré la première fois, aux portes du domaine : un martèlement rude et lourd, accompagné d'une sensation douloureuse sous ses côtes et d'un désir qu'elle ne pouvait expliquer.

Alors qu'une seconde plus tôt, elle était incapable de bouger, elle se précipitait maintenant sur lui pour s'agenouiller à ses côtés.

— Kai...

Son museau était presque aussi gros que sa poitrine, mais elle n'avait plus peur, désormais possédée tout entière par l'instinct de l'étreindre et de le secourir. Était-il sérieusement blessé ? Était-il en train de mourir ?

— Ne bouge pas, murmura-t-elle en touchant l'une de ses longues oreilles effilées.

Comme leur texture soyeuse était merveilleuse, en dépit de leur aspect buriné par le temps ! Pourtant, la douleur qu'elle décelait la rendait folle d'inquiétude.

Elle examina son immense corps afin de déterminer la nature de ses blessures, cependant son esprit ne cessait de s'attarder sur des constatations élémentaires.

Des ailes. Kai a des ailes.

Génial, des ailes à sections qui paraissaient remarquablement délicates malgré leur envergure. Un large torse cuirassé qui se soulevait et s'abaissait à chaque expiration brûlante, et un cou nervuré. Tout ça, et des yeux incroyablement bleus, qui la fixaient avec un mélange d'émerveillement et de soulagement.

— Kai, chuchota-t-elle en lui caressant l'oreille.

Elle n'arrivait pas à distinguer le moindre détail, seulement des zones de sa peau tannée qui étaient plus sombres que d'autres. Était-ce du sang ? Et son aile, était-elle cassée ?

Un son grave résonna dans le sol et la fit reculer d'un bond. Mais le grondement se tut, lui aussi, et la même vague de désir revint la submerger, comme si un seul centimètre entre son corps et celui de Kai était une distance intolérable. Comme si sa place était auprès de lui.

Quand elle tendit le bras avec précaution et se remit à lui caresser les oreilles, le grognement reprit et Kai soupira. Ce n'était pas un grondement d'avertissement, mais la version dragon d'un ronronnement. Il aimait être caressé. Et puis merde, elle aimait ça, elle aussi. Son corps se réchauffa. S'il n'avait pas été blessé, elle aurait été tentée de se pelotonner contre lui.

Elle s'agenouilla, sans cesser de toucher ses oreilles, tout en cherchant à démêler le fatras de ses émotions. Peur. Émerveillement. Inquiétude. Amour. Houlà! Une minute. De l'amour? Elle observa sa main qui se déplaçait sur les oreilles de Kai. Elle était sans doute perturbée. Encore sous le choc après tout ce qui s'était passé au cours des dernières vingt-quatre heures. Ceci devait expliquer cela, non?

Toutefois, la douleur en elle croissait, encore et encore, et elle se rendit compte qu'elle réduisait encore l'espace entre eux.

Rapproche-toi de Kai, lui chuchota son âme tout au fond d'elle.

Elle ferma les yeux, lui caressant toujours les oreilles et se répétant qu'elle n'était pas folle. Juste un peu troublée. Courir chercher de l'aide lui semblait être l'option dictée par le bon sens, cependant elle n'arrivait pas à s'obliger à s'éloigner. Elle ne parvenait pas du tout à penser clairement, comme si elle se trouvait dans une bulle séparée du monde. Loin de tout sauf de Kai.

Il se pressa contre sa main pour la supplier de continuer. Une minute passa, au cours de laquelle de la chaleur se déversa régulièrement entre eux, emplissant Tessa de réconfort et d'espoir. Le temps s'arrêta, chacune de leurs respirations s'étendit à l'infini... Tessa garda les yeux étroitement fermés, parce qu'elle n'avait jamais rien senti d'aussi magique.

Soudain Kai grogna de nouveau et elle rouvrit les paupières.

— Oh, haleta-t-elle, alors que la réalité reprenait son cours.

Il était à nouveau humain. Humain et couché sur le flanc, son dos nu couvert de balafres et de sang.

— Kai! s'écria-t-elle en lui touchant les épaules.

Avait-elle imaginé l'apparition du dragon?

— Tess..., murmura-t-il.

— Oh, mon Dieu, Kai.

Les mots restèrent coincés dans sa gorge et s'y entre-choquèrent une demi-douzaine de fois tandis qu'elle essayait de se calmer.

Il avait les cheveux ébouriffés et une longue brûlure sombre lui descendait le long du dos. Tout en bas, tout en bas, jusqu'à...

— Oh, purée ! lâcha-t-elle, à moitié en chuchotant, à moitié en gémissant.

Il n'était pas seulement torse nu. Il était *complètement* nu. Et chaque centimètre carré de son corps hâlé et tonique qui n'était pas couvert de sang ou de suie était écorché, voire pire.

Elle faillit lui demander ce qu'il s'était passé avant de se raviser, préférant l'ignorer ; elle avait des choses plus importantes à faire. Elle retourna au pas de charge vers sa terrasse pour récupérer une serviette, puis revint aux côtés de Kai, déterminée à juguler le flot de sang qui coulait de la plus grave de ses blessures.

— Va chercher Silas, lâcha-t-il d'une voix aussi sèche et craquelée que ses lèvres.

— Il faut que j'arrête l'hémorragie d'abord.

— Je vais bien, croassa-t-il.

— Tu n'en as absolument pas l'air. Alors, tiens-toi tranquille.

Elle examina la plus grosse entaille, mais le sang avait presque coagulé. En fait, la blessure s'était déjà refermée. Les écorchures tout autour cicatrisaient, de même que la déchirure dans le bas de son dos.

— Je vais bien, grinça-t-il en roulant sur le flanc.

Il n'allait pas bien, c'était un fait, même s'il n'était pas dans l'état suppurant qu'elle avait redouté. Elle jeta la serviette sur ses hanches, même s'il ne semblait pas le moins du monde embarrassé par sa nudité. Pas autant qu'elle, en tout cas.

Son collier se balança quand elle s'agenouilla, captant la lumière matinale. Kai tendit la main et toucha le pendentif.

— De la même couleur que tes yeux, chuchota-t-il. Magnifique.

Ses prunelles étincelaient de nouveau, d'un bleu profond bordé de fascinantes petites paillettes jaunes, et il lui posa une main sur la joue. Tessa plaqua sa propre main sur la sienne et retint son souffle. Une baleine aurait pu faire une pirouette juste derrière eux dans l'océan qu'elle n'aurait pas été capable de détourner les yeux de Kai. Le monde extérieur se tut et s'éloigna ; tout ce qu'elle était en mesure d'entendre, c'était l'afflux du sang dans ses veines.

— Tessa, chuchota-t-il.

Mais ses yeux se fermèrent et sa tête retomba par terre.

— Kai ! s'écria-t-elle en lui serrant la main, puis en le secouant par l'épaule. Kai !

Elle s'empressa de ravaler la panique qui montait en elle. Elle ne lui serait d'aucun secours si elle était dévastée. Ce qu'elle devait faire, c'était se rappeler ce qu'elle avait appris lors de sa formation aux premiers secours, il n'y avait pas si longtemps. Il s'agissait d'examiner la scène et de vérifier la respiration, non ?

Elle s'agenouilla et vit qu'un brin d'herbe remuait sous le souffle de Kai. Il avait perdu connaissance, mais il était vivant. Que faire ensuite ?

Appeler à l'aide. Elle devait trouver quelqu'un. Elle balaya les environs du regard, se demandant qui parmi les autres vivait à proximité. Où se trouvaient-ils ? À contrecœur, elle s'écarta de Kai et remonta le sentier au pas de course. Et bordel, jamais elle n'avait été aussi heureuse de voir Silas, méditant au-dessus d'une tasse de café dans l'*akule hale*.

— Au secours ! Kai est blessé ! S'il te plaît, aide-moi !

Quelques minutes plus tard, Silas et Boone étaient accroupis aux côtés de leur camarade.

— Kai, grogna Silas en le secouant sans ménagement.

— Hé ! Il est blessé.

— Pas tant que ça.

Tessa poussa un cri. Une seconde plus tard, elle vit rouge et vrilla. Avant même de savoir ce qu'elle faisait, elle attrapa Silas par l'épaule et le repoussa. Il tomba les fesses dans l'herbe, la regardant en clignant les yeux.

Un silence très lourd s'abattit sur la plage et Boone marmonna :

— Oh, merde.

Bizarrement, son commentaire emplit Tessa d'une nouvelle rage et elle planta les mains sur ses hanches.

— Il est blessé. Vous allez l'aider ou je vais devoir m'en occuper moi-même ?

Boone recula. Silas lui jeta un regard noir.

— On guérit rapidement, expliqua le métamorphe dragon dont le visage hâlé prit une nuance de rouge profond.

— Ah bon ? Je n'en savais rien, ajouta-t-elle, refusant de reculer. Tout ce que je sais, c'est qu'il y avait une quantité phénoménale de sang sur son corps et deux entailles très profondes.

Silas se leva d'un bond rapide et sans effort pour venir la toiser.

— Tu ignores des tas de choses sur le monde des métamorphes, miss Byrne.

— Je sais en tout cas que ce n'est pas comme ça qu'on traite un homme blessé, répliqua-t-elle, refusant de se laisser intimider.

Plus tard, elle aurait tout le temps de laisser flageoler ses genoux et de claquer des dents en se remémorant le pouvoir et la colère qu'elle avait sentis émaner de Silas. Mais pas maintenant.

Ils se dévisagèrent jusqu'à ce que Hunter débouche d'un pas lourd sur le sentier, produisant assez de du fait de sa taille pour mettre un terme à l'impasse dans laquelle ils se trouvaient.

— Transportez-le, grommela Silas en s'éloignant de Tessa.

Hunter prit Kai par les épaules et Boone lui attrapa les pieds pendant qu'elle s'affairait à leurs côtés. Elle fit de son mieux pour maintenir la serviette autour de la nudité de Kai, ce qui fit sourire Boone.

— Ne t'inquiète pas, ma belle. Les métamorphes ne sont pas prudes.

Les métamorphes, peut-être pas, mais elle, si. Elle se sentait sacrément bizarre de reluquer un homme nu, même si l'homme en question était celui sur lequel elle avait fantasmé quelques heures plus tôt.

— Et la prochaine fois que tu seras blessé, Boone ? demanda-t-elle en lui jetant un regard ironique.

Il s'esclaffa.

— Eh bien, j'espère que tu seras là pour prendre soin de moi, beauté.

Elle sourit, puis fronça les sourcils parce que la probabilité d'une prochaine fois était mince. D'un, elle serait loin d'ici peu, et de deux, elle ne voulait pas vraiment voir l'un de ces hommes blessé. Pas même Silas, qui pourtant lui hérissait le poil.

Kai était un homme costaud, malgré tout Hunter et Boone le transportaient sans difficulté. Ils empruntèrent un sentier sinueux et pentu pour remonter jusqu'à la propriété. Un ruisseau longeait le chemin pavé, dont les abords étaient parsemés de fleurs et de buissons feuillus qu'elle n'aurait su nommer. Quand ils atteignirent ce qui devait être la maison de Kai, Tessa s'arrêta, bouche bée. La vue était spectaculaire, tout comme la bâtisse. Ses murs de pierre, encadrant d'immenses surfaces vitrées, s'enfonçaient dans la falaise pour donner sur une habitation qui tenait en partie d'une conception de l'architecte Frank Lloyd Wright et en partie d'une tanière de dragon. Au lieu de fenêtres, la façade avant était constituée de portes vitrées coulissantes, toutes ouvertes, accueillant le ciel et la lumière.

— Attention, marmonna Boone tandis qu'ils installaient Kai sur son canapé.

Tessa les suivit. Si l'endroit était imposant de l'extérieur, il était confortable à l'intérieur, orné de tapis colorés et de photos encadrées, dont le cliché d'une montagne luxuriante plongée dans le brouillard, et un autre d'une fleur jaune, poussant à côté d'un rocher.

Les sourcils froncés, Silas se tint pendant quelques secondes sur le seuil, puis fit sortir les autres.

— Toi, dit-il en désignant Tessa du doigt, reste si ça te chante, mais tu verras qu'il va bien.

Il tourna les talons et s'éloigna. Boone agita les sourcils, avant de lui emboîter le pas.

— Donne-toi à fond, infirmière Tessa. Tu as ton patient rien que pour toi.

Elle ravala sa protestation juste à temps. Après tout, elle avait insisté pour aider ; elle devait assumer.

Elle passa une main sur le front de Kai. Sa respiration était régulière et ses blessures n'avaient pas empiré. En fait, son entaille la plus longue avait déjà commencé à cicatriser. Il était néanmoins dans un sale état et elle n'allait pas le laisser comme ça.

Elle se lança dans l'exploration de la maison, en quête de matériel. Le salon était spacieux et son ameublement spartiate. La cuisine, toute en surfaces miroitantes et modernes, avait des plans de travail et des portes blanches. La chambre... Elle déglutit et s'obligea à détourner les yeux du lit *king size* aux draps entortillés. Trop tard ; son esprit coquin lui soumettait déjà une dizaine d'images osées.

— Salle de bains, murmura-t-elle, ordonnant à ses jambes d'avancer.

La pièce était immense, avec une vaste douche carrelée de bleu qu'elle aurait volontiers testée. Comme le reste de la maison de Kai, l'endroit était un peu dépouillé, mais harmonieux, avec des ustensiles de rasage abandonnés de façon assez désordonnée pour lui communiquer une atmosphère confortable plutôt que l'impression d'une scène tirée d'une séance photo.

Elle s'empara d'une serviette dans la salle de bains, puis d'un bol d'eau tiède et savonneuse dans la cuisine, afin de nettoyer les plaies.

Silas avait raison. Kai semblait aller bien, dormant et ne souffrant pas comme elle l'avait redouté pour commencer.

Elle se leva et recula, l'observant pendant une minute. Il avait l'air d'avoir rajeuni de dix ans, maintenant qu'il se reposait. Toutes les inquiétudes qu'il trimballait, tout ce... ce... ce qu'il renfermait à l'intérieur de lui avait disparu, du moins temporairement. Elle tendit le bras pour passer un doigt sur la ligne nette d'un sourcil, afin d'en suivre la courbe ascendante.

OK, Tessa, se réprimanda-t-elle. *Arrête de baver. Arrête de rêver. Active-toi.*

Elle s'obligea à reculer et balaya du regard un lieu qui tenait du mélange étrange entre l'antre du célibataire pur jus et le magazine de décoration haut de gamme. Les meubles en bois dur étaient tous dans des tons doux et crème. La bibliothèque, qui allait du sol au plafond, était garnie de beaux livres et, au-dessus de chaque fenêtre, pendait un ornement de verre qui attrapait et reflétait la lumière. Elle s'approcha de l'un d'eux pour le toucher avec précaution. La bulle de verre paraissait d'une fragilité incroyable, d'un bleu presque vivant. La fenêtre suivante était surmontée, elle, d'une boule jaune, tel un minuscule soleil tropical. La suivante...

Elle s'immobilisa, retenant son souffle. L'ornement qui pendait au-dessus de la fenêtre suivante était un pendentif émeraude, exactement de la même couleur que son propre collier.

De la même couleur que tes yeux, avait dit Kai. *Magnifique.*

Elle approcha son pendentif de la fenêtre et le balança, projetant une autre lueur verte sur le mur blanc de la pièce. Toutes ces taches colorées étaient de formes et de tailles différentes, mais la nuance était exactement la même.

— Magnifique, chuchota-t-elle.

Le rayon de lumière verte éclaira une photo encadrée montrant un jeune garçon en compagnie d'un couple heureux. La femme avait les yeux bleus de Kai et l'homme ses sourcils arqués. Ses parents. Tessa toucha doucement le cadre, puis recula. Il y avait quelque chose de très intime dans cette photo... d'intime et de triste. Elle se détourna avec un soupir.

Le reste de la maison, ou de ce qu'elle en voyait, car la construction avait l'air plus grande de l'extérieur qu'elle ne l'était en réalité, était également décoré de bulles colorées. Elle ne pouvait s'empêcher de se demander si c'était un reflet des goûts personnels de Kai ou si tous les dragons aimaient les beaux objets brillants qui communiquaient à leur monde énergie et lumière.

Un escalier en colimaçon menait à l'étage supérieur. Elle monta à pas feutrés, curieuse de savoir où il conduisait. Une autre chambre? Un toit-terrasse?

C'était la dernière hypothèse, en définitive, et elle ne put retenir un sifflement face à la vue. Les îles voisines paraissaient plus grandes et plus proches depuis ce promontoire, au point qu'elle aurait pu jurer entrevoir Oahu, entre Molokai et Lanai. Elle se tint tout au bord, ferma les yeux et ouvrit grand les bras. Quel effet cela ferait-il d'être capable de voler? De tourner, monter en flèche et planer au-dessus des montagnes et de la mer ?

La brise jouait dans ses cheveux alors que ses rêves d'enfant sortaient des recoins sombres de sa mémoire. Ils faisaient irruption dans le présent et lui racontaient combien il serait aisé de voler. Tout ce qu'elle avait à faire, c'était d'enrouler légèrement les doigts si elle voulait s'incliner à gauche ou à droite. Pour grimper, elle n'aurait qu'à lever le menton et se diriger vers le ciel.

L'impression était si réelle. Si vivace. Ce rêve semblait si réalisable. Mais elle ouvrit alors les yeux et revint à elle. Ce n'étaient pas des ailes en train de battre, juste son paréo soulevé par le vent. Et le baiser glacé de l'air en altitude, rien qu'une bourrasque de brise marine.

Elle soupira et s'écarta du bord, soudain penaude. Elle ferait mieux de redescendre avant que quelqu'un la voie en train de se comporter comme une aspirante métamorphe.

Kai avait recouvré une respiration régulière et ses blessures n'avaient plus rien à voir avec ce qu'elles avaient été. Tessa eut envie de tirer une chaise et de l'observer. Un métamorphe dragon pouvait-il guérir sous ses yeux ? Mais, à le regarder dormir, elle aurait trop la sensation d'être une voyeuriste. Aussi sortit-elle sur la terrasse principale pour contempler de nouveau les environs, plantée tout au bord du vide pour se sentir plus près du ciel. Comprendrait-elle un jour les métamorphes ? En avait-elle envie ?

Un bruissement attira son regard vers la droite, où elle avisa Boone en train de gravir l'escalier.

— Salut, murmura le loup en la dévisageant d'un air bizarre.

— Salut, chuchota-t-elle pour ne pas déranger Kai.

Boone paraissait cependant ne pas s'intéresser le moins du monde à son ami. Il ne faisait que l'examiner, elle.

— Quoi ? demanda-t-elle.

Boone s'empressa de secouer la tête.

— Tu n'as pas peur du vide, hein ? répliqua-t-il en désignant ses pieds.

Oh. Il y avait une sorte de… eh bien, de falaise, et pas de rambarde. Bizarrement, elle ne s'en était presque pas aperçue.

— Non, je n'ai pas peur du vide, murmura-t-elle en reculant lentement.

Elle jeta un coup d'œil vers l'étage supérieur et réalisa qu'il n'y avait pas de balustrade non plus.

Les yeux de Boone glissèrent vers son cou, si bien qu'elle porta la main à son pendentif pendant qu'il marmonnait vaguement.

— Qu'est-ce qu'il y a ? demanda-t-elle.

Il s'agissait juste d'un pendentif bon marché que sa grand-mère lui avait offert. Il s'en détourna.

— Rien. Comment va notre patient ?

— Mieux, répondit-elle en hochant la tête. Enfin, je pense.

Elle se rappela alors l'ampleur des blessures de Kai quand elle l'avait découvert et grimaça.

— A-t-il déjà été blessé plus que ça ?

Boone haussa les épaules.

— Oui. Comme nous tous.

Elle fronça les sourcils, se demandant pourquoi, où, quand. Mais avait-elle vraiment envie de savoir ?

— N'empêche, je parie que ça fait toujours mal.

Boone fronça les sourcils et se frotta machinalement le ventre. L'emplacement d'une vieille blessure ?

— Vaut mieux que je t'épargne les détails sanglants, non ?

Elle déglutit et hocha la tête.

— Disons juste que ça fait un mal de dingue, ajouta-t-il. Mais on guérit.

Sa voix était désinvolte, pourtant ses yeux trahissaient la vérité de ce qu'ils avaient vécu.

— Bref, reprit-il rapidement. La compagnie aérienne a appelé. Ils ont retrouvé tes bagages. Tu veux que je t'emmène les récupérer ?

Elle jeta un œil à Kai, puis tergiversa pendant quelques secondes, la main tendue vers l'une des trois boules colorées, comme elle l'avait fait plus tôt.

— Les dragons, ricana Boone dans son dos. Ils adorent les trucs qui brillent.

Elle leva les yeux vers les trois capteurs de soleil. Un rouge, un orange, un jaune. Les couleurs du feu.

J'aime les trucs qui brillent, moi aussi.

Elle sourit, se tournant pour observer un autre ensemble de deux ornements suspendus un peu plus loin.

— Les trucs brillants sont des trucs précieux, gloussa Boone. Et ils n'en ont pas trouvé un qu'ils en veulent déjà un autre.

Elle reporta les yeux sur Kai, réticente à le laisser seul. Il semblait toutefois aller mieux et la perspective de remettre la main sur ses affaires, c'est-à-dire le peu de biens qu'elle avait récupérés quand elle s'était enfuie de Phoenix la poussa à opiner rapidement du chef. Elle suivit Boone jusqu'à l'allée et à leur rangée de voitures.

Il prit sur la gauche, vers une arche du garage, attrapa un casque et désigna une moto.

— Prête pour une petite chevauchée ?

L'élégant engin tout de noir et de chromes donnait l'impression de pouvoir la transporter de l'autre côté de l'île en cinq minutes chrono. Cependant elle recula, déjà parce que voyager si près de quelqu'un d'autre que Kai, non merci, mais aussi en raison du côté peu pratique de l'entreprise.

— Il n'y a pas vraiment de place pour une valise, si ?

Boone soupira et reposa son casque.

— OK. On va prendre la Lamborghini.

Elle ricana.

— Ben voyons. Pourquoi pas la Lamborghini, en effet ?

Elle ne « grimpa » pas vraiment dans le véhicule surbaissé ; elle s'accroupit pour s'y glisser, puis s'y assit, trop effrayée pour toucher le moindre morceau de son intérieur en cuir.

— Pas mal, murmura-t-elle. Elle est à toi ?

Boone éclata de rire tout en démarrant pour sortir à reculons du garage. Les pneus grincèrent et le virage plaqua Tessa contre la portière.

— J'aimerais bien, répondit-il en repassant la première. Je peux l'utiliser, c'est déjà ça.

— Pas mal, répéta-t-elle en s'interrogeant sur ce qui avait été convenu entre le propriétaire et les occupants de cette propriété.

Cet homme était-il un riche métamorphe qui voyageait autour du monde pour son travail, comme Damien Morgan ?

En quelques minutes, Boone avait quitté l'allée pour gagner la route principale. La voiture roulait si vite que Tessa n'en prit conscience qu'en voyant filer le rivage à toute allure.

— Euh, tu n'irais pas un peu…

— Merde, marmonna Boone quand des lumières rouges et bleues s'illuminèrent derrière eux. L'agent Meli.

Tessa se retourna, cherchant à se remémorer ce nom.

— Qui ?

— L'agent Meli, soupira-t-il. Elle attrape toujours son homme. Même si ce n'est pas le bon.

Tessa se demanda ce que ces paroles signifiaient, cependant elle demeura aussi silencieuse qu'une petite souris pendant que Boone s'arrêtait et baissait sa vitre.

— *Aloha*, lança-t-il, jovial.

Quand la policière se pencha vers sa vitre, son épaisse natte se déroule sur son épaule. C'était la fameuse beauté des îles du Pacifique que Tessa se rappelait avoir vue un peu plus tôt.

— Monsieur Hawthorne, lâcha la policière, sans un regard à son permis de conduire.

— Agent Meli, à quelle vitesse je roulais, aujourd'hui ?

— À 110 dans une zone limitée à 60.

— C'est un nouveau record ?

— Loin de là.

Boone sourit.

— J'essaierai de faire mieux la prochaine fois.

L'agent Meli déchira une page de son carnet et la lui tendit.

— N'en faites rien, je vous en prie.

Boone agita la main en guise d'adieu et reprit la route à une vitesse deux fois moindre que la précédente. Une fois passé le premier virage, il soupira et jeta l'amende sur la banquette arrière où Tessa en repéra de nombreuses autres.

— Ça doit te revenir très cher, non ?

— Sans doute, répondit-il en haussant les épaules.

Elle inclina la tête.

— Tu es riche à ce point ?

— Moi ? gloussa-t-il. Non.

— Silas alors ? Ou le propriétaire du domaine ? Comment ça fonctionne votre truc, de manière générale ?

Boone esquissa une petite moue et passa la troisième, ce qui lui fit atteindre la vitesse limite en cinq secondes.

— Écoute. Je t'aime bien. J'aimerais te dire ce que tu veux savoir. Mais je ne peux pas, même si, personnellement, je te fais confiance.

— Autrement dit, ce n'est pas le cas des autres ?

Elle repensa à Silas et à sa mine austère, puis à Cruz et à son regard de tigre méfiant.

— Disons, pour faire simple, qu'ils sont en bisbille avec les humains.

— Mais pas toi ?

Il s'esclaffa.

— Oh que si ! Et pas seulement avec les humains.

Elle le scruta.

— Donc c'est Silas, le propriétaire du domaine ?

— J'aimerais bien le savoir, répondit-il en claquant une main sur le volant.

— Tu n'es pas au courant ?

Il secoua la tête.

— Écoute, tout le monde a ses secrets. Lui. Toi. Moi...

Elle leva une main en signe de protestation.

— Je n'ai pas de secrets.

— Tu en es sûre ? répliqua-t-il alors qu'il posait les yeux sur son cou.

Elle fronça les sourcils et toucha son pendentif. De quoi parlait-il ? Avant qu'elle puisse lui poser la question, il poursuivit :

— Écoute, si tu veux connaître l'état des finances de Silas, tu n'as qu'à l'interroger. Tu ferais mieux de prendre ton courage à deux mains cela dit, parce que sa sociabilité est quelque peu déficiente. Sans surprise, puisque c'est un dragon, ajouta-t-il en souriant. En ce qui me concerne, la dernière fois que j'ai vérifié, j'avais 586 dollars à la banque. Mais c'était il y a quelques mois, donc qui sait ?

Tessa croisa les bras et tourna son regard vers la droite et le Pacifique qui scintillait sous les rayons du soleil.

— Parle-moi des dragons, l'incita-t-elle.

Il se tourna vers elle, ce qui eut pour effet d'augmenter encore la vitesse de la voiture.

— Qu'est-ce que tu veux savoir ?

— Par exemple, pourquoi Morgan pourrait-il vouloir une compagne.

Boone en postillonna de surprise.

— Morgan a dit ça ?

Tessa hocha la tête, examinant le loup avec une attention accrue. Pour la première fois, il garda ses yeux sur la route et devint sérieux.

— Les dragons sont comme la plupart des métamorphes. Ils croient en l'existence d'une compagne prédestinée.

— Une « compagne prédestinée » ?

Le pouls de Tessa s'accéléra alors que les mots s'entrechoquaient dans son esprit. Pourquoi lui semblaient-ils si familiers ?

Boone ouvrit et referma les mains sur le volant.

— Comme une âme sœur, sans doute.

Il cherchait à se donner l'air décontracté, elle le voyait bien, sans véritablement y parvenir.

— Mais pas seulement. Quelqu'un que tu aimes, protèges et chéris pour toujours. La seule personne dans le monde entier qui te comprenne vraiment. Quelqu'un qui...

Les mots se déversèrent de sa bouche, jusqu'à ce qu'il la referme brusquement

— Bref, quelque chose comme ça.

Tessa le regarda. Boone avait-il une compagne ? L'avait-il perdue ?

— Pour toujours ? chuchota-t-elle en pensant à Kai.

Boone se mordilla la lèvre avant de répondre :

— Des tas de métamorphes croient à cette idiotie. Qu'il n'y a qu'une personne pour toi de par le vaste monde et que quand tu la trouves...

Il se tut quelques secondes, avant de s'éclaircir la gorge.

— C'est la première fois que tu viens à Hawaï? demanda-t-il abruptement, histoire de changer de sujet.

Tessa scruta son profil, puis céda.

— C'est mon premier voyage ici, oui.

Serait-ce également son dernier?

Elle n'ouvrit plus la bouche durant le reste du trajet, tout comme Boone d'ailleurs. Jusqu'à l'aéroport, son esprit passa sans relâche de Kai à Morgan. La vue de sa valise lui communiqua une sensation de vertige ridicule et elle fut tentée de la serrer sur ses genoux pendant le retour à Koa Point. Ce bagage était à elle. Les affaires à l'intérieur aussi. Dès que Boone la déposa au cottage des invités, elle se précipita à l'intérieur, l'ouvrit et commença à fourrager dans ses affaires pour se rassurer. Tout comme Boone l'avait rassurée en lui disant qu'il valait mieux laisser Kai tout seul pendant encore quelque temps. Elle s'assit par terre et s'empara de sa jupe bleue favorite, simplement parce qu'elle en avait la possibilité. Parce qu'elle retrouvait une once de contrôle sur quelque chose. Ses sandales préférées étaient là elles aussi, de même que son journal intime et son bien le plus précieux : le livre de cuisine relié de cuir de sa grand-mère. Elle le serra contre elle, puis en embrassa la couverture élimée et le reposa.

Des sous-vêtements propres et trois ensembles complets étaient un gros bonus, de même que son jean préféré. Au moment où elle s'en saisit, le coin d'un emballage en carton marron pointa du fond de sa valise. Elle le souleva. Elle avait récupéré son courrier en s'enfuyant de son appartement. Ella n'avait cessé de la houspiller tout le long du chemin et le petit paquet se trouvait parmi les factures et les lettres qu'elle avait reçues.

Elle s'assit sur son lit et examina l'adresse de l'expéditeur.

— Tante Frieda?

Elle n'avait jamais été proche de ce côté de la famille. En fait, elle avait trouvé difficile de se sentir proche de l'un ou l'autre après le divorce amer et interminable de ses parents, quand elle était enfant. Quoi qu'il en soit, il était agréable de recevoir des nouvelles de temps en temps.

L'opération lui prit du temps, mais elle finit par décoller le scotch et ouvrir l'emballage qui contenait un message et un petit coffret de bois incrusté de nacre, brillant au soleil.

Bonjour Tessa,

J'ai passé en revue les dernières affaires de ta grand-mère. Elle voulait que tu hérites de ceci. J'espère que tu vas bien et que ton entreprise culinaire marche bien.

Affectueusement, Frieda.

Tessa s'empara de la boîte en se demandant ce que sa tante penserait si elle lui envoyait une réponse honnête.

« Mon entreprise culinaire marchait bien jusqu'à ce que je me fasse attaquer par un dragon. En ce moment, je suis à Hawaï. Sans trop savoir ce que je vais faire ensuite... »

Elle soupira et ouvrit le fermoir du coffret. C'était étrange de sentir le bois de rose uni tiède au toucher. Peut-être ce côté de la valise avait-il été exposé au soleil pendant le trajet de retour depuis l'aéroport. Elle approcha la boîte de son nez pour renifler et sourit, retrouvant l'odeur de la maison de sa grand-mère. Son refuge, son foyer, loin du désordre du sien, pendant ses années de lycée et d'université. Elle s'y était également rendue régulièrement durant les six années qui avaient suivi jusqu'à la mort de sa grand-mère, six mois plus tôt.

Il y avait trois ans de ça, cette dernière lui avait offert elle-même son livre de cuisine, mais elle n'avait jamais mentionné ce coffret. Tessa se le rappelait vaguement comme l'un de ses nombreux objets qui s'entassaient sur les étagères. Que pouvait-elle bien contenir ?

Elle ouvrit le couvercle, écarta le papier de soie qui en garnissait l'intérieur et regarda.

Chapitre 9

Kai grogna et se tourna lentement pour s'allonger sur le dos. Il avait dérivé dans le plus beau rêve du monde, un rêve où il était couché sur une plage de sable fin avec Tessa. Les palmiers se balançaient au-dessus de leurs têtes, scindant les rayons du soleil en une dizaine de ruisseaux de lumière qui jouaient sur leurs corps nus et faisaient étinceler le pendentif de Tessa. Quand elle avait levé les yeux vers lui après avoir couvert son torse de baisers, ses yeux avaient brillé comme ceux d'une dragonne. Elle en était une dans ce rêve, et il n'y avait plus eu d'obstacle à leur amour.

Et la meilleure partie du rêve ? Le temps s'était arrêté, ils n'avaient eu aucune raison de se presser. Fini ce sentiment persistant qu'une fatalité était sur le point de détruire son monde. Fini l'horloge qui décomptait les heures menant à quelque événement décisif. Il n'y avait eu qu'elle et lui, sans rien entre eux. Rien pour freiner l'assouvissement d'un désir brûlant, désespéré.

Compagne, avait chuchoté une voix profonde, pragmatique dans son esprit. *C'est ta compagne.*

Compagne, avait répété Tessa. *Fais de moi ta compagne.*

Mais, subitement, le rêve s'était évanoui et il s'était réveillé, chaque foutu tendon de son corps criant de douleur.

Il cligna des yeux et regarda autour de lui. Pas de Tessa, même s'il pouvait jurer qu'elle était venue ici. Pas de plage. Pas d'émeraude aussi étincelante que ses yeux. Rien que la lumière du soleil coulant à flots par les fenêtres de sa maison.

Comment était-il parvenu jusqu'ici ? Il n'en avait aucune idée. La dernière chose qu'il se rappelait, c'était avoir plissé les yeux malgré la douleur pour trouver comment rentrer chez lui, et avoir atterri tant bien que mal sans arracher un hectare de forêt.

Il plia son bras droit avec précaution et grimaça. C'était le côté qui avait subi le plus de dommages dans la lutte. Son coude le brûlait, mais il pouvait le plier. Son poignet fonctionnait lui aussi… plus ou moins. Donc, vraiment, il s'en était bien tiré.

Lentement, il s'assit. Quelle heure était-il ? Et surtout, d'où étaient sortis ces trois dragons ?

On veut ton trésor. Et on la veut vivante.

« La ». Tessa ?

Il se pencha sur ses genoux et prit deux profondes inspirations avant de se lever. Aucun des dragons qui l'avaient attaqué ne lui arrivait à la cheville, cependant ils avaient bien utilisé l'avantage du nombre.

Jusqu'à ce que le vert commette une erreur de taille, commenta son dragon avec un sourire.

Ce souvenir, il l'aimait bien. Le dragon vert était le plus petit et le plus rapide des trois, freinant et virant si vite que Kai avait à peine pu suivre la trace de cet enfoiré. Les deux autres crachaient de longs jets de flammes tandis que le plus petit avait foncé entre eux. Mais ils n'avaient cessé d'attaquer selon le même schéma et, dès que Kai l'eut compris, le vert s'était fait griller.

Littéralement.

Il avait attendu jusqu'à la toute dernière seconde pour replier ses ailes et plonger d'un côté, ce qui avait placé le vert directement dans la ligne de feu du gros rouge. Le dragon avait atterri dans la mer dans un gros « plouf », pendant que Kai remontait tout droit et attaquait le rouge par-derrière, crachant une énorme flamme.

C'est mon trésor ! avait-il rugi alors que la seule bête survivante se hâtait de battre en retraite. *Elle est mienne.*

Tessa était à lui et à lui seul. Le constat était devenu étonnamment clair au beau milieu du combat et pendant le long vol du retour. Mais, merde, tout était bien moins évident sous la lumière crue du jour. Tessa était une humaine.

Comme maman, rappela-t-il à son dragon. *Plus elle reste à nos côtés, plus elle est en danger.*

Ces dragons étaient à sa poursuite. Ils voulaient la revendiquer.

Elle est déjà en danger, objecta son dragon.

Il se gratta la tête. En temps normal, son côté humain était la part logique de lui-même. Pourquoi son dragon était-il soudain devenu celui qui faisait preuve de raison ?

Parce que tu t'inquiètes trop. Tu penses trop au passé.

Kai se releva, fermant les yeux pour lutter contre la douleur.

— Que s'est-il passé ?

Il leva les yeux et découvrit Silas qui l'observait depuis la porte avec une expression aussi sévère que sa voix. Ah, son cher cousin ! Si indulgent. Si désireux de le laisser respirer. Ou pas.

Kai se laissa retomber sur le bord du canapé et étira sa tête de gauche à droite.

— Où est Tessa ? Elle va bien ?

Silas hocha la tête, aussi acerbe que jamais.

— Ses bagages sont arrivés. Boone l'a emmenée les récupérer.

— Boone ?

Kai se leva d'un bond, sans se soucier de la douleur qui le poignardait tandis qu'il se précipitait vers la porte. Silas lui attrapa le bras, ce qui déclencha un feu d'artifice dans tout son flanc droit.

— Il ne lui arrivera rien.

— Rien ? Rien ? répliqua-t-il en postillonnant de rage, incapable d'aligner des mots. Ce putain de loup n'a aucun droit d'aller où que ce soit avec ma compagne !

Il pourrait très bien tuer Boone.

— Ta « compagne » ? répliqua Silas qui se figea complètement.

Kai s'immobilisa lui aussi. Venait-il vraiment de dire ça ?

Bien sûr, fredonna son dragon. *C'est le clair de lune qui nous a menés jusqu'à elle. Tu ne te rappelles pas ?*

Il se souvint que son esprit était devenu si brumeux qu'il avait failli emboutir les falaises de Molokai. Et il se rappela avoir été si désorienté qu'il avait été à deux doigts de se laisser pousser par le vent vers Lanai au lieu de Maui. C la mer avait alors étincelé et une voix ressemblant beaucoup à celle de son père avait chuchoté dans sa tête.

La route vers le paradis. Le chemin jusqu'à ta compagne.

Et elle avait été bel et bien là : une autoroute argentée, qui le conduisait chez lui. S'il avait eu ne serait-ce qu'un poil plus d'énergie, il aurait regardé autour de lui pour repérer le fantôme de son père ou l'ombre de la destinée. Mais tout ce qu'il avait réussi à faire, à ce moment-là, c'était de continuer à agiter ses ailes jusqu'à ce que le toit pointu du cottage de Tessa entre dans son champ de vision.

Compagne. Elle est notre compagne.

Il repoussa Silas et se rua sur ses vêtements.

— Bordel, comment t'as pu la laisser quitter le domaine ? Elle est en danger.

— C'est toi qui es rentré couvert de sang. Que s'est-il passé ?

— Je dois la voir.

— Elle ne craint rien avec Boone, s'entêta Silas.

— Même si un trio de dragons surgit de nulle part pour l'attaquer ?

Kai sortit sur la terrasse pour scruter le ciel.

La voix de Silas baissa d'une octave.

— Quoi ? Des dragons ? Ici ?

Maui était leur territoire, de même qu'Hawaï par extension, parce que les dragons s'étaient installés partout. Bon sang, Silas était déjà devenu dingue, deux ans plus tôt, quand un dragon vieillissant avait déposé une requête pour passer six mois de l'année sur la Grande Île. S'il n'avait pas été un lointain parent, il ne l'y aurait jamais autorisé.

Bon, d'accord, Damien Morgan était un lointain parent, lui aussi. Kai lui jeta un regard noir.

— Trois dragons. Ils se sont envolés d'Oahu pour m'attaquer dans le canal de Ka'iwi. Assez intelligents pour que notre combat n'ait pas été remarqué par les humains.

Assez bêtes pour penser qu'ils pouvaient m'avoir, nota son dragon en reniflant.

— Qui ?

Kai haussa les épaules… et le regretta aussitôt. Son côté gauche allait bien, mais il n'en allait pas de même du droit.

— En tout cas, aucun d'eux ne connaissait la région. Ils n'ont pas pris en compte les tourbillons arrière des courants d'Oahu.

Silas hocha lentement la tête.

— Donc des métamorphes du continent.

— Ça se pourrait, concéda Kai après réflexion. Ils en ont après Tessa. Ils ont dit « On veut ton trésor. Et on la veut vivante. » « La », Silas. Ils ont dit « On *la* veut ».

— Qui voudrait considérer une humaine comme un trésor ?

Kai pivota et gravit les trois marches en fulminant pour se retrouver face à son cousin. Il était à deux doigts de l'agripper par le col de sa chemise pour le secouer.

— Fais attention à ce que tu dis.

Silas ne le repoussa pas. Il se contenta de plonger les yeux dans les siens.

— Tu penses vraiment qu'elle est ta compagne ?

Kai recula, le regard tourné vers la mer, et chuchota :

— Oui.

Son âme criait parce qu'il aurait dû célébrer et hurler la nouvelle vers le ciel. Si seulement la situation n'était pas aussi compliquée… S'il n'était pas si dangereux pour Tessa d'être liée à lui.

Les yeux sombres de Silas se rivèrent aux siens, implacables, cependant Kai lui rendit son regard. Tessa était sa compagne. Son cousin devait accepter cette vérité. Les autres aussi, d'ailleurs. Et ensuite… Merde. D'une manière ou d'une autre, il devrait l'expliquer à Tessa également.

Elle ressent la même chose de son côté, chuchota son dragon. *Elle nous veut tout comme nous, on la veut.*

Ça, c'était simple… d'une simplicité trompeuse. Il doutait que Tessa veuille s'impliquer d'une quelconque manière avec le monde des métamorphes… surtout avec la destinée qu'avait connu sa mère.

— Elle pourrait ne pas avoir le choix, grogna Silas.

Kai leva rapidement les yeux, affligé d'avoir laissé dériver ses pensées assez loin pour que Silas les lise. Affligé et inquiet.

— Qu'est-ce que tu veux dire ?

— À l'évidence, elle n'est pas vraiment ce qu'elle semble être. Pourquoi trois dragons seraient-ils à sa recherche, en la qualifiant de « trésor » ?

La question pouvait n'être que rhétorique, toutefois Kai n'arrivait pas à comprendre. Tout ce qu'il parvenait à faire, c'était grincer des dents à la pensée de ce riche bâtard de Morgan.

— Tu penses que Morgan a assez d'argent pour lancer trois dragons à ses trousses ?

Silas inclina la tête, d'un côté puis de l'autre.

— Morgan peut avoir ou pas des bataillons de dragons à ses ordres, répondit-il avec des yeux étincelants. Drax, en revanche, c'est une certitude.

Kai grogna en songeant à leur ennemi juré et le son fit vibrer sa poitrine.

— À quoi pourrait-elle bien lui servir ?

— Est-ce que ça pourrait être lié au collier qu'elle porte ? suggéra Silas. Celui qui ressemble à s'y méprendre à la Pierre de Vie ?

Kai avait trouvé que le pendentif lui rappelait quelque chose, sans parvenir à mettre le doigt dessus jusqu'à présent.

La Pierre de Vie, haleta son dragon. L'une des pierres légendaires pour la race des dragons, perdues depuis longtemps. Il secoua la tête avant que son animal ne se laisse emporter par cette idée.

— Ce pendentif ne fait que *ressembler* à la Pierre de Vie. Regarde-le bien, il est facile de remarquer que c'est un faux.

— N'empêche, ce bijou pourrait bien être ce qui a attiré l'attention de Morgan. Et si Drax est impliqué...

— Pourquoi serait-il intéressé par une copie de la Pierre de Vie ?

— Il ne le serait pas. Il voudrait l'originale. Mais peut-être que la copie est un indice. Peut-être qu'elle peut nous conduire à la pierre véritable. Tu as réussi à savoir d'où Tessa la tenait ?

Kai haussa les épaules.

— C'est sa grand-mère qui la lui a donnée.

Finalement, il n'avait pas fait que rêver de Tessa, la veille. Il était aussi parvenu à récolter quelques informations.

— Sa grand-mère ?

Kai fronça les sourcils. Il avait eu l'intention d'explorer ce côté de la parentèle de Tessa, cependant il s'était retrouvé à voler toute la nuit, afin de calmer son dragon. Et, nom d'un chien, il n'avait obtenu que le résultat contraire : sa bête intérieure était plus affamée de l'humaine que jamais. Plus persuadée que jamais qu'ils allaient réussir à faire fonctionner leur relation.

— Ne me dis pas que tu n'as pas encore fait de recherches là-dessus, grogna Silas.

Kai racla le sol de la pointe de sa chaussure. Non, il n'en avait pas fait. Pas encore. Silas secoua la tête, puis l'empoigna par l'épaule et pour lui parler à voix basse :

— Il y a une autre possibilité qui pourrait expliquer pourquoi Morgan la veut, et elle me perturbe encore plus : Tessa pourrait être une Veilleuse du feu.

Kai se figea sur place. *Une Veilleuse du feu.* Autrement dit, une humaine capable de porter l'enfant d'un métamorphe dragon. Tessa pourrait-elle être l'une de ces créatures rarissimes, comme sa mère l'avait été ? Il l'aimerait dans un cas comme dans l'autre, mais pour les autres dragons, la différence était de taille.

— Une Veilleuse du feu, chuchota-t-il en se demandant si c'était possible.

Elles étaient si rares qu'elles étaient convoitées et vénérées, même si ce n'était pas toujours pour les bonnes raisons.

— Drax donnerait n'importe quoi pour avoir une femme capable de porter un enfant métamorphe. Et Morgan aussi, ajouta Silas.

Son dragon voulut corriger son cousin. Ce serait l'enfant de Tessa.

Le sien et le mien, si on a cette chance un jour.

Il secoua la tête. Stupide dragon, toujours à s'emballer.

Mais maintenant que l'idée était là, elle dansait dans sa tête. Lui. Tessa. Ensemble, fondant une famille. La population des dragons déclinait partout dans le monde. C'était le cas depuis des siècles. Certains avaient la chance de se trouver une femme qu'ils aimaient, métamorphe ou humaine. Les autres passaient leur vie à espérer ou à se battre pour l'une des rares capables de perpétuer leur lignée de dragons.

Il sentit que sa bouche s'échauffait, s'emplissait d'une saveur de soufre. Personne ne le déposséderait de sa compagne. Personne.

Silas poursuivit, ce qui le fit bouillir :

— Drax a pour but de dominer tous les dragons, mais lui aussi est mortel. Et il n'a pas d'héritiers… Pas d'héritiers métamorphes, en tout cas.

Kai leva les yeux au ciel. Il ne voulait pas imaginer le nombre de femmes qu'un type comme Drax avait mises dans son lit, néanmoins les quelques humaines qui tombaient enceintes d'un dragon portaient des rejetons humains ; autrement dit sans valeur pour quelqu'un comme lui.

Ils ne seraient pas sans valeur pour moi ! s'écria le dragon de Kai. *J'aimerais n'importe quel enfant. Je le protégerais jusqu'à la mort.*

Malheureusement, la plupart des dragons ne voyaient pas les choses sous cet angle et ignoraient leurs rejetons humains. Des dragons cruels et avides de pouvoir. Qui avaient les moyens de pourchasser et capturer celles qu'ils convoitaient. Comme Tessa.

Kai se moquait bien que ce soit Morgan ou Drax qui la pourchasse. Il la protégerait au prix de sa vie. Il ferait ce qu'il faudrait.

— Je dois lui parler, déclara-t-il en se tournant vers l'escalier.

Mais merde, qu'allait-il lui dire ? Comment lui expliquer ? Il avait passé l'essentiel de la matinée à récupérer de ses blessures, sans protéger sa compagne qui avait quitté la propriété avec Boone. Boone !

Son dragon grogna et la colère revint. Oubliant la douleur, il se précipita dehors, plus enragé à chaque pas. Enragé contre Boone. Contre Silas. Contre Damien Morgan. Et plus que tout, contre lui-même. Il aurait dû veiller sur Tessa la nuit dernière, et pas s'autoriser cette petite sortie nocturne.

On a bien fait, répliqua son dragon. *On a éloigné le danger. Mieux vaut se battre loin d'elle que sous ses yeux.*

Il vérifia que le ciel n'était pas traversé par une flottille d'ombres furtives et partit en courant.

— Putain ! jura Silas.

Kai fonçait tête baissée, sans prêter attention à son cousin, qui finit par renoncer et préféra lui envoyer un message par la pensée.

Réfléchis, tête brûlée. Qu'est-ce que tu vas lui dire ?

Kai serra les dents tout en filant à toute allure vers le cottage des invités. Il n'en avait pas la moindre idée. Mais il trouverait bien quelque chose, non ?

Chapitre 10

Tessa inclina le coffret de sa grand-mère, poussant un cri quand la lumière du soleil fit scintiller la pierre qu'elle contenait. Elle était si belle, si incroyablement brillante, que la jeune femme n'osait pas la toucher. À la place, elle porta les doigts au pendentif autour de son cou.

Elle rassemblait son courage pour effleurer la pierre de la boîte lorsque des bruits de pas précipités se firent entendre sur la terrasse, si lourds et pressants que, sous la surprise, elle laissa tomber le coffret. Il atterrit sur le tapis moelleux de ses habits dans la valise tandis qu'elle se tournait vers la porte.

— Kai, chuchota-t-elle, soudain parcourue par une décharge électrique.

Il va bien ! Il est sain et sauf ! Il est venu me voir ! se réjouit son âme.

Elle se précipita pour lui toucher le bras.

— Tu vas bien ?

À sa vue, son corps fut parcouru d'un puissant courant de joie. Mais... *waouh !* Ses yeux étaient d'un rouge incandescent et non bleus, et il avait les poings serrés contre ses flancs.

— Quelque chose ne va pas ?

— Comment te sens-tu ? demanda-t-il d'une voix autoritaire.

Oui, autoritaire, sans une pointe de tendresse. Elle recula d'un pas. Pourquoi était-il aussi en colère ? Quelle erreur avait-elle commise ?

— Je me sens bien, évidemment. C'est toi qui étais blessé.

— C'est toi qui t'es fait la malle avec cette saleté de loup ! tempêta-t-il.

Bon sang, était-il jaloux ?

— La compagnie aérienne a appelé. Boone m'a emmené récupérer ma valise. . .

Kai réduisit la distance entre eux.

— Tu ne comprends pas que c'est dangereux pour toi de sortir d'ici ?

Il se dressait de toute sa hauteur et, bordel, ses épaules lui parurent d'une largeur infinie. La puissance qui émanait de lui aurait dû la terroriser, pourtant son trouble se mua en consternation. La sensation chaude et heureuse dans son ventre devint une rage folle qui menaçait de la balayer.

Les paroles de sa grand-mère retentirent dans son esprit.

Compte jusqu'à dix.

Elle n'avait pas envie de compter jusqu'à dix. Elle voulait, elle avait *besoin*, de s'énerver. D'une manière qu'elle n'avait que rarement connue. Malgré tout, quand cette rage prit le dessus, ce fut comme si une seconde âme, cachée, se dressait en elle.

— Je décide où je vais et quand. Et toi, je te signale que tu étais blessé. En train de dormir, pour tout dire.

— Non. . ., voulut-il protester, mais elle l'interrompit.

— J'ai été réveillée par ton atterrissage forcé sur ma pelouse. Je me suis occupée de toi. Je me suis rongé les sangs en me demandant comment tu allais.

Sa colère tourbillonnait de plus en plus fort, comme une tornade qui commencerait tout juste à se former. Elle le repoussa brutalement, si brutalement qu'il en fût désarçonné. Ayant l'impression d'avoir capté son attention, elle recommença, le faisant reculer d'un pas supplémentaire à chacune de ses déclarations.

— Qu'est-ce qui te donne le droit de me dire ce que je dois faire ?

Un brouillard rougeâtre s'abattit sur ses yeux alors qu'une flopée de souvenirs ressurgissait. De sa mère, décidant quels amis elle pouvait ou non fréquenter. De sa sœur aînée, martelant que ses rêves n'étaient que des absurdités. De son père, affirmant en ricanant qu'elle ne réussirait jamais à devenir cheffe. Qu'elle ferait mieux de s'orienter vers la médecine. L'exigeant, en fait, et refusant de lui payer l'université, sauf si elle se pliait à sa volonté.

Elle l'avait défié, à l'époque, et elle défierait Kai. Et même si le corps de ce dernier faisait vibrer le sien, c'était une réaction animale. Elle refusait qu'un homme lui donne des ordres.

— Qu'est-ce qui t'autorise à me commander ? demanda-t-elle.

Elle lui plaqua les mains sur le torse pour le pousser contre le mur. Le toit de chaume frémit et tout le cottage fut secoué, pourtant elle ne se radoucit pas.

— Rien, répondit-elle avant qu'il puisse le faire. Je me fiche que tu sois un grand méchant dragon.

— Mais...

Elle secoua la tête.

— Tu ne me possèdes pas. Ne me dis jamais ce que je peux faire, quand ou avec qui.

Visiblement, la colère fonctionnait bien sur les dragons. Le feu pour éteindre le feu, peut-être ; en tout cas Kai paraissait déconcerté.

— Cela pourrait être dangereux, dehors, protesta-t-il. La nuit dernière...

Elle se fichait complètement de la nuit dernière ou de son expression de chien battu. C'était lui qui l'avait mise hors d'elle, bordel, et pas l'inverse.

— Tu ne devrais pas quitter cet endroit sans...

Elle resserra sa prise sur la chemise de Kai.

— Sans quoi ? Demander ta permission ?

Pendant une seconde, il resta sans répondre et elle comprit qu'elle s'était laissé emporter par une colère qui, de temps en temps, jaillissait de nulle part. Elle prit une profonde inspiration pour essayer de se calmer. Ses narines saisirent l'odeur de Kai et, peu à peu, elle se rendit compte de leur proximité. Houlà... Ils étaient tout proches. Sa poitrine était collée contre son torse, et son souffle lui effleurait doucement la joue. Elle sentait le cœur du dragon tambouriner sous la paume qu'elle avait plaquée sur ses pectoraux et quelque chose en elle se réveilla, quelque chose qui se mit à ronronner tel un chat s'étirant après un long sommeil hivernal.

Elle plongea ses yeux dans les siens. Toutes les émotions qui leur avaient manqué à l'arrivée de Kai ressurgissaient, transformant leur éclat rouge en un bleu vif et chaleureux. La partie extérieure et lumineuse de cet éclat manifestait la tendresse à laquelle elle aspirait. L'anneau saphir intérieur exprimait le respect. Et les éclats indigo les plus sombres, près des pupilles... Eh bien, ils ressemblaient à s'y méprendre à du désir.

Son cœur se mit à battre un peu plus vite. Ses yeux à elle révélaient-ils aussi toutes ces nuances-là ?

Il avait également la cuisse plaquée contre sa hanche et, bon sang... ça recommençait. Cette chaleur. Cet appel animal. Ce besoin aveuglant.

Elle lui faudrait bander les muscles de ses bras et de ses jambes pour repousser le malabar qu'il était, mais tandis que sa colère refluait, ses muscles se détendirent l'un après l'autre, prenant la même consistance guimauve que son cœur.

Ne fais pas ça, s'intima-t-elle. *Ne cède pas rien à cet homme. Sinon, il prendra tout.*

Pourtant, Kai ne donnait pas l'impression d'être sur le point de tout prendre. Il lui saisit les mains avec douceur. Et, d'un mouvement à peine perceptible, ses pouces lui effleurèrent la peau.

Elle inspira profondément. Venait-il vraiment de chasser sa colère ?

— Tu ne peux pas me dire ce que je dois faire, chuchota-t-elle, baissant les yeux pour éviter son regard.

Ce qui les porta au niveau de son buste, qui se soulevait et s'abaissait sous son souffle régulier. Sa poitrine à elle se gonflait et se dégonflait également, et elle dut résister à l'envie de la plaquer contre lui.

Le voile rouge devant ses yeux s'adoucit pour prendre un éclat doré. La brise marine emmêlait les rideaux, soufflant vers elle l'odeur de Kai. Il sentait le cuir, le sel et le vent. Elle était incapable de s'empêcher de l'inhaler. Il y subsistait aussi une petite trace du savon qu'elle avait utilisé pour le nettoyer, un peu plus tôt, et ce souvenir lui donna chaud.

Les poumons de Kai s'emplirent d'air au même moment, ce qui la fit ciller. Était-il en train de la renifler, de son côté ?

— Tessa, chuchota-t-il, d'une voix douce... et rauque.

Elle leva les yeux vers son visage. Grave erreur ! Elle n'était plus qu'à un centimètre de ses lèvres. Elles étaient sèches, mais ni aussi craquelées ou enflées que précédemment.

— Tu es sûr que ça va ? chuchota-t-elle, subjuguée par le feu qui tourbillonnait dans ses yeux.

S'agissait-il d'un tour que jouaient les dragons pour séduire des jeunes filles innocentes ? Elle repoussa aussitôt cette pensée. Bon sang, elle n'était plus une jeune fille innocente. Et une partie d'elle brûlait d'envie d'être séduite. D'être étreinte et chérie comme les yeux de Kai le promettaient.

— Je vais bien. Merci.

Il baissa le menton, ce qui mit ses lèvres, celles qui suppliaient d'être embrassées, juste à la portée de Tessa. Les yeux rivés sur sa bouche, il se mordilla la lèvre. Elle s'approcha, inclinant la tête, concentrée sur le baiser auquel ils aspiraient tous les deux.

— Ne m'embrasse pas, chuchota-t-il d'une voix encore plus rauque.

À part les lèvres, rien chez lui ne bougeait. Le sang ne fit que circuler plus vite dans les veines de Tessa.

— Tu ne peux pas me dire ce que je dois faire, murmura-t-elle, d'une voix basse et éraillée.

Se penchant encore, elle resserra sa prise sur la chemise de Kai. Il afficha un petit rictus, cependant ses yeux s'assombrirent.

— Tu ne devrais vraiment pas m'embrasser, répéta-t-il, même si sa voix le trahissait.

— Pas même si on en a tous les deux envie ?

— Surtout si on en a tous les deux envie.

— Tu le veux. Tu veux m'embrasser, insista-t-elle, non sur un ton à la fois triomphant et émerveillé.

Elle se pencha vers lui, tendant les lèvres vers les siennes.

— Je veux plus que t'embrasser, grommela-t-il d'une voix si basse qu'elle dut tendre l'oreille.

Il me veut.

Son âme dansait.

— Mais, écoute, chuchota-t-il. Je suis un dragon et tu es une humaine...

Elle déplaça les mains sur son torse.

— Ce que je touche m'a l'air très humain.

Kai ouvrit la bouche pour ajouter quelque chose qu'elle était sûre de ne pas vouloir entendre et le temps ralentit. Beaucoup, beaucoup, jusqu'à ce que chaque seconde devienne une minute et chaque minute une éternité.

Embrasse-le. Embrasse ton compagnon, la houspilla une petite voix au fin fond de son esprit.

Elle sentit le temps s'étirer jusqu'à ses ultimes limites, tel un élastique sur le point de rompre. Le temps, un coup du sort, ou la destinée lui donnaient une dernière chance d'agir avant que Kai ne batte des paupières et recule.

Il le veut, insista la petite voix. *Tu le veux. Embrasse-le. Cherche ta destinée. Bats-toi pour elle.*

Tessa ferma les yeux, se hissa sur la pointe des pieds et laissa ses lèvres se rapprocher des siennes, agrippant sa chemise avant qu'il puisse battre en retraite. Mais au lieu de la repousser, Kai l'attira contre lui.

Embrasse-moi ! hurlait le corps du métamorphe dragon. Elle le sentait dans la pression qu'il exerçait sur son dos, dans le tambourinement de son cœur.

S'il te plaît, embrasse-moi !

Elle effleura sa bouche de la sienne comme le clair de lune ondoyant sur la mer pendant la nuit, avant de glisser une main derrière sa tête pour le rapprocher encore. Pour lui dire combien elle voulait ce baiser, qu'il lui semblait juste. Les réticences de Kai, quelles qu'elles soient, ne provenaient ni de son cœur ni de son âme, mais d'une zone sombre et hantée dont elle devait le libérer.

Embrasse-moi ! hurla-t-elle en espérant pouvoir lui envoyer ses pensées par télépathie.

Il ouvrit la bouche, l'invitant à le goûter, à l'explorer. Aussi ne s'en priva-t-elle pas, non sans s'émerveiller. Il était si doux. Si affamé. Si accueillant. Rien à avoir avec le comportement d'un dragon ou, du moins, avec ce qu'elle attendait d'un dragon.

Pourtant elle sentit ses bras trembler sous les siens, et son torse était dur comme la pierre. Soudain, elle comprit. Il se retenait. Il bataillait contre lui-même, peut-être même luttait-il contre son dragon. Pour lui prouver qu'un métamorphe dragon n'était pas nécessairement autoritaire ou dominateur, après tout. Pas quand cela comptait vraiment.

— Tu veilles à ne pas me flanquer la frousse ? chuchota-t-elle contre ses lèvres.

— Je te désire trop pour tout gâcher, répliqua-t-il d'un ton bourru.

Un petit chœur d'anges se mit à chanter aux oreilles de Tessa. Sa poitrine se gonfla et son cœur battit plus vite à mesure qu'elle se frottait contre lui.

— Je te demande juste de ne pas t'arrêter, haleta-t-elle un peu plus tard. Et je te garantis que tu ne gâcheras rien du tout.

Il se pencha vers elle, la serrant fermement.

— Je n'ai pas l'intention d'arrêter.

Enfonçant les mains dans ses épais cheveux bruns, elle le remercia d'un baiser profond, long et humide qui visitait chaque recoin de sa bouche pendant qu'elle suivait des doigts les lignes de ses épaules. C'était un baiser au goût de soleil, d'arc-en-ciel et de toutes sortes de choses extraordinaires et pleines de promesses. Se serrant contre lui, elle se rendit compte qu'elle gémissait...

Soudain, elle se rappela les blessures qu'il avait subies et recula pour prendre une profonde inspiration.

— Tu es sûr que tu ne souffres plus ?

Il releva la tête avec un air abasourdi qui disait qu'il avait été tout autant qu'elle submergé par ce baiser.

— Plus du tout.

Elle passa les mains sur ses épaules, puis son torse, trouvant le petit renflement de son téton. N'y avait-il pas une entaille ici, plus tôt ? Elle lui effleura doucement la peau, mais tout ce qu'elle trouva, ce fut des muscles fermes et plats.

— Vraiment ?

Comme la chemise de Kai était glissée dans son jean, elle la lui sortit du pantalon. Lentement, elle remonta, révélant une peau lisse et immaculée, beaucoup de peau, striée par les tablettes de ses abdominaux.

Il la dévisagea, l'air fermé. Redoutait-il de la voir décamper ?

— Les métamorphes guérissent vite. Tu vois ? Tout est parfait.

Elle ravala sa salive. Oui, il était tout à fait parfait. Quoi qu'il en soit, elle le débarrassa de sa chemise pour mieux s'en assurer. Kai n'avait pas plaisanté. On aurait dit qu'il n'avait jamais été blessé, à l'exception de son épaule droite, parce qu'il grimaçait quand il la remuait.

— D'accord, peut-être à l'exception de cette partie, murmura-t-il en l'attirant dans un nouveau baiser.

La chaleur de son corps monta encore d'un cran quand elle sentit tous ces muscles durs et chauds, et elle laissa ses doigts jouer avec la ceinture du jean de Kai. Leur baiser se fit plus exigeant. Plus affamé. Elle avait le sang qui lui tambourinait dans les oreilles tandis qu'elle le faisait pivoter jusqu'à se retrouver plaquée contre le mur et être bloquée par le corps de Kai.

— À ton tour, monsieur, haleta-t-elle en se cambrant contre lui.

— Tu en es sûre ? murmura-t-il.

Elle faillit éclater de rire. Oh oui, elle en était sûre. Si sûre, qu'elle était à deux doigts de miauler et d'enrouler les jambes autour des siennes.

Kai leva la main droite pour la maintenir contre le mur puis fit de même avec la gauche, et elle se retrouva emprisonnée. Délicieusement emprisonnée et frétillante contre lui.

— Sûre et certaine, murmura-t-elle en tendant les lèvres.

Il l'embrassa avec ce qui semblait être son cœur, son corps et son âme. Leurs doigts s'entrelacèrent tandis qu'il se plaquait contre ses hanches au même rythme régulier et insistant que sa langue. Tessa se rendit compte qu'elle se balançait contre lui, comme s'il était le rivage et elle la vague. À moins que ce ne soit l'inverse ? Elle n'aurait su le dire. Pas quand un désir aussi bestial la submergeait comme jamais auparavant. Littéralement. Comme si les deux hommes avec lesquels elle avait couché par le passé n'avaient été que des rêves et qu'elle faisait vraiment l'expérience d'une étreinte pour la première fois.

— Sûre et certaine, gémit-elle.

Kai se pencha encore, offrant à son cou d'intenses baisers, bouche ouverte, la léchant et l'enflammant.

Elle renversa la tête en arrière pour qu'il puisse mieux l'embrasser et se tortilla quand il fit passer son chemisier par-dessus sa tête. Il dégrafa son soutien-gorge et une seconde plus tard, il l'immobilisait de nouveau, la bouche dans son cou. Le monde lui parut basculer lentement vers l'avant, jusqu'à ce qu'elle comprenne que Kai descendait le long de son corps, centimètre par centimètre. Il embrassa le creux de son cou, la ligne délicate de sa clavicule, puis le renflement de ses seins.

— Oh oui, chuchota-t-elle en se cabrant jusqu'à ce qu'il prenne un téton dans sa bouche.

Quand il referma les lèvres sur le petit bouton rose et se mit à sucer, elle faillit crier.

— Oui, murmura-t-elle, cédant aux assauts enivrants de son dragon.

Son dragon ? Elle perdait la boule ?

Mien, grogna une voix profonde, depuis les tréfonds de son âme. *Mon compagnon.*

Chapitre 11

Chaque fois que Tessa gémissait ou se tortillait sous ses doigts, le dragon de Kai rugissait.

Oui. Fais-lui plaisir. Fais plaisir à notre compagne.

Kai faillit ricaner. Comme s'il avait besoin du moindre encouragement.

Là, murmura son dragon quand les seins de Tessa gonflèrent à son contact. *Elle aime ça.*

Il grommela parce qu'il n'avait pas vraiment besoin d'instructions non plus. Il n'était plus un gamin.

On dirait notre première fois, roucoula son dragon. *Avec Tessa, tout est différent. Nouveau.*

Il voulait bien être d'accord sur ce point. Si ce qu'il avait fait par le passé pouvait être qualifié de relation sexuelle, cette expérience-ci devait s'appeler autrement. Porter un long nom hawaïen, plein de lyrisme et de voyelles joyeuses qui rouleraient sur sa langue.

Rouler. Langue. Bonne idée, murmura son dragon alors que Tessa gémissait.

Elle était tellement cambrée qu'il pouvait facilement glisser les mains dans son dos pour l'attirer contre lui et accentuer encore plus ses courbes stupéfiantes. Il tourna la tête sur le côté afin de sucer ses seins par en dessous, ce qui lui en faisait éprouver tout le poids.

Le paradis, murmura son dragon. *Le paradis.*

Ses douleurs s'étaient évanouies en même temps que ses ultimes craintes, quand elle avait chuchoté qu'elle en voulait davantage. Au fin fond de lui, il sentait que tout reviendrait plus tard, quand ce serait le moment de se venger. Mais pour l'instant, sa compagne avait besoin de lui. Elle le suppliait.

Il lui mordilla un sein, apaisant la sensation avec le bout de sa langue. La surface était lisse, sauf au niveau des petites protubérances qui entouraient son téton. Ses yeux étaient à deux doigts de se révulser tandis qu'il cherchait à toutes les mémoriser.

Ma compagne me veut. Ma compagne n'a pas peur, roucoula son dragon. *Notre compagne est forte.*

Elle était forte. Forte et déterminée. Qui l'avait déjà malmené ainsi contre un mur auparavant ? Et bon sang, elle avait de la colère en elle, c'était une certitude. Une colère pure, torride, qui aurait pu brûler une grange si elle avait eu le pouvoir d'ouvrir les mâchoires et de cracher du feu.

Mais sa colère avait reflué aussi vite qu'elle était venue, révélant l'âme passionnée qui se tapissait dessous. Une âme brûlant d'être aimée et acceptée, à condition seulement que ce soit selon ses termes à elle.

Eh bien, il pourrait se plier à ses termes, surtout si la récompense, c'était *ça*.

C'est tellement bon, gémit son dragon, qui ne se lassait pas de la goûter.

Il avait eu un mal de chien à le retenir, au départ, cependant la bête s'était rapidement calmée et appréciait l'expérience de laisser son humain prendre le contrôle.

À propos d'apprécier l'expérience..., murmura son dragon en indiquant le lit.

Bientôt, répliqua Kai. *Bientôt. C'est elle qui mène la danse.*

L'épaule droite de Tessa s'inclina et il réagit en passant à son sein droit. Il pétrissait le gauche pendant ce temps ; il le malaxait et faisait rouler le téton entre ses doigts, pinçant juste assez fort pour la faire gémir, puis soupirer.

— Oui, geignit-elle en ruant contre lui. Oui...

Ce mot, il voulait l'entendre un millier de fois au cours de l'heure à venir.

Des heures. Des jours. Des semaines, approuva son dragon.

Cette pensée fit enfler son sexe dans son jean. Le pantalon était déjà sacrément serré, mais désormais, c'était pire. Les dragons avaient un solide appétit sexuel ; d'ailleurs, selon la légende, les compagnons destinés scellaient leur lien éternel au cours de séances marathons qui se prolongeaient pendant des semaines et au cours desquelles personne n'osait les déranger, de crainte d'encourir la colère divine du dragon.

Il relâcha son souffle sur la peau de Tessa. La colère divine. L'expression pourrait bien être appropriée, et il payerait cher pour voir ce qu'il se passerait si quelqu'un venait s'immiscer entre sa compagne et lui.

— Aïe ! couina-t-elle.

Il lui frotta rapidement la peau en se maudissant. Merde, il devait faire attention. Ce souffle avait été le fait de son dragon et il était dangereusement proche d'une bouffée ; c'était ainsi que les dragons marquaient leur compagne juste après avoir échangé la morsure d'union. Une marque qui brûlait brièvement, tout en libérant un immense plaisir, comme dans le cas d'une étreinte sexuelle passionnée. Ou du moins était-ce ce qu'il avait entendu dire, parce que rares étaient les dragons à être assez chanceux pour avoir une compagne destinée : une femme à aimer pour l'éternité.

Une femme à qui je donnerai du plaisir sans relâche, grogna son dragon.

Kai se laissa tomber à genoux pour embrasser le nombril de Tessa. Il posa les mains sur ses hanches, prenant son temps. Tessa devait comprendre que jamais il ne la forcerait ni ne lui donnerait des ordres. Elle pourrait mener la barque elle aussi.

— Enlève-moi ça, lâcha-t-elle en levant les mains de son paréo. S'il te plaît. Enlève-le.

Il passa les doigts le long du tissu, puis dénoua le nœud devant pour laisser le vêtement tomber.

Le paradis. Il n'était plus qu'à quelques centimètres du paradis.

— S'il te plaît, Kai, haleta-t-elle en l'attirant à elle. Touche-moi.

Il fit glisser les mains sur ses cuisses puis les remonta, s'efforçant de ne pas se précipiter. Il lui écarta les jambes et se pencha avec lenteur, soufflant sur son ventre. Elle noua les doigts dans ses cheveux et l'attira à elle. Plus bas. Il embrassa la peau blanche de son ventre tout en se dirigeant vers son sexe. Il en fouilla les replis, d'abord avec douceur, puis plus fort, tandis que son corps à elle réagissait par des frissons de plaisir.

— Oh, murmura-t-elle en devenant toute molle contre le mur. Oui...

Des décharges électriques lui fusèrent dans le corps quand il toucha son sexe et se pencha pour la goûter. Un millier de petites lampes se mirent à clignoter dans son âme.

Mienne, fredonna son dragon dans sa tête. *Ma compagne.*

Il lécha plus fort. Plus vite. Plus profond. Désirant surtout que Tessa n'interrompe pas les gémissements de plaisir qu'il pouvait à peine entendre par-dessus le rugissement dans ses oreilles. Désirant avant toute chose qu'elle éprouve du plaisir.

Crie pour moi, compagne, fredonna son dragon. *Dis-moi comme c'est bon.*

Elle se balançait contre sa main et sa bouche, exigeant davantage. Il glissa un doigt, puis deux en elle, s'émerveillant de son étroitesse et de son humidité. Du désir qu'elle avait de lui. Il se mit à aller et venir au rythme de ses mouvements de langue, jusqu'à ce qu'elle tremble et hurle son nom.

Il ralentit peu à peu, rechignant à ce que cela se termine, alors que Tessa était devenue flasque entre ses mains.

C'est la première fois que nous lui donnons du plaisir, fredonna son dragon. *Ce qui ne signifie pas que ce sera la dernière.*

Pas question que ce soit la dernière s'il avait voix au chapitre. Mais qu'en pensait Tessa ?

— Kai, murmura-t-elle en le relevant jusqu'à ce qu'ils se retrouvent face à face.

Il sourit, satisfait de découvrir ses joues rougies et son regard embrumé.

— Oui, milady ? fit-il en adoptant ses meilleures manières de dragon.

Elle gronda un peu, puis le repoussa.

— C'était bon. Très, très bon.

Il hocha la tête pour s'obliger à croiser son regard au lieu d'admirer les marques rouges que son début de barbe avait laissées en frottant sur les cuisses et les seins de Tessa.

Ses beaux seins rebondis.

Son dragon se pourléchait les babines.

Elle l'attrapa par la taille, fit sauter le bouton de son jean et en abaissa la fermeture éclair.

— Très bon... pour moi. À mon tour maintenant de te rendre la pareille, ajouta-t-elle en glissant une main à l'intérieur de son pantalon.

Il s'efforça de garder une voix égale, malgré le feu d'artifice qui explosait au niveau de son entrejambe.

— D'accord, chuchota-t-il. Bien.

— « Bien » ? C'est tout ?

Elle haussa un sourcil provocateur et baissa son jean et son boxer pour prendre ses bourses en main. Il s'éclaircit la gorge, s'intimant de se maîtriser.

— Tu préférerais « Génial » ?

Tessa se pressa contre son torse pour lui chuchoter à l'oreille :

— Et qu'est-ce que tu dirais si je me débrouillais pour que ce soit encore mieux ?

Ses tétons se pressaient contre son torse et quand elle lui empoigna le sexe, il prit une rapide inspiration.

— S'il te plaît.

S'il te plaît, supplia son dragon.

— Et ça, c'est comment ?

Elle le caressait de haut en bas. Chaque fois qu'elle atteignait le sommet de son érection, elle tournait la main, dénudant le prépuce, ce qui obligeait Kai à grincer des dents tant la sensation était géniale. Et chaque fois qu'elle descendait vers la base de son membre, elle s'assurait que ses doigts lui effleurent les bourses.

Il regrettait de n'avoir rien à quoi se raccrocher, parce que cette femme était sur le point de le mettre à genoux. Il se cramponna donc à elle, tout en cherchant à ne pas lui laisser voir à quel point il était proche de jouir. Visiblement, il avait échoué, s'il en jugeait par l'expression narquoise peinte sur son visage. Mais ça n'avait pas d'importance. C'était Tessa. Pour elle, il se dévoilerait. Pour elle, il laisserait tomber ses défenses et lui montrerait à quel point elle le touchait.

— On va se débarrasser de ces trucs, d'accord ?

Elle le relâcha et l'aida à retirer son pantalon, les yeux écarquillés devant ce qu'elle découvrait sans plus d'obstacle.

Elle aime ce qu'elle voit, chantonna son dragon.

Et lui veillerait à ce qu'elle aime aussi ce qu'elle éprouverait quand ils passeraient à l'étape suivante.

Elle se remit à le caresser. À le caresser et à le pousser vers le lit, tout en lui embrassant l'oreille. À soupirer dans son cou, ce qui le mettait au supplice.

Tu es sûr qu'on ne peut pas prendre le contrôle, là ? supplia son dragon.

Pas tant qu'elle ne nous l'a pas demandé. Pas encore.

Il n'en souffrait pas cela dit, et son dragon ne mit pas longtemps à acquiescer.

— Je ne pense pas que tu aies un préservatif dans ta poche, murmura-t-elle en tâtonnant sa cuisse pour plaisanter.

Il siffla. Merde. Impossible qu'il fasse l'aller-retour jusque chez lui avec une trique de cette taille. Et pas question non plus qu'il abandonne Tessa à un moment comme celui-ci.

Elle sourit et le repoussa pour le faire asseoir sur le lit.

— Eh bien, il se trouve que je viens de récupérer mes bagages, et devine ce que je trimballe dans ma trousse de toilette ?

Il s'esclaffa, se laissant tomber en arrière sous l'effet du soulagement. Dieu merci.

La position dressa son sexe de manière obscène et Tessa ne se priva pas pour le reluquer. Quand elle se passa la langue sur les lèvres, il l'imagina se pencher sur lui et...

Elle se secoua et murmura :

— La prochaine fois.

La prochaine fois, ça lui allait à lui, du moment qu'il y en aurait vraiment une. Et une autre après cette fois-là, et encore une autre après...

Elle se tourna pour fouiller dans sa valise, lui offrant une vue imprenable sur ses fesses qui détourna son attention des vêtements colorés répandus de part et d'autre du sac. Il apercevait aussi le coin d'un petit coffret en bois. Pourquoi regarder ces objets quand il pouvait admirer Tessa ? Elle se trémoussa même un peu et il s'imagina en train de s'accroupir derrière elle pour la prendre de cette façon. Avec passion et sans ménagement, en levrette, jusqu'à ce qu'elle jouisse en hurlant son nom et...

Il détourna la tête et ajouta un autre souhait à sa liste de choses à faire pour « la prochaine fois ».

— Voilà, murmura-t-elle en se retournant et brandissant un petit emballage d'aluminium comme s'il s'agissait d'un prix.

Elle recula d'un pas et vint se planter au-dessus de lui pour tenir le préservatif à côté de son érection.

— Tu penses que c'est la bonne taille ?

— Ça a intérêt, grogna-t-il, même si ça semblait carrément impossible.

— Dans ce cas..., dit-elle en plaçant une main sur son torse. Allonge-toi, détends-toi et laisse-moi faire le reste.

Il hésita, juste assez longtemps pour qu'elle incline la tête et que ses cheveux lui dégringolent sur une épaule. Le moment de vérité, devina-t-il. Pourrait-il vraiment amadouer son dragon pour qu'il lui remette les rênes ? Pourrait-il prouver à Tessa tout ce qu'elle signifiait pour lui ?

Pour toi, ma compagne, entonna son dragon.

Il s'allongea sur le matelas, attendant qu'elle vienne. Tessa tressaillit légèrement. La position était aussi nouvelle pour elle que pour lui, comprit-il. Sa main tremblait et sa poitrine se soulevait rapidement.

— Tu viens, milady ? chuchota-t-il.

Elle prit une profonde inspiration et revint à son personnage de femme de pouvoir.

— Je viens, je viens.

Moi aussi, voulut-il plaisanter. Son sexe lui faisait mal. Son cœur battait comme un marteau-piqueur et ses yeux le brûlaient, signe infaillible qu'ils étincelaient. Ce qui ne décontenança pas Tessa pour autant. En fait, ses yeux à elle paraissaient aussi étinceler. Ou bien était-ce ce que son dragon voulait voir ?

Elle ferait une bonne dragonne, ne put-il s'empêcher de penser pendant qu'elle déchirait le petit emballage et déroulait le préservatif sur son érection. Il ferma les yeux, savourant son contact.

Imagine faire ça un jour sans barrière, gronda son dragon. *Peau contre peau.*

Ouais, ce serait encore mieux, mais il n'allait pas tenter le diable pour cette fois.

— Je viens, murmura-t-elle encore en rampant sur lui.

Elle lui désigna la tête de lit du menton et ils remontèrent tous les deux vers le haut jusqu'à ce qu'il pose la nuque sur les oreillers et que son corps soit étalé sur le lit. Elle fouilla du regard chaque centimètre carré de son corps, tout en le chevauchant lentement. Il riva ses yeux aux siens et elle descendit peu à peu vers lui, faisant durer l'instant. Elle était positionnée un peu trop haut, mais cela faisait partie du jeu. De sentir la chaleur mouillée entre ses jambes. De voir ses yeux se plisser face aux siens.

Quand Kai plaça les mains sur ses hanches pour la guider vers le bas, elle fit glisser son corps le long du sien, prolongeant ce sentier humide.

— Tu es cruelle, femme, murmura-t-il.

— Tu aimes ça, répliqua-t-elle en cherchant à la jouer calme, malgré sa voix plus aiguë que d'ordinaire.

Elle se déplaçait de haut en bas sur son corps, juste au-dessus de son sexe, les jambes écartées pour que son gland puisse trouver la fente tapie entre ses replis. Elle restait assez longtemps pour le titiller, avant de s'éloigner bien vite ensuite.

— C'est de la torture, mentit-il alors qu'elle remontait encore une fois le long de son corps.

Une agréable torture, convint son dragon.

Sa chevelure rousse flottait sur ses épaules, ses seins ballottaient, cruellement proches de sa bouche. Si proches qu'il songea à soulever la tête pour aspirer un téton. Mais Tessa ferma les yeux, se balançant en rythme à mesure que son corps s'accordait au sien, et il n'osa pas briser l'instant. À la place, il saisit ses fesses parfaites pour l'inciter à le chevaucher plus largement.

Ça va être tellement bon, chuchota son dragon en agitant la queue.

Comme s'il avait besoin qu'un reptile surdimensionné lui dise une chose pareille. Kai savourait la pure beauté de l'instant. La beauté de Tessa. Son désir grandissant. Sa détermination à l'assouvir.

Quand elle amena son corps plus haut et se dressa sur les genoux, il retint son souffle. Elle se mit en position, laissant la pointe de son sexe se nicher entre ses replis, et s'empala sur lui, centimètre par centimètre.

— Oooh, murmura-t-elle, basculant la tête en arrière.

Sa douce chaleur l'enveloppa et il grinça des dents.

Ne t'enfonce pas en elle. Ne force rien. Laisse-la s'ajuster à moi, ordonna-t-il à son dragon.

Oui, convint son dragon. *Laisse-moi te remplir, compagne.*

— Oui, siffla-t-elle en accueillant un nouveau centimètre de son sexe.

Elle était si étroite. Il n'y avait que chaleur et muscle en elle.

— Bon sang, Kai, chuchota-t-elle, ce qui réveilla toutes les terminaisons nerveuses de son corps.

La voix de Tessa à ses oreilles lui faisait l'effet d'une musique.

Elle se mit à onduler des hanches. À onduler et à murmurer son nom. À cambrer le dos. À pousser plus fort, encore et encore, jusqu'à ce qu'il devienne évident qu'elle voulait le voir plonger en elle, lui aussi.

L'agrippant par les hanches, il riva ses yeux aux siens. Était-elle prête ?

Ses prunelles d'émeraude étincelèrent.

— Kai, supplia-t-elle.

Il poussa vers le haut, lui arracha un petit cri, même s'il l'entendit à peine par-dessus le bruit de son propre grognement.

— Oui, Tessa.

Chapitre 12

— Kai, haleta Tessa en accélérant ses mouvements.

Jamais un homme n'avait été aussi profondément niché en elle, surtout pas un homme aussi bien membré. Jamais elle ne s'était sentie aussi bien. Elle était dans le brouillard, mais se sentait bien, parce qu'il y avait un côté magique dans les sensations qui fusaient dans son corps et son esprit. Était-ce un bonus lié aux parties de jambes en l'air avec un métamorphe ou existait-il une alchimie spéciale entre Kai et elle qui provoquait de telles étincelles ?

Quelle qu'en soit la raison, elle n'avait jamais été aussi excitée, aussi rassasiée et à la fois affamée. Chaque fois qu'elle glissait sur sa verge épaisse et brûlante, une nouvelle vague d'extase se déclenchait. Les mains de Kai sur ses hanches étaient si serrées qu'elles lui faisaient mal... dans le bon sens du terme. Elle avait l'impression qu'il ne voulait plus jamais la relâcher.

Elle se balança plus fort, rejetant ses cheveux en arrière, même s'ils revenaient aussitôt. Comme Kai semblait aimer ça cela dit, elle recommençait.

— Oui... oui..., ne pouvait-elle s'empêcher de murmurer à chaque ruade.

Elle ne pouvait s'empêcher non plus de se toucher, de se passer les mains sur les seins pour en titiller les tétons comme il l'avait fait.

Le scintillement s'intensifia dans les yeux de son amant. Oui, il aimait vraiment ça. Alors elle continua à se caresser et à malaxer ses seins. Faisant monter d'un cran la spirale d'énergie.

— Qu'est-ce que c'est bon ! entonna-t-elle en remuant les mains et les hanches en rythme.

— Et qu'est-ce que tu es belle, chuchota Kai.

Tandis qu'elle s'ajustait à sa taille, son corps hurlait qu'il en voulait davantage. Elle se pencha en arrière afin de changer l'angle de pénétration et grogna aussitôt :

— Bordel, Kai...

Elle s'inclina encore plus loin vers l'arrière afin d'augmenter la friction, la chaleur, et les yeux de Kai étincelaient chaque fois. Complètement basculée en arrière, elle dut prendre appui sur ses cuisses. Sa tête ballottait, renversée au point qu'elle ne voyait plus Kai. Elle sentait ses yeux sur elle, en revanche. Ils dansaient sur ses seins, comme un pointeur laser traçant un sentier incandescent, avant de descendre sur son ventre, vers leur point de connexion, où il se voyait entrer et sortir d'elle.

— Kai ! cria-t-elle, si près de jouir qu'elle ne pouvait presque plus réfléchir.

Il déplia les doigts et tendit le pouce vers son clitoris, pour la rapprocher encore du précipice. Il y dessina de petits cercles, puis appuya sur le renflement charnu.

— Oui...

Jusqu'à cet instant, elle avait remué à une cadence régulière, cependant elle perdit le contrôle de la situation, de même que ses dernières inhibitions, et ses mouvements se firent de plus en plus éperdus. Saccadés.

— Je suis tout près, haleta-t-elle.

Bon sang, elle était si près ! Mais, bizarrement, son corps refusait de lâcher prise. Il restait en suspens, laissant son orgasme enfler.

Elle se redressa assez pour jeter un coup d'œil à Kai. Pourquoi son corps ne la laissait-il pas jouir ? Que faisait-elle de travers ?

Il avait les yeux qui étincelaient et flamboyaient, pourtant il ne prenait pas les rênes.

Un prince, faillit-elle lâcher. *Tu es un prince.*

Il lui avait prouvé qu'elle n'avait pas à craindre de recevoir des ordres de sa part. Et tout à coup, avec la même intensité qu'un peu plus tôt quand elle avait voulu revendiquer sa position de leader, elle brûlait de lui céder le contrôle. Elle voulait l'avoir au-dessus d'elle, menant la danse. La pilonnant même, plus fort qu'elle ne pourrait y parvenir toute seule.

Après trois nouvelles ruades, elle s'abattit sur lui.

— S'il te plaît, supplia-t-elle.

Oui, elle le suppliait. Elle inclina son corps pour lui suggérer une inversion de leurs positions.

— S'il te plaît, Kai.

Il remonta les mains vers sa taille et hésita.

— Tu es sûre ? Tu t'en sors hyper bien comme ça.

Elle sourit. Cet homme était vraiment un prince. Un prince qu'elle voulait sentir plonger en elle, encore et encore.

— Je veux que tu sois au-dessus. J'en ai besoin, insista-t-elle. J'ai besoin de t'avoir plus profondément en moi.

Plus profondément. Plus rapidement, faillit-elle ajouter, avec toute une ribambelle de mots coquins qu'elle n'avait jamais songé à utiliser auparavant, mais qui lui parurent tout à fait appropriés à cet instant. Elle voulait que ce soit salace. Elle voulait que ce soit désespéré. Elle voulait jouir à en perdre la raison.

Kai soutint son regard, puis hocha imperceptiblement la tête.

— Accroche-toi.

Elle faillit éclater de rire en entendant cet avertissement : comme si elle avait besoin qu'on la mette en garde. Mais, nom d'un chien, ce n'était pas des paroles en l'air, parce que quand il se redressa pour lui plaquer le dos contre le matelas, son sexe offensif la fit crier. Il s'immobilisa et elle vit un éclair passer dans ses yeux.

— Continue, chuchota-t-elle. S'il te plaît, ne t'arrête pas.

La douleur était si exquise qu'elle l'accueillait avec joie.

Quand il se retira pour mieux pousser une nouvelle fois, sa vision vira au blanc avant qu'elle puisse de nouveau distinguer quelque chose… juste à temps pour le voir se retirer à nouveau. Il reculait encore et encore, lui manquant cruellement.

Ne t'en va pas ! hurla son corps. *Ne t'en va pas !*

Mais il n'avait aucune intention de l'abandonner, il se préparait juste à la pénétrer encore plus fort. Et quand il revint, elle gémit si bruyamment qu'elle rapprocha un oreiller de sa bouche pour étouffer le son.

— Je n'y vais pas trop fort ? demanda-t-il.

Elle avait les jambes nouées autour de sa taille et elle les leva plus haut, l'encourageant d'une pression des talons.

— Je veux que tu y ailles fort. À la manière des dragons.

Le bleu de ses yeux flamboya, lui donnant un aperçu de la bête au fond de lui.

Je ferai tout ce que tu désires, imagina-t-elle le dragon chuchoter. *Je vais te vénérer pour le restant de mes jours.*

Elle ne faisait probablement que l'imaginer, mais bordel, son corps était accro à la meilleure de toutes les drogues. Ce n'était pas sa faute si elle n'arrivait pas à garder la tête froide.

Il replongea en elle et elle hurla dans l'oreiller. Les yeux de Kai devinrent plus lumineux, son visage plus farouche au fur et à mesure des poussées. Elles s'accélérèrent jusqu'à ce que son rythme devienne aussi erratique que le sien, comme un peu plus tôt.

— Tessa. Tessa, gronda-t-il, en perdant le contrôle.

Des gouttes de sueur perlaient sur ses sourcils et sur son torse. Celle qui lui tomba sur les seins aurait tout aussi bien pu être de la lave, car elle grésilla sur sa peau.

— Oui... Oui...

La douleur en elle augmentait, augmentait encore, et cette fois, elle sentit qu'elle basculait juste au-dessus du précipice.

— Kai ! hurla-t-elle en convulsant autour de lui.

Il effectua un nouveau va-et-vient, un autre, encore un autre, puis se raidit et se libéra en elle sur un grognement sourd.

Tessa rejeta la tête en arrière et ferma les yeux, cramponnée à la jouissance. Les épaules de Kai étaient dures comme la pierre sous ses mains et ses fesses étaient immobiles sous ses talons. Mais si ça se trouvait, il poussait toujours en elle, vu la façon dont elle avait le corps qui frémissait, encore et encore.

Elle gémissait. Criait. Implorait son corps de la laisser chevaucher cette vague de plaisir encore un petit peu.

— Tessa, chuchota-t-il en se laissant tomber sur elle.

Il l'immobilisait, mais même ça c'était bon. Elle se cambra contre lui, soulevée par deux nouvelles répliques de plaisir, puis fondit lentement.

Indubitablement, les jeux auxquels elle avait joué avec les autres hommes ne comptaient pas comme des relations sexuelles. Indubitablement, elle avait dû faire quelque chose de travers par le passé. Car elle était certaine d'avoir réussi, cette fois-ci. Kai et elle, tous les deux.

— Incroyable, murmura Kai en lui déposant un baiser dans les cheveux.

Elle l'étreignit avec force, bras et jambes contractés autant qu'elle le pouvait pour s'enrouler autour de lui et l'écouter reprendre son souffle.

— Ça a été bon pour toi aussi ? chuchota-t-elle.

Elle brûlait de savoir si elle avait été la seule à ressentir un tremblement de terre.

— Tu plaisantes ? haleta-t-il à son oreille. C'était génial.

Elle s'esclaffa et il gloussa, lui aussi.

— Merci, murmura-t-elle en lui embrassant l'oreille. Merci.

Toute la confiance qui l'avait désertée après l'attaque en Arizona emplissait à nouveau son âme. Le cran qu'elle redoutait de ne jamais retrouver. Et la confiance, ce cadeau le plus précieux de tous. Elle pouvait faire confiance à Kai. Et pas seulement avec son corps, elle le sentait. Plus que ça. Bien plus.

— Merci, répliqua-t-il en secouant la tête.

Il roula sur le flanc pour la prendre dans ses bras et lui caresser les cheveux tout en murmurant ce mot sans relâche.

Tessa ferma les yeux et se laissa dériver sur un nuage de velours et de béatitude. Avait-elle vraiment été en colère contre lui, un peu plus tôt ? Avait-elle vraiment douté de lui ? Elle ne se rappelait plus pourquoi. Juste que ses peurs n'avaient été que des illusions. Ses doutes, des idées sans fondement. Ses espoirs, des aspirations confirmées.

— Donne-moi une seconde, lâcha-t-il enfin en s'écartant. Il faut que je me débarrasse de ça.

Elle ne voulait pas le laisser partir, mais il devait ôter le préservatif. Aussi desserra-t-elle son étreinte et roula-t-elle à l'emplacement encore chaud qu'il venait de quitter, pour se retrouver à plat ventre, telle une tortue sur une plage.

— Mmh, grommela-t-il en revenant. Tu me donnes des idées.

Elle sourit contre les draps.

— Les grands esprits se rencontrent.

Il toucha son dos et caressa ses cheveux du bout des doigts.

— Laisse-moi d'abord une minute pour t'admirer.

Elle soupira de plaisir à son contact. Quelques secondes plus tôt, il n'avait été que pouvoir et force enragée. À présent, il était doux et tendre.

— Mmh, murmura-t-elle quand il entreprit de lui masser le dos.

Il repoussa ses cheveux d'un côté et malaxa son épaule droite.

— Oh, mon Dieu. C'est le paradis, soupira-t-elle.

Il gloussa, puis passa à l'autre côté, réarrangeant ses cheveux avant de continuer. Ses mains, qui se déplaçaient avec fluidité, interrompirent brusquement leurs mouvements. Elle attendit quelques secondes, puis leva la tête de l'oreiller.

— Ça va ?

Il reprit précipitamment son massage.

— Oui, bien sûr.

Dans ce cas, pourquoi sa voix avait-elle baissé d'une octave ? Pourquoi ses mouvements étaient-ils soudain moins soignés qu'auparavant ?

— Pardon, murmura-t-il d'une voix redevenue normale. J'ai cru entendre quelque chose pendant une seconde.

Elle inclina la tête.

— Je n'ai rien entendu.

— Ce n'était probablement rien, répliqua-t-il d'un ton bourru.

Ses mains reprirent leurs mouvements magiques et, sous ses doigts, elle sombra à nouveau dans cet état de béatitude amorphe où elle ronronnait comme une chatte.

Il s'arrêta assez longtemps pour passer le pouce sur un point, en dessous de son épaule droite.

— Tu as toujours eu ça ?

Son esprit était si embrumé qu'il lui fallut une minute avant de comprendre de quoi il parlait. La marque de naissance que sa grand-mère avait appelée son « don secret » pour tenter de la lui faire mieux accepter.

— Oui. J'en ai une autre ici, soupira-t-elle en pliant une jambe pour lui montrer celle qu'elle avait sur l'un de ses mollets.

Kai ne parut pas très intéressé, cela dit. Seule la marque de son dos semblait l'intriguer.

— Pardon. J'ai cru au départ qu'il s'agissait d'une brûlure.

Elle gloussa, ayant l'impression d'être ivre avec toutes les endorphines qui circulaient dans son corps.

— Je ne ressens pas les brûlures jamais. Je ne te l'avais pas dit ?

— Oh, vraiment ? murmura-t-il en touchant doucement sa tache de naissance.

S'il s'était attardé une minute de plus sur le sujet, elle se serait peut-être demandé pourquoi, mais la voix de Kai redevint douce et basse, et ses mains la transformèrent en pâte à modeler. Il descendit le long de son dos, si lentement qu'elle écarta les jambes, dans l'espoir qu'il vienne de nouveau la toucher plus intimement. Il remonta cependant lentement le long de son corps et, après un ultime baiser au creux de sa nuque, se rassit.

— Écoute, il faut que j'aille faire le point avec Silas.

Elle grogna.

— Ça y est, tu m'as trop gâtée. Tout ce que je veux, maintenant, c'est t'enchaîner à ce lit.

Il se pencha et lui chuchota à l'oreille d'une voix si basse et si profonde qu'elle sentit son corps frissonner de désir :

— Tu n'auras pas besoin de chaînes, ma belle.

Il l'embrassa une fois de plus et se leva.

— Je reviens dès que possible. Et, euh... Enfin, je te conseillerais bien de prendre un peu de repos, mais tu vas sans doute te mettre en pétard contre moi. Non pas que ça me dérange, si les effets de ta colère sont les mêmes que...

— Je suis désolée, dit-elle dans un soupir. Ça te dirait qu'on essaie de faire l'impasse sur la partie colère, la prochaine fois ?

— Promis.

Tournant la tête, elle le regarda récupérer ses habits et les renfiler. D'abord son pantalon, puis sa chemise. Elle soupira intérieurement. Quel dommage de couvrir à nouveau toute cette peau ! Mais si elle obtenait une prochaine fois, elle ne devait pas se plaindre, si ?

— À bientôt ? chuchota-t-elle en s'efforçant de ne pas paraître trop pressante.

Il s'accroupit devant elle et lui déposa un baiser sur le front, puis lui effleura le bout du nez.

— Aussi vite que possible.

Quand il se leva, ses yeux se portèrent sur le côté, vers un point dans le dos de Tessa, néanmoins il les ramena aussitôt sur son visage.

— Aussi vite que possible, répéta-t-il.

Chapitre 13

En sortant du cottage des invités, Kai s'obligea à marcher et
non à courir. Il aurait tout donné pour rester et passer une
autre heure, un autre jour, ou même mieux, une année, enroulé
autour de Tessa, toutefois son esprit ressassait ce qu'il avait
vu. Si cette tache de naissance était bien ce qu'il pensait, cela
changeait tout. Tout.

Il parcourut l'allée d'un pas rapide, écartant sans ménagement les branches basses et les feuilles de palmiers de son
chemin. Il faillit infliger le même traitement à Boone, quand
le ce dernier lui bloqua le passage alors qu'il se baladait et
humant les environs.

— Oh là, là. On se sent mieux, à ce que je vois. Tu vas où
à cette allure ?

Le loup avait eu la présence d'esprit d'esquiver le bras de
Kai et de s'écarter avant d'être renversé.

— Tu as vu Silas ?

Boone s'esclaffa.

— Je n'ai jamais vu personne à ce point pressé de quitter
sa compagne pour un ronchon comme Silas.

Kai s'arrêta net et pivota.

— Qu'est-ce que tu viens de dire ?

— Sérieux, mec, répondit-il en haussant les épaules. On
sait tous que Silas est un ronchon, donc...

— Non, pas ce passage-là.

Boone se fendit d'un sourire ironique.

— Ah. Le morceau sur ta compagne.

— Comment tu sais ça, bordel ?

— C'est évident, mec. Tes yeux étincellent chaque fois que tu la regardes. Pas des étincelles de colère, mais comme chez Silas quand il...

La voix de Boone se tut et ils observèrent un silence gêné, en lorgnant du côté de la maison de l'intéressé.

— Bref, c'était évident à la seconde où tu as ramené Tessa ici. Et ne va pas me faire croire que tu continues à te mentir sur la question.

Kai prit une profonde inspiration. Non, il ne se mentait plus. Tessa était sa compagne destinée. Et oui, son âme le lui avait soufflé à l'instant où ils s'étaient rencontrés, pourtant, pour le bien de cette femme, il avait essayé de nier son attirance pour elle.

— Comme si tu agirais autrement, rétorqua-t-il avec un regard noir à Boone.

Le métamorphe loup éclata de rire.

— Moi, je reconnaîtrai ma compagne à la seconde où je la rencontrerai. Sauf que, bien entendu, ça ne se produira jamais.

L'espace d'une seconde, il abandonna son ton jovial et ses yeux se perdirent dans le lointain. Il retrouva néanmoins rapidement son sourire pour reprendre son rôle de clown. Ce bon vieux Boone, expert dans la dissimulation des émotions qu'il ne voulait pas affronter.

— Donc, Tessa et toi...

Kai l'interrompit d'un grognement :

— J'ai besoin de parler à Silas. Tout de suite.

— Ouais, eh bien, bonne chance pour le convaincre, mec.

Kai serra les dents et gravit à grandes enjambées l'allée pentue conduisant à la maison de Silas. Comme la sienne, celle-ci se dressait en haut d'une falaise surplombant la mer. Mais alors que la maison de Kai n'était qu'angles et espaces ouverts, celle de Silas regorgeait d'arches et de courbes. Le propriétaire du domaine avait fait bâtir ce chef d'œuvre au design ouvert par un architecte prometteur spécialisé dans les constructions en bambou. C'était une espèce de cabane dans les arbres avec deux étages, un croisement entre l'opéra de Sydney et quelque bâtisse sortie du *Livre de la Jungle*. Vu que le propriétaire solitaire n'était jamais chez lui, Silas occupait une aile.

Un ruisseau clapotait le long de l'allée, et Kai avait le ventre noué par l'émotion. Il n'avait jamais vraiment cru qu'il trouverait sa compagne et, bordel, il se cognait presque partout tant il était heureux. À la fois heureux et terrifié, parce qu'il ignorait comment il réagirait s'il arrivait quelque chose à Tessa. Ou pire, si elle le rejetait.

Notre compagne nous aime, lui assura son dragon. *Elle sait qui nous sommes.*

Il serra les poings. Cela changerait-il s'il la confrontait à la réalité ? Supporterait-elle de découvrir la personne et la chose qu'elle était vraiment ?

Il gravit enfin les dernières marches deux à deux jusqu'à atteindre le patio inférieur de la maison. Inutile d'appeler Silas : son cousin était déjà là, les bras croisés, la mine renfrognée.

Kai croisa à son tour les bras et lui rendit son regard noir, tout en dissimulant sa crainte instinctive.

— Je te dis d'en apprendre plus sur cette humaine et tu disparais avec elle pendant la plus grande partie de la journée d'hier. Je te dis d'enquêter sur ses antécédents et à la place tu pars voler toute la nuit et manques de te faire tuer.

Silas avait commencé à tourner autour de lui.

— Je te dis de...

Il s'immobilisa brusquement près de son épaule et renifla.

— Tu portes son odeur. Merde, qu'est-ce que tu as fabriqué ?

Kai grinça des dents. La réponse devait être évidente. Il n'avait pas pris de douche après avoir quitté Tessa et même avec ça il ne se serait sans doute pas débarrassé de cette odeur de sexe. Pas après l'avoir marquée comme sienne. Tous ces frottements avaient été instinctifs : son dragon intérieur avait revendiqué Tessa pour indiquer aux autres hommes qu'elle était indisponible.

— Écoute, Silas...

— Non, toi, écoute-moi, aboya son cousin. On a accepté de l'aider parce qu'Ella nous l'a demandé. On a accepté d'assurer sa sécurité, mais pas plus longtemps que nécessaire. Tu connais les règles. Merde, tu as même aidé à les concevoir. Pas d'humains.

— Qu'est-ce qui est plus important : quelques règles ou la destinée ?

— La « destinée » ? répliqua Silas d'une voix pleine de mépris. Tu penses qu'elle est ta compagne ?

— Je sais qu'elle l'est.

Silas s'approcha de lui, les yeux ardents.

— Les histoires qu'on nous a racontées quand on était petits sont un ramassis de conneries. La destinée n'est pas bienveillante, Kai. La destinée est cruelle et joue des tours à nos cœurs. À nos âmes.

Sa voix vibrait de la colère et de la douleur qu'il laissait en général frémir sous la surface.

— Ce qui t'est arrivé n'était pas une farce de la destinée, répondit Kai. Si...

Son cousin le poussa et s'avança.

— Il ne s'agit pas de moi. La destinée a merdé avec tes parents. Et maintenant, elle merde avec toi. Tu connais les risques que tu encours en prenant une compagne humaine.

— Elle n'est pas humaine. Pas entièrement, le coupa Kai.

Silas s'immobilisa.

— Quoi ?

— Tu as vu juste sur les intentions de Morgan.

— C'est une Veilleuse du feu ? Comment peux-tu en être sûr ?

Kai secoua la tête.

— Pas seulement une Veilleuse du feu. Elle est en partie dragon. Elle porte une marque, Silas. La marque du clan Baird.

À la mention de ce clan de dragons légendaire, Silas se figea.

— Tu en es certain ?

Kai hocha lentement la tête.

— C'est exactement comme les histoires le racontent.

Il forma un papillon avec ses doigts.

— De cette taille. Juste là, dans son dos.

Il désigna l'arrière de son épaule.

— Une descendante de la maison de Baird, chuchota Silas. Tu en es sûr et certain ?

Kai hocha la tête, et l'espace d'un instant, le seul son perceptible fut le vent qui chuchotait dans les arbres.

Silas l'examina de la tête aux pieds.

— Ça pourrait n'être rien de plus qu'une tache de naissance.

Kai ricana.

— En tout cas, si elle est une Veilleuse du feu, et pas n'importe laquelle, mais une descendante de la maison de Baird, tous les dragons alentour se doivent d'être à sa poursuite. Et de façon acharnée.

Kai inclina la tête. Où voulait-il en venir ?

— Il y a un truc que je ne sens pas, lâcha-t-il en croisant les bras.

— Tu n'as plus senti quoi que ce soit depuis des années, ricana Kai. Depuis que Moira…

— Tais-toi, le coupa-t-il.

Kai ne savait pas ce qui s'était passé exactement entre lui et la dragonne qui avait été sa fiancée. Juste que les choses s'étaient mal terminées. Mais, bordel, il devait faire entrer la vérité dans la tête dure de son cousin.

— Tu l'aimes encore, c'est ça ?

Les yeux de Silas virèrent au rouge et un grognement lui monta du fin fond de sa gorge. Kai ne se tut pas pour autant.

— D'accord. Continue à prétendre que ce qui s'est passé ne s'est pas passé et que ces événements ne t'ont pas affecté. Mais que ça ne m'empêche pas de revendiquer ma compagne.

— Moira n'a rien à voir avec ça.

— Tu l'aimes encore, s'entêta Kai sans se laisser décourager.

— Évidemment, commença Silas, avant de s'interrompre, conscient de ce qu'il venait tout juste d'admettre.

Kai insista.

— C'est ce qui t'a empêché d'être attiré par Tessa. Mais moi, je l'ai remarquée dès le début.

Silas avança d'un pas.

— Bien, donc tu es attiré par elle. Comme je l'ai dit, la destinée nous joue des tours. Morgan la veut, lui aussi. Est-ce que cela fait d'elle sa compagne destinée ?

Kai regarda ses pieds. Merde. Son intérêt pour elle n'était-il que purement physique ?

Non ! rugit son dragon en lui donnant un millier d'autres raisons de l'aimer.

Des raisons qu'il eut du mal à formuler.

— Je ne l'ai jamais forcée. Je ne l'ai jamais enfermée.

Silas haussa les épaules, guère convaincu.

— Je perçois ses humeurs. Même à distance.

Silas souffla.

— Je te jure que quand cette femme pique une colère, tout le monde sur Maui s'en rend compte.

Kai sentit son visage se tordre en une mimique à mi-chemin entre le sourire et la grimace. Oui, aucun doute là-dessus. Tessa avait son caractère ; il était profondément enfoui, mais quand on la cherchait…

Typique d'une dragonne, fredonna sa bête intérieure.

— Tu perçois les moments où elle est heureuse ? demanda-t-il à Silas. Tu as envie de la rendre heureuse ? Quand tu vas te coucher, tu te demandes ce que tu pourrais faire pour la faire sourire le lendemain matin, ou combien de fois tu pourrais y parvenir ?

Silas haussa les sourcils. Une longue seconde de réflexion plus tard, il hocha doucement la tête.

— Peut-être bien que tu l'aimes vraiment.

À entendre cette idée formulée par quelqu'un d'autre, Kai s'immobilisa. *Waouh !* Pensait-il vraiment ce qu'il avait dit ? Songeant aux quelques jours qui venaient de s'écouler, il décida que oui. Tout à fait. Oui, il était sincère.

— Même si Tessa a du sang de dragon, je l'aime pour elle-même. C'est ma compagne destinée.

Il sentit ses épaules se redresser, comme si on venait de le débarrasser d'un gros poids qu'il avait déposé là lui-même et qui venait subitement de tomber.

Silas fit la moue.

— Eh bien, si elle a du sang de dragon, pas étonnant que Morgan la veuille.

— Il ne l'aura pas, grogna Kai.

— Tu as raison, approuva-t-il avec un bref hochement de tête. On ne peut pas le laisser faire. On a besoin d'elle.

Kai avança d'un pas, les yeux étincelants.

— Arrête ça tout de suite. Tessa n'est pas un outil, Silas. C'est une femme ! Une personne à part entière.

— Je le sais. Tu le sais. Mais Morgan la voit comme un trésor. Un pour lequel il est prêt à tuer. Et non seulement Morgan, mais aussi des ennemis bien plus puissants que lui.

Kai montra les dents.

— Qu'ils essaient seulement de me la prendre.

— Ils ont déjà essayé, répliqua Silas avec une grimace. À deux reprises.

Kai tressaillit. Morgan avait déjà essayé d'enfermer Tessa à Phoenix. Si Ella ne l'avait pas secourue, elle serait toujours à sa merci. Cette pensée le rendait malade. Il aurait continué sa vie sans savoir que sa compagne destinée se trouvait quelque part, sans savoir qu'elle avait besoin de son aide. Et, bordel, Tessa aurait vécu l'enfer. Morgan l'aurait violentée et…

Kai s'éclaircit la gorge et refoula ces images affreuses. Pas question qu'il laisse quoi que ce soit arriver à Tessa. Jamais de la vie.

— Ce qui s'est passé hier montre qu'il approche, marmonna Silas.

— Laissons-le approcher, ricana Kai. Je le tuerai comme j'ai tué ses bons à rien d'éclaireurs.

Silas leva les mains.

— Que va-t-il se passer si Morgan arrive avec deux fois plus de renforts ? Des guerriers entraînés et pas quelques éclaireurs ? Tu vas monter toute une armée à toi tout seul ?

Kai serra les dents. Oui, il emmènerait toute une armée, en cas de besoin. Mais Silas avait raison. S'il se retrouvait en infériorité numérique face à des ennemis plus forts, la moindre erreur risquait de lui coûter très cher. Et coûter aussi très cher à Tessa.

— Tout seul ?

Il fixa son cousin d'un regard étincelant. Il avait appris par expérience qu'il devait rester uni au peu de famille qu'il avait. Silas le lui avait répété un nombre incalculable de fois. Allait-il le laisser tout seul sur ce coup-là ?

Son cousin lui tapota l'épaule.

— Je marche avec toi, idiot. Bien sûr que je marche avec toi. Mais même à nous deux, en plus des autres, on pourrait ne pas faire le poids.

— Tu penses vraiment que Morgan a autant de pouvoir que cela ? Il est riche, mais ce n'est pas Drax.

Silas grimaça.

— Non, en effet. Tu ferais mieux d'espérer que Drax ignore l'existence de Tessa.

Kai gratta la dalle sous ses pieds dans un petit crissement.

— Je tuerai aussi Drax.

La main de Silas se crispa sur son épaule.

— Personne ne veut tuer Drax plus que moi. Mais nous ne sommes pas prêts pour ça, Kai. Pas encore.

— Donc, si Drax vient chercher Tessa, on la laisse partir ?

Il fusilla son cousin du regard afin qu'il voie la fureur qui illuminait ses yeux.

Silas se redressa de toute sa hauteur, ce qui en réponse rappela à Kai qui était le plus grand, sous forme d'homme ou de dragon, même si ce n'était que d'un cheveu.

— Si c'est Drax, on a de plus graves problèmes qu'une femme.

— C'est ma compagne, grogna Kai. Ma compagne. Tu devrais savoir ce que ça fait, Silas. S'il s'agissait de Moira...

— Arrête ça, l'interrompit Silas avec un grondement menaçant. Stop.

Kai s'en moquait. Si verser du sel sur cette vieille blessure était le moyen de convaincre son cousin, eh bien, soit. Tout ce qui lui importait, c'était protéger Tessa.

— Je ne peux pas la laisser partir. Je ne le ferai pas. Si c'était ta compagne, tu réagirais de la même façon.

— Si c'était ma compagne...

Silas se tut sur un soupir plein de douleur, lui jetant un air mauvais. L'air crépitait presque sous la tension entre eux alors qu'ils se fusillaient du regard. Soudain, un oiseau s'ébroua dans les arbres et l'aîné secoua la tête.

— Il faut qu'on réfléchisse à la question.

Il prit une profonde inspiration et sombra dans l'un de ses silences lourds de réflexion. Kai se mit à déambuler dans le patio, maudissant Morgan. Si ce dragon était vraiment allié avec Drax... Une partie de lui-même voulait espérer qu'il agissait seul, cependant aucun soldat digne de ce nom ne se fiait à ses espoirs. Il avait besoin d'un plan. La voix de Silas trancha bientôt leur silence électrique :

— Tessa est-elle au courant ?

— Au courant de quoi ?

Silas agita la main, exaspéré.

— Que vous êtes compagnons.

— On vient juste de..., commença Kai en se tordant les mains.

— Tu viens juste de la sauter, ricana Silas. Et tu es convaincu...

Le temps s'arrêta et tout devint rouge dans le champ de vision de Kai. Le décor alentour se troubla. Il y eut comme un rugissement, un choc, une collision et...

Le temps se remit en route et, merde, il réalisa qu'il venait de projeter Silas contre le mur de soutènement en pierre et qu'il l'avait attrapé à la gorge. Ses dents de dragon s'allongèrent et ses yeux flamboyèrent, signe infaillible qu'il étincelait de rage.

— Ne dis jamais ça de ma compagne.

Il grogna chaque mot au visage de Silas, totalement prêt à affronter son cousin.

Les yeux de Silas brillèrent et son corps se crispa sous sa poigne de fer. Mais une seconde plus tard, leur nuance orangée s'atténua pour virer au jaune et il hocha une fois la tête.

— Tu le penses vraiment. Qu'elle ta compagne.

— Bien sûr que je le pense vraiment, répliqua Kai en le repoussant.

Bien sûr qu'on le pense vraiment, grommela son dragon intérieur.

Silas lui jeta un regard noir et donna un coup d'œil à sa montre.

— Je dois attraper un vol pour Oahu, histoire de voir si je peux pister le dragon qui s'est enfui. Pendant ce temps, réfléchis bien. Pense à tout. Je veux dire, sans passer directement à ce que ton satané dragon amateur de contes de fées voudrait te voir faire.

Pile à cet instant, le dragon de Kai soupira, s'imaginant s'enrouler autour de Tessa. Une Tessa avec un bébé aux yeux verts en train de s'endormir dans ses bras. Kai se tint parfaitement immobile, avant d'avoir le souffle coupé par l'avalanche d'émotions que cette image faisait naître en lui.

— Même si elle a du sang de dragon, elle ignore ce que signifie le fait que vous soyez compagnons, objecta Silas. Elle ne sait pas ce que cela implique pour elle. Ce qu'elle risque. À moins que tu le lui aies expliqué ?

Silas haussa un sourcil sceptique. Kai pesta. Non, il ne le lui avait pas expliqué. Il n'en avait pas eu l'occasion.

— Ça m'aurait étonné, marmonna Silas. Tu dois la revendiquer dès que tu pourras. Fais d'elle ta compagne afin que personne d'autre ne puisse te la prendre.

Kai leva les yeux au ciel. Bien entendu. Il allait retourner auprès de Tessa en courant pour lui déclarer : « Il faut que je te prenne encore une fois immédiatement et quand ce sera fait, je devrai te mordre le cou et souffler du feu sur ta blessure. Mais ne t'inquiète pas : j'ai entendu dire que la sensation était géniale. Après ça, tu seras coincée avec moi pour l'éternité. Aucun autre dragon ne pourra t'enlever. »

Les dragons étaient en couple pour la vie, et quand l'un des deux mourait, l'autre ne tardait pas à le suivre. Même si Morgan tuait Kai, il ne pourrait forcer Tessa à se lier à lui du moment où elle s'était donnée à un autre que lui. Mais il ne voulait pas obliger la jeune femme à accepter d'être sa compagne. Il voulait qu'elle aspire désespérément à le devenir. Qu'elle en rêve. Que ce moment soit le beau souvenir qu'il méritait d'être, et non un arrangement, un contrat du genre « ça passe ou ça casse ».

Il voyait d'ici Silas s'en mêler et tenter de tout expliquer à Tessa. « Il faut que tu deviennes la compagne de Kai. Pour ton propre bien. Surtout que la population des dragons est en déclin, donc s'il te plaît, donne naissance au plus grand nombre de rejetons possible. »

Oui, parfait. Kai devinait déjà sa réaction. Tessa, les deux mains sur les hanches, les lèvres pincées en une moue colérique. Pas question qu'il cherche à la convaincre de devenir sa compagne aussi rapidement. Il avait besoin de temps pour la conquérir. Pour répondre à ses questions. Pour la mettre à l'aise.

Mais, merde, du temps, il n'en avait pas. L'ennemi approchait déjà, complotant pour l'emmener loin de lui.

Chapitre 14

Tessa se leva à contrecœur et s'étira, se demandant combien de temps Kai resterait absent. Elle brûlait de passer d'autres moments avec lui… et de l'interroger sur la façon dont il avait supporté ses blessures. Elle n'avait pas pu lui poser la question plus tôt parce qu'une chose en entraînant une autre, elle…

Elle ricana. Une chose en avait entraîné une autre, comme elle, allongée nue sur lui dans un lit. Cette simple pensée lui donnait chaud et envie de se rouler dans les draps.

Mais elle n'allait pas paresser là nue, à attendre un homme. Elle prit donc une douche lascive, passant les mains sur tous les endroits qu'il avait touchés. Ce qui faisait un tas d'endroits et une douche plus que longue. La salle de bains était emplie de vapeur quand elle en émergea. Et lorsqu'elle se dirigea vers sa valise, enveloppée dans une serviette, un nuage la suivit.

Ce fut seulement en s'agenouillant pour fouiller dans ses vêtements qu'elle se remémora le coffret de sa grand-mère. Et *pfiou*! Si cet oubli n'était pas le signe que Kai lui avait totalement retourné le cerveau, elle ignorait ce dont il s'agissait. Comment avait-elle pu oublier ce qu'elle avait trouvé dans la boîte? Elle s'assit sur le lit, l'objet entre les mains, pour lire le message plié à l'intérieur. Il était rédigé sur un papier friable, usé par le temps.

Ma Tessa chérie,

Ce que ma grand-mère m'a donné il y a très longtemps, je te le donne à mon tour.

Tessa passa les doigts dans la chamoisine qui protégeait le coffret et s'empara précautionneusement de la pierre dissimulée à l'intérieur.

> La pierre que je t'ai donnée il y a des années était
> un substitut de celle-ci, la pierre véritable.

Tessa inclina l'émeraude que le soleil traversa, projetant un rayon de lumière verte à travers la pièce.

— Grand-mère..., chuchota-t-elle, incapable de comprendre tout ce que cela signifiait.

L'émeraude était exactement de la taille et de la forme de son pendentif, mais bien plus lourde, comme un gros éclat de verre. Sa grand-mère avait eu le plus grand mal à joindre les deux bouts, pourtant elle avait conservé cette pierre précieuse pendant des années, refusant de s'en séparer. Pourquoi ?

Sa main trembla alors qu'elle poursuivait sa lecture.

> À présent, tu es la gardienne de cet immense cadeau
> de nos ancêtres.
>
> Peut-être va-t-elle se réveiller comme l'affirment les
> légendes. Peut-être va-t-elle sommeiller et attendre
> la prochaine génération.

Elle examina la pierre, se demandant qui avaient bien pu être ses ancêtres. Et puis, quelles légendes ? Et pourquoi sa grand-mère avait-elle décrit l'émeraude comme s'il s'agissait d'un être vivant capable de respirer ?

> Quoi qu'il en soit, c'est à toi que revient la tâche de
> la garder en sécurité. Conserve-la dans la famille.
> Ainsi, elle te protégera en retour.

Tessa frotta la chair de poule qui était apparue sur ses bras. « En sécurité » ? Contre qui ? Sa grand-mère voulait-elle parler de types comme Damien Morgan ? Mais qu'est-ce qu'une pierre pouvait bien y faire ?

> Fais-moi confiance, fille de ma fille. Fais confiance
> à celles qui t'ont précédée et fie-toi à ton cœur.

Ledit cœur battait plus vite à mesure qu'elle poursuivait sa lecture, retenant son souffle.

> Puisses-tu vivre, grandir et éprouver autant de joie
> que moi, ma petite-fille chérie. Puissent les pou-
> voirs qui sont les tiens te guider au mieux.

Tessa déglutit et retourna la feuille pour ne trouver qu'une page blanche. C'était tout ? Elle chercha un post-scriptum, puis leva le message à la lumière, dans l'espoir d'y découvrir des lettres effacées. Rien. Elle fouilla la boîte et relut le message. Sa grand-mère n'aurait-elle pas pu être plus précise ?

Elle inspecta les boucles des lettres. Certes, l'écriture changeait à mesure qu'on vieillissait, mais elle était certaine que sa grand-mère n'avait jamais eu un style si poétique. Elle leva une nouvelle fois l'émeraude, la faisant pivoter afin que la lumière rebondisse sur une facette puis une autre, projetant des rayons de vert pur sous des angles chaque fois différents.

Soudain, une idée la frappa. Le nom de sa grand-mère était Theresa, pour Tessa, comme elle. Et la grand-mère de sa grand-mère s'était appelée Tessa, elle aussi.

— Purée...

Elle renifla la feuille de papier. Peut-être la pierre n'était-elle pas la seule chose à être passée de main en main. Il se pouvait que le même message ait été transmis lui aussi d'une génération à l'autre.

Elle se tint immobile, évaluant ce que cela impliquerait. Qu'arriverait-il si la véritable signification de ces paroles s'était perdue au fil du temps ? Sa grand-mère pouvait avoir été aussi perplexe qu'elle l'était à présent. Peut-être ne lui avait-elle rien expliqué parce qu'elle ignorait quelle explication donner.

L'émeraude était accrochée à une chaîne d'argent, que Tessa passa lentement autour de son cou, juste pour la sentir. La pierre devait valoir une fortune. Qu'allait-elle en faire ?

« Prends-en bien soin », se rappelait-elle avoir entendu dans la bouche de sa grand-mère quand elle lui avait offert son pendentif, des années plus tôt. « Montre-moi que tu sais être responsable ». Sa grand-mère l'avait-elle ainsi préparée sans rien lui dire ?

Tessa poussa un grognement de frustration. Si elle avait cherché à la préparer, pourquoi s'était-elle tue ?

« Fais-moi confiance », disait le message. « Fais confiance à celles qui t'ont précédée et fie-toi à ton cœur. »

Les buissons frémirent dehors et elle enferma la pierre au creux de sa paume pour la dissimuler. N'entendant plus rien, elle s'empressa de s'habiller. Ce son ne signalait peut-être aucune présence, cependant elle n'allait pas rester assise là toute la journée, une serviette humide autour de la poitrine.

Alors qu'elle fouillait dans sa valise en quête de sous-vêtements, elle posa la main sur le téléphone portable qu'elle y avait glissé durant son départ précipité de l'Arizona. Elle le tint quelques secondes entre ses mains, se demandant si elle devrait l'allumer. Hawaï paraissait à des millions de kilomètres du continent et de Damien Morgan. Voulait-elle vraiment savoir ce qui se passait dans ce monde-là ?

Elle hésita encore quelques secondes de plus, puis l'alluma. Il fallut une éternité à l'appareil pour se connecter, puis il bipa et des dizaines de messages apparurent à l'écran, dont certains portaient la mention « Urgent ». Elle grimaça en reconnaissant le numéro de clients à qui elle avait fait faux bond en quittant l'État de façon aussi impromptue. Elle se laissa lourdement retomber sur le lit. Tout le travail qu'elle avait consacré à son affaire pourrait bien être réduit à néant.

Il y avait tant de messages qu'elle ignorait par quoi commencer. Elle les passa en revue, perdue, jusqu'à ce que l'un d'eux, dont le numéro ne s'affichait pas, retienne son attention. Elle l'ouvrit, le parcourut rapidement, s'arrêta et relut tandis qu'une sueur froide dévalait le long de sa colonne vertébrale.

Urgent. Il faut que je te parle tout de suite, disait le message. *Tu n'es peut-être pas en sécurité. Je crains qu'il n'y ait un traître parmi nos amis. Ella.*

Tessa se leva et tendit l'oreille vers l'extérieur. Ella avait affirmé qu'elle serait en sécurité à Koa Point. Elle vérifia l'horaire du SMS : il ne datait que de quelques heures. Ella avait-elle découvert quelque chose dont elle n'était pas au courant jusqu'alors ?

Un second message était arrivé, dans la même veine.

Je prie pour que tu lises ce message à temps. Sors. Ne dis à personne où tu vas. Je viens t'aider. Mais je ne peux pas trop m'approcher. Retrouve-moi à Kaunolu...

Tessa parcourut rapidement les instructions qui suivaient, puis hésita. Kaunolu se trouvait sur Lanai, une île très isolée. Elle regarda la porte d'entrée et par-delà l'océan, vers une pyramide de terre à l'ouest.

« Un ferry s'y rend deux fois par jour », lui avait expliqué Kai, le jour où ils avaient traversé la ville en voiture.

Un ferry...

Le message d'Ella faisait écho à ces paroles, détaillant le parcours qu'elle devait suivre.

Son pouls s'accéléra alors qu'elle regardait l'autre côté du domaine, du moins ce qu'elle pouvait en voir. Était-ce Boone, le traître ? Difficile à croire. Hunter lui semblait être aussi loyal qu'un ours pouvait l'être. Cruz, en revanche... Elle se figea. Cruz s'était montré irritable à son contact. D'un autre côté, il avait toujours été assez explicite concernant l'antipathie qu'elle lui inspirait. Un traître ne dissimulerait-il pas mieux ses véritables sentiments ?

Elle poussa un cri en envisageant qu'il puisse d'agir de Silas. Kai se trouvait auprès de son cousin en cet instant. La panique enfla en elle quand elle se rendit compte qu'il s'était absenté depuis un long moment. N'avait-il pas promis de revenir vite ?

Il avait été blessé la nuit précédente, après un combat, et non une simple chute. Ce qui pouvait signifier que Kai avait déjà affronté le traître et triomphé de lui. Et que donc tout allait bien. Mais, merde. Le frisson le long de son échine ne lui donnait certainement pas l'impression que tout allait bien.

L'émeraude s'enfonça dans sa paume, car elle la serrait sans s'en rendre compte. Elle relâcha son poing. La gemme avait-elle quelque chose à voir avec l'avertissement d'Ella ? Comment serait-ce possible ? Rien de tout cela n'avait de sens, mais plus elle attendait, plus augmentait la probabilité que... que...

Elle luttait pour remplir les blancs. Que quoi ? Que pouvait-il se passer ?

Une ombre dansa sur le seuil et elle se rappela Damien Morgan qui lui bondissait dessus. Qui la plaquait contre le mur et lui grommelait des paroles affreuses à l'oreille.

« Tu seras une bonne compagne pour moi. Tu engendreras mes nombreux héritiers et je deviendrai le plus puissant de mon espèce. »

Son cœur battait encore à tout rompre bien après avoir compris que le mouvement dehors n'était rien de plus qu'un palmier oscillant sous le vent.

Quelques secondes plus tard, elle attrapa son sac à dos, y fourra deux ou trois affaires qu'elle prit sur le sommet de sa valise, et jeta un dernier coup d'œil vers la porte. Kai était un grand garçon. Il avait guéri de ses blessures et elle avait le plus grand mal à imaginer un ennemi capable de le mettre en péril. La meilleure chose qu'elle puisse faire, c'était de suivre les instructions d'Ella et de découvrir ce qui se passait. Elle pourrait téléphoner à Kai une fois qu'elle aurait une meilleure compréhension de la situation. Elle n'avait pas son numéro, mais il ne devrait pas être trop difficile à trouver, si ?

Au cas où, elle griffonna un message sur un bout de papier qu'elle glissa sous son oreiller. Si quelqu'un regardait là-dessous, ce serait lui, et elle avait veillé à ne donner aucune précision. Elle franchit ensuite le seuil du bungalow, scrutant les ombres, avant d'avancer lentement afin de ne faire aucun bruit. Elle effectua une large boucle autour de l'*akule hale* pour éviter les autres, sursautant néanmoins à chaque craquement de feuille.

Cruz. Ça devait être Cruz, non ? Mais, merde, c'était un tigre. Quelles étaient les probabilités pour qu'elle passe inaperçue et lui échappe ?

Elle ne tomba pas sur lui, Dieu merci, ni sur aucun des autres non plus. Les pelouses luxuriantes du domaine étaient toutes séparées par d'épaisses rangées d'arbres et de buissons qu'elle pouvait longer tout en demeurant discrète. Si discrète, qu'elle se demanda si c'était ce que ressentait un loup ou un ours, ou même un tigre, quand il se déplaçait furtivement. Les dragons, elle ne pouvait se les imaginer ainsi, en revanche. Juste en train de planer sans un bruit au-dessus des têtes.

Elle releva brusquement la sienne, soudain alarmée, cependant le léger battement d'ailes qu'elle avait entendu était celui d'un oiseau. Instinctivement, ses doigts se refermèrent sur le pendentif et l'émeraude. Les deux colliers, entrelacés, étaient cachés sous le col de son chemisier.

Le garage n'était pas très éloigné. Elle y entendait d'ailleurs chantonner quelqu'un qui y travaillait. Hunter ? Qui que ce soit, il n'avait pas perçu ses pas silencieux. Tessa courut sur le reste du trajet jusqu'au portail et l'observa pendant un moment. Mince ! Elle déclencherait sans doute une alarme si elle l'ouvrait. Elle suivit alors les épais buissons sur la gauche jusqu'à trouver un endroit où le mur de pierre était assez bas pour être escaladé. Poussant un grognement, elle se hissa par-dessus, puis partit au petit trot vers la route.

Elle regarda à droite, puis à gauche, leva le pouce et se mit à marcher d'un bon pas. La première voiture passa sans s'arrêter, mais la seconde, avec une femme aimable au volant, à son grand soulagement, s'arrêta aussitôt. Elle la conduisit en ville jusqu'à la baraque verte d'une billetterie, au quai d'accostage des ferries.

— Un aller pour Lanai, annonça la guichetière en glissant un ticket à Tessa. Embarquement dans vingt minutes.

Tessa se mordilla la lèvre et tripota son téléphone pour relire les instructions d'Ella entre deux coups d'œil anxieux vers la route. Kai s'était-il déjà aperçu de son départ ? Avait-il découvert son message ? Elle tortillait l'ourlet de sa jupe, détestant l'idée qu'il puisse penser qu'elle l'avait quitté. Jamais un tel projet ne lui aurait traversé l'esprit.

Elle se figea à cette pensée. Était-elle sincère ?

Eh bien, oui. Oui, vraiment. Et dès qu'elle aurait l'occasion de lui reparler, elle lui déballerait tout. Quels que soient les problèmes susceptibles de surgir entre les dragons et les humains, elle avait l'intention de les résoudre. Si Kai éprouvait la même chose qu'elle. Si tout se passait bien.

Si, si, si.

Attendre était une torture, même lorsqu'elle fut montée à bord du ferry et le sentit s'écarter du quai dans une embardée. La mer n'était pas agitée, malgré tout son ventre ne s'en retournait pas moins.

« Fie-toi à ton cœur », lui avait conseillé le message de sa grand-mère.

Or son cœur enjoignait à Tessa de retourner au plus vite auprès de Kai. Mais il était trop tard, et le message d'Ella ne quittait plus son esprit.

« Tu n'es peut-être pas en sécurité. Je crains qu'il n'y ait un traître parmi nos amis. »

Ce contenu la fit frissonner et l'air conditionné de la cabine principale du ferry ne l'aidait pas non plus. Elle se dirigea vers le pont supérieur, où le vent ébouriffa ses cheveux.

— Au revoir, Maui ! lança en s'esclaffant un touriste qui prenait une photo.

Tessa serra ses bras autour d'elle. Au revoir le sentiment de paix et de sécurité qu'elle avait savouré au cours des deux derniers jours. Plus elle s'éloignait de Kai, plus le monde lui semblait menaçant, au point qu'elle se retrouva bientôt aussi apeurée qu'elle l'avait été pendant son vol depuis Phoenix. Plus encore en un certain sens, parce qu'elle n'était plus certaine de l'endroit d'où provenait le danger. De derrière elle ? De devant ?

— Regarde cette petite île, mon chéri, dit une femme à son fils. Molokini.

Tessa regarda elle aussi. Au moins, cela détournait son esprit du chaos qu'était sa vie. Elle suivit la main de la femme vers la tache argentée d'une île, au sud.

— Mokonini, s'efforça de répéter le garçon. Pourquoi il n'y a pas de maisons, dessus ?

— C'est une réserve, répondit la mère. Personne n'a le droit d'y vivre.

Ça m'a l'air génial, songea Tessa. Un endroit pour fuir tout et tout le monde. Sauf qu'elle ne serait même pas à l'abri là-bas, pas des dragons en tout cas.

— Autrefois, c'était un volcan tout rond, mais il est entré en éruption et il ne reste plus qu'un croissant, continua la mère.

Son fils se mit à produire des bruits de volcan.

— *Crac, boum !* Plein de feu !

Tessa se dirigea vers l'extrémité opposée du pont. La mer devenait plus agitée et les nuages amoncelés autour des pics de West Maui s'assombrissaient.

— On approche, murmura un homme à sa compagne en désignant Lanai.

Tu t'éloignes de plus en plus, hurla l'âme de Tessa tandis qu'elle regardait derrière elle pour essayer d'entrevoir Koa Point.

Elle croisa les doigts sans pouvoir cesser de les triturer. Kai lui manquait déjà. Au point que ce vide dépassait l'émotion : elle le ressentait physiquement. Comme si une part de son âme lui avait été enlevée.

Elle baissa les yeux. Était-il possible de tomber amoureuse aussi vite ? Les compagnons destinés existaient-ils vraiment ? Sa grand-mère avait coutume de parler d'âmes sœurs. S'agissait-il de la même chose ?

La première partie de son périple en ferry lui avait paru durer des heures, mais la seconde se déroula trop vite, parce que soudain, elle n'était plus aussi sûre de vouloir aller à Lanai. Autant Maui était verte et luxuriante, autant Lanai paraissait brune et aride. Plus épineuse, c'était le mot. Une ligne brisée de falaises se dessina à bâbord tandis que le ferry approchait, donnant l'impression d'un endroit hostile et sauvage.

Tessa se tortilla sur son siège et chercha en tâtonnant l'émeraude qu'elle avait enfilée autour de son cou avec l'imitation qu'elle possédait depuis de si nombreuses années. Elle devrait peut-être chercher à contacter Kai. Repenser toute la situation. Mais Ella était celle qui l'avait aidée à quitter

Phoenix saine et sauve. Et si son amie avait fait tout le trajet jusqu'à Hawaï, ce devait être grave, non ?

— Allez, ma belle. Détends-toi. On est à Hawaï tout de même, lui lança un touriste d'âge mûr vêtu d'une chemise hawaïenne éclatante.

— Oh, bon sang ! piailla sa compagne. Laissez-moi deviner. Vous êtes une mariée en fuite.

Tessa poussa un petit cri. Une quoi en fuite ?

— Vous avez changé d'avis devant l'autel ? poursuivit-elle.

— Euh...

Tessa cherchait ses mots. Non, elle n'était pas une mariée en fuite. Elle n'avait pas de fiancé. Elle vivait seule depuis des années... jusqu'à ces derniers jours où Kai était entré dans sa vie.

Kai. Pouvait-elle vraiment envisager un avenir avec lui ?

— Non, pas en fuite, murmura-t-elle en touchant la bosse de l'émeraude.

En tout cas, ce n'était pas Kai qu'elle fuyait. Elle ne pouvait tout de même pas répondre qu'elle fuyait un dragon depuis l'Arizona, ni même qu'il y avait un traître parmi les métamorphes de Koa Point et qu'elle pensait qu'il s'agissait du tigre.

Elle dévisagea son interlocutrice et plissa les lèvres. Non. Elle n'allait décidément pas partager la vérité avec cette femme. Par chance, il y eut un énorme éclaboussement à tribord qui obligea le couple à reculer précipitamment.

— Une baleine ! Une baleine !

Il s'avéra que ce n'était pas une baleine, toutefois la diversion lui permit de se réfugier à l'intérieur. Pas pour longtemps, parce que les moteurs du ferry ralentirent devant une jetée.

— *Mesdames et messieurs, bienvenue à Lanai,* annonça le capitaine dans le haut-parleur.

Tessa se mordit la lèvre.

— *Je vous prie de rester assis jusqu'à ce que le navire soit amarré...*

Le ferry dépassa sans encombre deux bateaux de plaisance avant d'atteindre le quai. Tessa enfila son sac à dos et débarqua avec le reste des passagers, tournant à gauche devant l'aire d'attente au toit vert, comme Ella lui avait demandé. Et, conformément à ce que le message de son amie lui avait annoncé, une Jeep verte au pare-chocs orné d'un autocollant jaune d'une compagnie de location était garée à l'une des extrémités.

Les clefs seront sous le tapis de sol arrière droit...

Tessa y plongea les doigts et repêcha les clefs. Pourquoi Ella ne l'attendait-elle pas elle-même sur le quai ? Pourquoi tous ces secrets ?

Elle regarda autour d'elle. Si elle était en danger, son amie pouvait bien l'être aussi. Ce qui expliquerait pourquoi son amie avait insisté pour la retrouver dans un endroit isolé. Ou bien était-ce une manie de renarde.

« J'aime l'espace, les grands espaces. »

Ella avait dit ça de l'Arizona tandis qu'elle attendait à l'aéroport avec elle. Tessa regarda autour d'elle. Une petite île du Pacifique n'était pas exactement ce qu'on appelait un grand espace, néanmoins Lanai avait en effet l'air paisible et la côte que le ferry avait longée était complètement sauvage. Donc oui, en un sens, ça collait.

Tessa trouva une carte imprimée dans la boîte à gants et l'examina, puis s'installa sur le siège conducteur et redressa les épaules. Il était temps qu'elle prenne les choses en main. Elle dépendait trop de Kai pour son propre bien. Elle devait s'orienter dans ce secteur, et vite.

On était en fin d'après-midi, en milieu de semaine, à un moment où les départs vers Maui étaient plus importants que les arrivées à Lanai. Elle démarra la Jeep et gravit la route, passant devant la façade imposante d'un hôtel haut de gamme, la seule construction en vue. Tout en pianotant des doigts sur le volant, elle suivit les indications données par Ella, ce qui lui fit quitter les routes pavées pour des chemins de plus en plus bosselés et poussiéreux. La Jeep faisait des embardées et cahotait, cependant comme tous les virages étaient indiqués, elle put évacuer un peu de cette impression d'être complètement paumée au bout du monde. Le soleil se rapprochait de la ligne d'horizon, teintant lentement le ciel d'une nuance orangée qui évoquait la couleur d'un sol argileux. Tessa se surprit à tendre la main vers le siège passager, comme si Kai s'y trouvait.

Il n'était pas là, bien entendu. En revanche, une Land Rover se trouvait garée sur l'aire de pique-nique au bout de la route. Elle se gara donc à côté et balaya les environs du regard.

— Ella ? appela-t-elle à voix basse.

Son cœur tambourinait et l'émeraude sous son chemisier la démangeait.

Comme il n'y avait personne près de la Land Rover, elle enfila son sac à dos et descendit le sentier de randonnée. Bon sang, l'émeraude et le pendentif devaient être mal placés parce que la friction augmentait au point qu'elle eut envie de les arracher tous les deux. Elle allait les sortir de son chemisier quand une voix la fit brusquement se retourner.

— C'est si agréable de te revoir, ma chérie.

Avant même d'avoir vu de qui il s'agissait, elle sentit son sang se glacer dans ses veines. Ce n'était pas la voix d'Ella, mais celle d'un homme.

Tessa poussa un cri et recula d'un pas, serrant les deux colliers.

— Mes instructions n'ont pas été trop difficiles à suivre ?

Damien Morgan sourit, révélant des dents pointues. Ses yeux flamboyaient d'un éclat sauvage quand ils se fixèrent sur le renflement dans sa main.

— Où est Ella ? demanda Tessa en regardant autour d'elle.

Bordel, qu'avait-il fait de son amie ?

Le métamorphe dragon ronronna comme lors de son agression dans le manoir de Phoenix.

— Oh, Ella n'est pas ici. Elle ne l'a jamais été. Il n'y a que toi et moi.

Chapitre 15

Tessa recula devant Morgan, se recroquevillant sur elle-même pour se protéger. L'émeraude chauffait dans sa main et son esprit tourbillonnait. En avait-il après cette pierre ? Pouvait-elle se contenter de la lui donner et s'en aller ?

« C'est à toi que revient la tâche de la garder en sécurité », avait affirmé le message de sa grand-mère. « Conserve-la dans la famille. Ainsi, elle te protégera en retour. »

Tessa eut envie de hurler. Comment une pierre précieuse pouvait-elle lui venir en aide contre un dragon ?

Damien Morgan retroussa les babines, dévoilant une rangée de dents qui devenaient plus pointues de seconde en seconde. Les narines du dragon se dilatèrent elles aussi et Tessa chancela en arrière. Il lui fit signe de s'approcher en agitant des doigts dont les ongles s'allongeaient pour devenir des griffes.

— Brave fille, tu as suivi mes indications à la lettre et tu vas continuer ainsi, n'est-ce pas ?

Elle était sur le point de faire volte-face et de se ruer vers la Jeep quand elle entendit des pas craquer sur le sol. Trois hommes apparurent de derrière les rochers dans le dos de Morgan, vêtus de costumes détonnant dans cet environnement sauvage. Leurs yeux rougeoyaient de nuances parfois plus sombres que le ciel.

Morgan gloussa.

— Bon, d'accord. Je ne suis peut-être pas tout à fait seul. J'ai emmené quelques hommes, comme tu peux le voir. Les meilleurs. Pas comme les incompétents que je n'aurais jamais dû lancer à tes trousses.

Tessa ne prit pas la peine de se demander ce que ces paroles pouvaient bien signifier ou le genre de métamorphes qu'étaient ces hommes. Elle recula lentement, calculant la distance qui la séparait de sa Jeep. Même si elle réussissait à échapper aux hommes de Morgan, il leur suffirait de venir l'attraper à l'intérieur de son véhicule décapotable pendant qu'elle conduirait. Mon Dieu, qu'allait-elle faire ?

— Mais je sais que tu vas coopérer, n'est-ce pas ? poursuivit Morgan.

Il pouvait toujours rêver.

— De même que tu le feras quand tu seras ma compagne.

Elle sentit son ventre se nouer.

— Je ne serai jamais ta... quoi que ce soit. Sors-toi cette idée de la tête.

Morgan reprit comme si elle n'avait rien dit :

— Tu porteras mes nombreux héritiers...

Elle blêmit ; venait-elle d'être transportée au Moyen Âge ?

— Je te récompenserai, conclut-il en ayant l'air terriblement content de lui.

Tessa refusait d'imaginer ce que devait être cette récompense.

— Malheureusement, il se peut que j'aie à te partager avec ce malade de Drax.

Elle faillit s'étrangler en prenant sa nouvelle respiration. La « partager » ? Il grimaça.

— Le premier enfant sera le mien. Il pourra t'avoir pour concevoir le deuxième. Des compromis ont été inévitables pour que je me fraie un chemin au sommet de la hiérarchie des dragons. Au bout du compte, tu resteras mienne. Et tu sais pourquoi ?

Tessa en eut l'estomac retourné : ce type était fou à lier. Elle refusait d'en entendre davantage.

— Parce que tu es spéciale, ma chère. Une parmi les rares.

Les rares quoi ? Tessa secoua la tête, cherchant à repousser ces mots. Ce type était maboul. Elle devait déguerpir. La falaise était-elle une solution ? Elle nageait bien. Si elle sautait dans la mer, Morgan la suivrait-il ? Les dragons aimaient-ils l'eau ?

Elle s'approcha du bord pour jeter un coup d'œil, mais avant d'avoir visualisé toute la distance qui la séparait de l'eau, elle fut prise de nausées. Impossible de sauter d'aussi haut. Quand elle reporta le regard sur Morgan, il fronçait les sourcils.

— Tu n'écoutes pas ce que je te dis, chérie.

— Non, ducon.

Morgan secoua lentement la tête, tout en gloussant.

— Eh bien, eh bien. Tu as encore beaucoup de choses à apprendre sur ton compagnon.

— Tu n'es pas mon compagne et je ne suis pas ta compagne.

— Mais tu ne vas pas tarder à l'être. Très bientôt. Et même si j'ai besoin de t'avoir en vie, je n'aurai aucun scrupule à t'apprendre à bien te comporter. On commence tout de suite avec la première leçon ?

Tessa serra les poings pour essayer de ne pas trembler.

Morgan leva les bras en un geste ample. Le tissu de sa veste se déchira. Tessa poussa un cri en voyant sa peau foncer, sécher et se distendre pour devenir une grande étendue de cuir. Des ailes ! Merde, il avait des ailes. À Phoenix, elle avait à peine eu le temps de les apercevoir. Les avoir sous le nez, à la lumière du jour, était une expérience tout à fait différente. Elle se dépêcha de reculer, mettant autant de distance que possible entre eux.

Morgan était plus grand qu'elle, cependant ces quelques centimètres devinrent plusieurs dizaines tandis qu'il s'allongeait et développait un torse cuirassé d'écailles. Son pantalon se déchira lui aussi, et il se débarrassa de ses lambeaux en agitant ses pattes repliées qui s'achevaient par des serres.

— Leçon numéro un, grogna-t-il d'une voix profonde et caverneuse. Ne mets pas en colère ton maître dragon, sans quoi il te montrera son feu.

Devenu à présent entièrement dragon, il ouvrit la bouche et fit jaillir une colonne de flammes rouge vif qui tourbillonnèrent et s'étirèrent pour s'arrêter à mi-chemin des dix mètres qui le séparaient de Tessa. Elle recula d'un bond et tomba sur les fesses avant de se relever précipitamment pour suivre la falaise.

Les yeux du dragon se mirent à briller d'un éclat encore plus lumineux et il montra les crocs ; des canines blanches immenses et pointues qui étincelaient sur le cuivre profond de sa peau.

— Ma chérie, la réprimanda-t-il.

Sa voix était étrange, comme étranglée. Un dernier vestige de son côté humain obligé de se frayer un chemin à travers son museau de dragon.

— Tu n'as vu qu'un feu minuscule. Il va falloir que tu t'habitues à davantage si tu veux vivre avec moi.

Elle ne voulait pas en voir plus et encore moins vivre avec lui. Elle voulait retrouver son ancienne vie et faire comme si ce cauchemar n'était pas en train de lui arriver. Mieux encore, elle désirait se téléporter dans une existence imaginaire avec un gentil dragon... Kai.

Mais merde! Ce n'était pas Kai qu'elle avait devant elle. C'était un dragon très en colère qui inspirait profondément, prêt à une nouvelle explosion.

Morgan projeta une flamme encore plus grosse qui fusa de sa bouche si vite et la visait si bien que tout ce que Tessa put faire, ce fut de se protéger le visage de sa main, celle qui serrait l'émeraude. Une tentative de défense bien maigre qui la fit grimacer alors qu'elle se préparait à la souffrance d'une brûlure cuisante, mais tout ce qu'elle ressentit, ce fut une puissante poussée vers l'arrière, un recul de trois pas.

Elle dévisagea Morgan, son visage de dragon aux mâchoires gigantesques étant tout aussi éberlué qu'elle. Ils regardèrent tous les deux les flammes refluer et brûler le sol dans un sifflement.

Tessa examina l'émeraude en clignant des yeux. Waouh! Morgan avait-il manqué son coup? Ou bien les flammes avaient-elles vraiment reflué?

Les yeux du dragon étincelaient de rage. Il prit une profonde inspiration, se préparant à cracher à nouveau le feu alors que Tessa reculait. Le dragon renversa la tête puis la projeta en avant, en même temps qu'un jet de flamme encore plus gros qui rugit à travers les airs en crépitant et en sifflant.

— Non! hurla Tessa en se protégeant le visage.

L'air autour d'elle devint d'une chaleur insupportable, pourtant une seconde plus tard, la température chuta comme si elle s'était écartée d'un feu de cheminée rugissant. Elle leva les yeux. La terre autour d'elle avait légèrement roussi, l'émeraude étincelait dans sa main alors qu'elle-même était saine et sauve.

— La Pierre de Vie, haleta Morgan. L'authentique.

— La Pierre de Vie, répéta l'un de ses hommes comme un écho.

Tessa examina l'émeraude. La pierre de quoi ?

« À présent, tu es la gardienne de cet immense cadeau de nos ancêtres », avait dit le message de sa grand-mère. Tessa déglutit. Elle ne savait rien du rôle de gardienne. C'était plutôt la pierre qui l'avait protégée.

« Peut-être va-t-elle se réveiller comme l'affirment les légendes... »

Sa main tremblait quand elle quitta la pierre des yeux pour les poser sur le dragon bouillonnant à seulement dix mètres de là.

— L'une des cinq, chuchota Morgan pour lui-même.

Ses yeux brillaient de convoitise. Des volutes de fumée s'échappaient de ses narines. Les hommes derrière lui commencèrent à se métamorphoser, eux aussi : deux d'entre eux en dragons et le troisième en un animal massif et velu. Un loup ? Un ours ?

Tessa avisa la falaise, puis la distance jusqu'à la Jeep. L'émeraude lui permettait peut-être de repousser le feu, elle doutait en revanche que le joyau la protège de quatre quatuors de griffes si les métamorphes se mettaient en tête de la prendre par la force. Comment pouvait-elle s'enfuir ?

Morgan sourit, promenant son regard concupiscent sur son corps.

— Merci, ma chérie. Désormais, ce sera double bénéfice pour moi. Je ne vais pas seulement récupérer une femelle reproductrice, mais également une pierre précieuse. Tu n'aurais pas les quatre autres en ta possession, par hasard ?

Elle n'avait pas la moindre idée de ce dont il parlait.

— Les quatre autres quoi ?

— Les quatre autres Pierres d'Esprit, ma chérie. Où les caches-tu ?

Elle secoua la tête.

— Je ne sais pas de quoi tu parles.

— Non ? Vraiment ?

Il inclina la tête pendant que les deux autres métamorphes s'écartaient pour l'encercler. Les dragons se déplaçaient par petits bonds et le loup, car il s'agissait bien d'un loup, et pas du tout aussi amical que Boone, rasait le sol en secouant la queue.

Morgan s'étira de toute sa hauteur et serra les crocs, ce qui le fit bien trop ressembler à un T-Rex soufflant du feu. Tessa arracha les colliers de son cou pour pouvoir brandir l'émeraude plus librement. Elle récupéra et leva les deux pierres, la remplaçante, comme sa grand-mère l'appelait, et la pierre authentique, au moment où Morgan lui crachait dessus un nouveau panache de feu.

Apparemment, il s'était retenu jusqu'à présent et ne lui avait lancé que de petits jets de bébé. Cette fois, ce fut un véritable enfer, et même munie de l'émeraude en guise de bouclier, Tessa tomba à la renverse. Elle se retrouva prise sous un épais voile de flammes, cherchant de l'air au cœur d'un brasier.

— Donne-la-moi ! tonna Morgan en cessant de cracher du feu et en avançant sur ses griffes de quinze centimètres.

Tessa se remit sur pied et fit un pas vers la Jeep. Un autre dragon bondit pour lui couper le chemin, projetant une langue de feu en guise d'avertissement.

Elle déglutit et sépara les deux pendentifs pour en cacher un dans chaque main.

« C'est à toi que revient la tâche de la garder en sécurité. Conserve-la dans la famille. Si tu procèdes ainsi, elle te protégera en retour. »

Tessa prit une profonde inspiration. Ces hommes, ces *monstres*, l'encerclaient. Elle n'avait aucun moyen de s'échapper. À moins que…

Elle porta sa main droite à sa bouche, embrassa le pendentif, puis le serra encore plus fort et ferma les yeux, le temps d'une prière silencieuse.

Je suis désolée, grand-mère. Je ne veux pas m'en séparer, mais il n'y a pas d'autre solution.

— Donne-la-moi, répéta Morgan de sa voix sifflante en s'approchant d'un pas.

Tessa fit appel à toute la force dont elle disposait et se laissa aller à la colère. Une colère féroce.

— Tu veux cette pierre ? Tu peux l'avoir ! hurla-t-elle, défiant son ennemi.

Soudain elle se tourna face à la mer et prit de l'élan avec son bras.

— Non ! rugit Morgan.

Elle projeta son bras en avant, mettant toute sa force dans ce mouvement. Un éclair d'un vert étincelant s'envola dans les airs.

— Idiote ! s'égosilla Morgan qui suivit la pierre des yeux.

Les autres dragons et le loup l'imitèrent, si bien que Tessa en profita pour courir jusqu'à la Jeep.

— Toi, rattrape-la ! aboya Morgan. Toi et toi, suivez-moi.

Il y eut des grognements. Des serres raclèrent le sol desséché. L'air palpita sous les battements d'ailes. Tessa regarda par-dessus son épaule pour voir Morgan et les deux autres dragons décoller du bord de la falaise à la poursuite de la pierre. Ils déployèrent leurs ailes, prêts à plonger dans la mer.

Le loup les observa lui aussi, puis tourna son regard fébrile vers elle.

Les sandales de Tessa butaient sur le sol et des arbrisseaux épineux lui écorchaient les jambes. Ses oreilles bourdonnaient ; peut-être un contrecoup après avoir été visée d'aussi près par un jet de flammes. Mais elle s'en moquait. Tout ce qui comptait, c'était s'enfuir, d'une manière ou d'une autre.

S'aidant de ses bras, elle se pencha, luttant pour accélérer encore plus. L'émeraude lui cisaillait la paume et elle formula un millier de fois la promesse de lutter à mort pour la conserver, car la pierre semblait bel et bien revêtir une importance cruciale.

« Elle te protégera en retour. »

Elle était encore étourdie par la manière dont le pendentif avait repoussé le feu. Cependant quelque chose lui soufflait qu'il ne lui serait pas d'une grande utilité contre les crocs de dix centimètres de ce loup-garou. La voix de Boone retentit dans son esprit.

Un métamorphe loup.

Malgré son désespoir, elle faillit éclater de rire. C'était étrange de penser à tout ce qu'elle avait assimilé à propos du monde des métamorphes en un laps de temps aussi bref.

Les pas feutrés du loup devinrent de plus en plus bruyants, de même que le bourdonnement dans ses oreilles, qui augmentait de façon exponentielle. Comme un énorme moustique qui se précipiterait sur elle.

La pression de l'air chuta dans son dos et les mâchoires de loup claquèrent. Elle hurla en se jetant en avant alors que quelque chose tirait sur son chemisier. Plus exactement, ce quelque chose tira d'un coup sec pour le déchirer. Le loup. Le loup était proche à ce point. Tout près, la gueule ouverte, se préparant à bondir.

— Non !

Et elle trébucha.

Il arrivait sur elle, dévoilant d'énormes crocs annonciateurs de sa fin. Mais juste au moment où il était à deux doigts de lancer son attaque, la tête du prédateur fut violemment projetée sur la droite.

Vlan ! Une forme immense surgit à vive allure depuis le ciel et envoya valdinguer la bête. Un coup de tonnerre modifia l'atmosphère au moment où la silhouette passa. Tessa repoussa ses cheveux de ses yeux et regarda. Un hélicoptère. Nom d'un chien ! Morgan avait-il des hélicoptères à sa disposition ?

Elle poussa un cri quand elle comprit.

— Kai !

Décale-toi ! lui cria sa voix en esprit.

Elle roula sur elle-même, serrant toujours l'émeraude, alors que le bruit de l'hélicoptère se modifiait de nouveau. Il décrivit une boucle et repassa une seconde fois, juste quand le loup bondissait pour lui attraper les jambes.

Baisse-toi ! hurla Kai.

Elle hurla et plongea au moment où les pales balayaient le dessus de sa tête. Les patins passèrent à quelques centimètres seulement de son corps. Ils accrochèrent le loup et le secouèrent dans tous les sens. Tessa recula, regardant Kai ralentir assez l'appareil pour obliger l'animal à reculer pas à pas, jusqu'à ce qu'il fasse demi-tour et décampe pour sauver sa peau.

— Monte ! Monte ! hurla-t-il en lui désignant l'hélicoptère.

Tessa courut et sauta à bord de l'appareil qui planait à trois centimètres du sol. Dès qu'elle fut à l'intérieur, il décolla. Elle se glissa sur le siège passager avant, fouilla pour trouver la ceinture de sécurité et regarda le sol défiler.

— Ça va ?! cria Kai en lui touchant le bras.

Est-ce que ça allait ? Elle avait failli se faire tailler en pièces par un loup-garou et décapiter par les pales d'un hélicoptère. Non, ça n'allait pas. Elle lui tapa le bras.

— Tu aurais pu me tuer avec ce truc.

— Ça, c'est ma Tessa, s'esclaffa-t-il. Et maintenant, tiens bon !

Ça, c'est ma Tessa. Elle sentit son corps se réchauffer et se détendre… pendant une seconde, au moins. Soudain Kai poussa le manche de direction, ce qui fit pencher l'hélicoptère et le précipita vers l'avant. Pendant la première minute qui lui mit le ventre sens dessus dessous, le sol devint flou, à moins d'un mètre d'elle. Elle se cramponna à son siège jusqu'à ce que l'hélicoptère gagne en altitude et se redressa quand elle trouva enfin le courage de tendre le bras et de faire coulisser la porte pour la refermer. Elle jeta un regard aux falaises derrière elle. Un dragon plongea dans la mer pendant qu'un autre émergeait, ébrouant ses ailes.

— Qu'est-ce qu'ils cherchent ?! s'enquit Kai qui dut hurler pour se faire entendre par-dessus le moteur.

Tessa déglutit et resserra sa main autour de l'émeraude. C'était le moment de vérité, parce que les yeux de dragon de Morgan s'étaient emplis de convoitise quand il les avait posés sur la pierre. En serait-il de même avec Kai ? Se soucierait-il davantage de l'émeraude que d'elle ?

« Les trucs brillants sont des trucs précieux », avait déclaré Boone. « Et ils n'en ont pas trouvé un qu'ils en veulent déjà un autre. »

Kai cesserait-il de s'intéresser à elle quand il aurait vu la pierre ?

— Tessa, qu'est-ce qu'ils cherchent ? insista-t-il.

Elle prit quelques inspirations pour se calmer, puis leva la main.

— Ça, répondit-elle en révélant l'émeraude. Ils cherchent ça.

Il observa le bijou, puis ramena brusquement l'hélicoptère sur sa trajectoire.

— Putain de merde.

Elle resta parfaitement immobile, s'attendant à voir ses yeux s'emplir de convoitise, mais il se contenta de lui serrer la main. La gauche, celle qui ne tenait pas l'émeraude.

— Ça va ?

Il scruta attentivement son visage et le frémissement dans sa voix dit à Tessa tout ce qu'elle avait besoin de savoir.

— Kai, regarde. Tu sais ce que c'est ?

Il jeta un bref coup d'œil à l'émeraude, puis reporta les yeux sur elle en opinant du chef.

— C'est la Pierre de Vie. Mais je m'en fiche complètement, c'est toi qui m'importe. Ils t'ont fait du mal ?

Elle laissa lentement échapper un long soupir et secoua la tête. Non, Morgan ne lui avait pas fait de mal. Et oui, Kai se souciait vraiment d'elle. Elle lui prit la main et déposa un petit baiser sur ses phalanges qui dura un peu plus longtemps qu'elle n'en avait eu l'intention.

Compagnon, chuchota une petite voix à l'arrière de son esprit.

Une voix de femme, ancienne, féminine et sage.

Cet homme est ton compagnon.

L'émeraude étincela dans sa paume et lui réchauffa la peau.

— Je vais bien, murmura-t-elle.

Mais sa main tremblait et un froid glacial lui déchirait le ventre maintenant qu'elle disposait d'un peu de temps pour repenser à ce qui venait de se passer. Elle avait été attaquée par un trio de dragons et un loup-garou...

Elle pivota sur son siège.

— Bon sang, Kai. Ils sont trois. Trois dragons.

L'hélicoptère survolait déjà l'océan, faisant cap vers Maui, mais il n'allait pas assez vite pour elle.

— Tu peux aller plus vite qu'eux ? demanda-t-elle en se cramponnant à son bras.

Il grimaça.

— En tant que dragon, oui, mais avec cet engin… Non. À moins d'avoir assez d'avance.

Tessa s'obligea à regarder en arrière. Le soleil touchait l'horizon, allumant le ciel de couleurs encore plus sanglantes. Pendant quelques secondes, elle ne vit rien, puis un dragon jaillit de l'eau.

— Euh, Kai…, murmura-t-elle.

Un deuxième dragon surgit et tous deux firent le tour des falaises de Kaunolu, hésitant peut-être entre la suivre ou continuer à rechercher la pierre… la fausse pierre qu'elle avait jetée dans la mer comme un leurre.

— Je les vois, marmonna-t-il alors que les pales reprenaient leur bruit de tonnerre au-dessus de leurs têtes.

Tessa lui attrapa le bras.

— Ce sont eux qui t'ont blessé la nuit dernière ?

Kai secoua la tête.

— Visiblement, Morgan a fait appel à de gros couteaux. Hravo et Cyrk.

— Tu les connais ?

— Oui, répondit-il avant de s'arrêter pour regarder derrière lui.

Tessa vit l'eau bouillonner et un troisième dragon émergea des profondeurs. Il jaillit comme une fusée et décrivit deux petits cercles en scrutant le paysage. L'immense bête battit des ailes pour faire du surplace. Il y eut un éclair vert ; son pendentif capta les rayons du soleil, puis chuta vers le sol.

— Oh ho, murmura-t-elle.

Morgan venait de comprendre qu'elle l'avait roulé.

L'immense dragon tendit son long cou et mugit de rage. Après quoi, il tourna lentement sur lui-même, en quête d'une nouvelle cible.

— Euh, ce n'est pas possible d'aller plus vite ? demanda Tessa.

Kai ne répondit rien, mais le moteur hurla sur un ton encore plus aigu.

Elle enfonça les ongles dans son siège, les yeux rivés derrière elle. Elle repéra le moment où Morgan avisa l'appareil, parce que ses yeux étincelèrent et il pivota pour s'élancer à leur poursuite. L'émeraude devint plus chaude dans sa main. Mais cette fois, comprit-elle, la jeter dans la mer ne le dissuaderait pas. Le dragon voulait du sang. Le sien et celui de Kai.

— Kai..., murmura-t-elle.

Morgan battait des ailes en hurlant. Tessa était certaine qu'il allait prendre l'hélicoptère en chasse, cependant il se précipita une fois de plus vers la houle au pied de la falaise.

Tessa retint son souffle. Il s'était sûrement rompu le cou en entrant à cette vitesse et de cette hauteur dans l'eau. Avec un peu de chance...

Les deux autres dragons continuaient leurs circonvolutions et, pendant la minute qui suivit, tout fut silencieux derrière l'hélicoptère.

— On les a semés ! s'exclama-t-elle, certaine que Morgan était parti pour toujours.

Soudain, la mer s'ouvrit. L'eau jaillit vers le ciel en deux rideaux puissants et le dragon rouge fusa de nouveau. Plus près cette fois-ci, comme s'il avait parcouru une partie de la distance sous l'eau, pour gagner du terrain avant de réapparaître. Il s'éleva, décrivant un arc et fonçant droit sur eux, les yeux brillant d'un rougeoiement monstrueux.

Un rugissement assourdissant retentit.

— À moi ! hurla-t-il. Ma Pierre de Vie ! Ma compagne !

Chapitre 16

— Kai, murmura Tessa en lui agrippant la main.

Il lui adressa un petit signe de tête et s'obligea à se concentrer sur ce qu'il avait devant lui et non derrière. Bordel, comment allait-il la sortir de ce pétrin ?

Tu aurais dû me laisser venir ici en volant pour commencer ! cria son dragon.

Oui, il avait été tenté de faire ça. Il avait cherché Tessa comme un fou, mais une fois qu'il s'était concentré sur l'impulsion qui le portait vers sa compagne, la sensation avait été assez puissante pour le guider jusqu'à Lanai, droit sur la pointe rocheuse. Il avait eu le cœur serré à la vue d'un loup sur les talons de Tessa. Mais il devait la ramener à la maison et il s'était dit qu'elle ne serait sans doute pas prête pour un vol sur son dos, sans même parler des risques qu'il y avait à se déplacer en plein jour sous sa forme de dragon. Ça, et le fait que son bras était toujours douloureux depuis son combat. Autrement dit, il avait dû prendre l'hélico, juste au cas où.

Il passa ses options en revue. Abandonner l'appareil, se métamorphoser en plein ciel et combattre Morgan. Bon sang, il en brûlait d'envie. Mais même s'il récupérait Tessa avant qu'ils ne percutent l'eau l'un et l'autre, jamais il ne pourrait livrer bataille avec elle sur son dos.

Il regarda derrière lui. Il était exclu de faire une boucle pour aller la redéposer sur Lanai. Pas avec un métamorphe loup à ses trousses. Et Maui... Merde. Maui était bien trop éloignée. Morgan, Hravo et Cyrk le rattraperaient bien avant... Un fou furieux sans pitié et deux mercenaires chevronnés. Les trois éclaireurs qu'il avait affrontés la nuit précédente n'étaient rien en comparaison.

Il éteignit les feux de navigation de l'hélicoptère et serra les dents. Le soleil couchant éclairait une ligne de crête acérée devant lui. Un versant luisait d'un éclat rouge sang, l'autre se fondait dans l'obscurité.

— Molokini, murmura-t-il.

— Hein ? cria Tessa.

— Molokini, la petite île, droit devant nous, expliqua-t-il en la montrant. Celle qui a une forme de croissant. Je pense qu'on peut y arriver.

Tessa, il le voyait bien, ravala une réplique incertaine, puis bafouilla quelques secondes avant de déclarer d'une voix égale :

— OK. Molokini. Et ensuite ?

Cette femme était incroyable.

Plus exactement, ma compagne est incroyable, rectifia son dragon.

Il souffla pour gagner un peu de temps avant de répondre :

— Je vais y réfléchir pendant le trajet.

Crispée et silencieuse, elle se cramponna à son siège. La mer obscure s'agitait en contrebas, la crête des vagues projetant des éclairs d'un blanc argenté. C'était le genre de soirée où il aimerait emmener Tessa pour un petit vol, si seulement ils n'avaient pas trois sinistres dragons lancés furieusement à leurs trousses.

Oublie cette idée. Un jour, on lui apprendra à voler, rectifia son dragon.

Si seulement ! Bon sang, ce qu'il espérait qu'elle l'accepte un jour comme compagnon et l'autorise à faire d'elle une métamorphe dragonne comme lui.

Il jeta un regard en arrière, calculant combien de temps il lui restait. Il arriverait à Molokini avant les trois dragons, mais de peu. Et ensuite ?

Ensuite, on défendra notre peau. La peau de notre compagne, grogna son dragon.

— La pierre. Elle a repoussé le feu, annonça Tessa en brandissant son joyau.

— C'est la Pierre de Vie, approuva-t-il.

— Que peut-elle faire d'autre ? M'aider à cracher du feu ? suggéra-t-elle avec un sourire en coin.

Kai se mordilla la langue. Était-elle prête à entendre la vérité ?

« Tu es en partie dragon, Tessa. Deviens ma compagne et tu seras capable de voler et de cracher du feu, toi aussi. »

Mais en avait-elle envie ? La mère de Kai n'avait jamais osé.

Tessa soupira, abandonnant l'idée, contrairement à lui.

— Silas n'est pas dans les parages ?

Il secoua la tête.

— Il est parti avant que je m'aperçoive de ton absence. Il a pris un avion pour Oahu afin de suivre le dragon que j'ai combattu la nuit dernière.

Tessa lui agrippa le bras et regarda autour d'eux.

— Il y en a d'autres ?

— J'en ai tué deux et j'ai mis le troisième en fuite.

Et d'une manière ou d'une autre, il trouverait le moyen d'éliminer ces trois-là aussi. Tessa attendit la suite, toutefois il préférait lui épargner les détails.

— Putain, j'ai tout gâché, lâcha-t-elle en se triturant les doigts. Je n'aurais jamais dû quitter Koa Point.

Kai remua sur son siège.

— Pourquoi es-tu partie, Tessa ? Pourquoi ? À cause de moi ?

— Non ! s'écria-t-elle aussitôt. J'ai reçu un message d'Ella... Enfin, c'est ce que j'ai cru. Elle me disait de la retrouver tout de suite. Qu'il y avait un traître parmi vous...

— Un quoi ?

— Un traître, répéta-t-elle, penaude.

— Tessa...

— Je sais, je sais, fit-elle en secouant la tête. J'ai été idiote.

— Non. Je devine que c'est Morgan qui a envoyé ce message, c'est ça ?

Elle hocha la tête sans rien dire.

— Tessa, je comprends, mais écoute, ces gars sont comme une famille pour moi. Ils sont même plus proches qu'une famille. N'importe lequel serait prêt à mourir pour moi. En fait, c'est même presque arrivé.

Il s'éclaircit la gorge, repensant aux autres camarades qu'il avait perdus, aux frères d'armes pour qui il avait versé des larmes quand le destin avait brisé abruptement leur courte vie.

— Tessa, ils seraient prêts à donner leur vie pour toi... à cause de ce que tu représentes pour moi.

Elle se tourna vers lui, les yeux brillants, et dit dans un souffle :

— Qu'est-ce que je représente pour toi ?

Il resta muet une seconde, parce que, bordel, comment allait-il lui dire tout ce qu'il avait sur le cœur dans le peu de temps qui leur était imparti ?

— Tout, Tessa. Tu représentes tout. Tu es ma compagne. La destinée nous a réunis.

— La destinée..., chuchota-t-elle.

— Tu le sens, toi aussi ? demanda-t-il, soudain effrayé.

La lèvre inférieure de la jeune femme trembla.

— Je sais que je n'ai jamais ressenti une telle chose pour qui que ce soit d'autre. Pour personne d'autre.

Il lui prit la main afin qu'elle sente sa conviction et la force qui les liait.

— Tu le sens ?

— Oui, répondit-elle en lui serrant la main. Je le sens. Je l'ai senti dès la première fois que je t'ai vu. Je l'ai senti quand nous avons fait l'amour.

Il laissa échapper un soupir de pur soulagement.

— C'est le sang de dragon en toi.

— Le quoi ? fit-elle, les yeux écarquillés.

— Le sang de dragon. Quelque part, dans ta famille, il y a eu du sang de dragon.

Elle examina la pierre, secouant la tête comme si elle l'avait soupçonné, mais avait eu peur d'y croire.

— Un dragon... Attends. C'est pour cette raison que Morgan me veut ?

Kai hocha la tête. Elle le dévisagea, soudain inquiète.

— Mais alors, c'est aussi la raison pour laquelle tu me veux ?

— Non ! Non, Tessa ! Je te veux pour... eh bien, pour toi.

Comme elle retenait son souffle, il s'empressa de poursuivre.

— Oui, la plupart des dragons seront attirés par toi, mais tu n'auras qu'un seul véritable compagnon. Moi. Je te veux pour toi. Pour tout ce que tu es.

Il lui reprit la main. Les yeux de Tessa s'adoucirent et elle s'éclaircit la gorge. Il déposa un baiser sur sa main.

— Je te jure de tout t'expliquer.

Si je survis.

— Ils se rapprochent, dit-elle, haletante, après un regard en arrière.

Molokini aussi et, bon sang, jamais l'île ne lui avait paru plus petite et plus désolée.

— Écoute. Je vais descendre. J'ai besoin que tu disparaisses.

— Que je disparaisse ? répéta-t-elle en secouant la tête.

— Pas question que je te quitte.

— Et je ne te quitterai jamais non plus, mais j'ai besoin que tu le fasses. J'ai besoin que tu sois en sécurité. La Pierre de Vie ne peut que repousser le feu d'un dragon. Elle ne te protégera pas si tu tombes entre ses griffes.

Il la vit déglutir difficilement.

— Donc il faut que tu files et que tu trouves un endroit où te cacher.

Elle redressa fièrement le menton, cependant sa voix frémit quand elle ouvrit la bouche.

— Tu es en train de me donner un ordre ?

— Juste pour cette fois, réussit-il à répondre avec un faible sourire.

— Dixit qui ?

— Dixit l'homme qui t'aime.

Elle le dévisagea. Et, bon sang, s'il avait pu, il serait resté là à contempler ces yeux verts toute la nuit en répétant ces mots, sans relâche. Mais le pare-brise se teinta de rouge quand une explosion de feu surgit depuis l'arrière. Ils se retournèrent brusquement. Morgan gagnait du terrain.

— Trouve un endroit où te cacher, Tessa. Ils vont essayer de te capturer vivante.

— Et toi ?

Il pinça les lèvres. Damien et ses hommes de main le tueraient à la seconde où ils en auraient la possibilité et ils étaient trois contre un.

— Pas question, protesta-t-elle en lui prenant la main. Tu ne peux pas...

Il lui embrassa les doigts une fois de plus.

— Détache ta ceinture. On approche.

— Kai...

Il secoua la tête.

— Tessa, c'est ta seule chance. Notre seule chance. Tu comprends ? Il n'y a que cette solution.

Elle leva la Pierre de Vie, ce qui accéléra les battements de son cœur. L'émeraude n'exerçait pas sur lui le même effet que sur elle, toutefois il en percevait le pouvoir.

— Qu'est-ce qu'elle peut faire d'autre ?

Il y avait d'innombrables légendes sur les pouvoirs de cette pierre, mais seulement si elle était maniée par un expert en la matière.

— Je n'en suis pas sûr, répondit-il en secouant la tête. Il faut que tu te caches, Tessa.

La ligne de crête accidentée de Molokini était droit devant, soulignée par les lumières de Maui et les ultimes rayons vespéraux. Alors que le soleil se couchait, la lune se leva, baignant le paysage d'une lumière pâle.

— Prête ? demanda-t-il.

— Non, répondit-elle d'une voix sans timbre.

Elle déboucla pourtant sa ceinture. Il pilota l'hélicoptère jusqu'au sol, préparant déjà ses prochains mouvements. Une fois que Tessa serait en sécurité, il abandonnerait l'appareil, se métamorphoserait en dragon et combattrait.

Une autre explosion de feu jaillit dans leur dos. Le regard sombre, il sentit un goût de cendres lui emplir la bouche. Le feu montait dans sa gorge. Il montrerait à Morgan comment on crachait du feu.

Un peu qu'on va lui montrer, murmura son dragon.

— Baisse-toi, Tessa. Tiens-toi loin de la ligne de crête. Dévale la pente. OK ?

Elle ne répondit rien, faisant coulisser la porte et contemplant le vide. Soixante mètres de dénivelé les séparaient de la houle qui s'écrasait sur les récifs en périphérie de l'île.

— Tu peux le faire, Tessa. Tu vas y arriver.

Elle n'en avait pas l'air aussi sûre, pourtant elle hocha la tête avec nervosité.

— À mon signal, lança-t-il.

Bordel, comme il aurait aimé qu'elle ait le même entraînement que lui.

Si on survit, on lui donnera tout l'entraînement dont elle aura besoin pour être en mesure d'assurer sa propre défense, jura son dragon.

— Maintenant ! Maintenant ! hurla-t-il alors qu'ils survolaient la terre ferme.

Tessa plongea son regard dans le sien. Elle était blanche comme un linge, malgré tout, ses yeux verts étincelaient et ses lèvres remuaient. Kai faillit lui dire de se dépêcher quand il l'entendit murmurer :

— Je t'aime.

Ce fut juste un murmure, mais il fit bondir son cœur dans sa poitrine. Et la lueur dans ses yeux était caractéristique d'un dragon amoureux.

Elle m'aime.

Il ouvrit la bouche pour répondre, mais trop tard. Tessa s'était retournée et sautait. Kai la vit rouler sur le sol rocheux et son dragon hurla à l'intérieur de lui. Un long cri funèbre ressemblant à s'y méprendre à celui que son père avait poussé à la mort de sa mère.

Il serra les commandes, s'efforçant de mettre ses émotions de côté. Bordel, et si c'était la fin ?

Chapitre 17

Tessa heurta le sol avec violence et dévala en roulant la pente abrupte. Le moteur de l'hélicoptère lui rugissait dans les oreilles alors qu'elle cherchait désespérément à s'agripper à quelque chose. Le sol rugueux écorchait chaque centimètre carré de sa peau exposée et elle devait interrompre sa course avant de basculer par-dessus les falaises basses et finir dans la mer.

— Non ! hurla-t-elle quand ses pieds sentirent le vide au lieu de la terre.

Putain, elle était sur le point de tomber dans le vide.

À la toute dernière seconde, elle se cramponna à un rocher et s'immobilisa brusquement en poussant un grognement. Elle resta quelques secondes à haleter sur la terre humide, puis releva le menton, juste à temps pour voir une longue colonne de feu fuser au-dessus de sa tête.

— Kai, chuchota-t-elle en voyant un dragon qui passait à toute allure au-dessus de l'extrémité de l'île.

C'était Morgan, à la poursuite de Kai, mettant le feu à l'hélicoptère.

Un autre rugissement déchira la nuit quand les deux autres dragons débouchèrent dans son champ de vision, masquant l'un et l'autre brièvement la lune avant de s'élancer aux trousses de Kai.

— Kai ! hurla-t-elle, même si sa voix se perdait dans le vacarme.

Les dragons s'époumonaient au-dessus d'elle et la houle s'écrasait au pied de la falaise, celle qu'elle n'allait pas tarder à lâcher si elle ne remontait pas très vite. Seuls son ventre et ses mains étaient toujours en contact avec le sol et elle grimpa la pente inclinée à quarante-cinq degrés, péniblement, centimètre par centimètre.

L'hélicoptère en flammes frôla la ligne de crête, puis percuta brutalement un affleurement rocheux. Il s'inclina vers la mer selon un angle complètement dingue, puis bascula lentement dans l'océan.

Kai bondit du cockpit. Le clair de lune découpa sa silhouette quand il atterrit avant de se mettre à courir.

— Non ! Kai ! cria-t-elle en le voyant sauter par-dessus la falaise, du côté exposé au vent de l'île, puis disparaître de sa vue.

Morgan cracha un nouveau long jet de feu sur l'appareil et une puissante explosion retentit dans la nuit.

Tessa plongea, plaquant son visage contre le sol froid. Le métal gronda et crissa, puis la terre trembla quand les restes de l'hélicoptère dévalèrent la pente. Elle resta immobile, à écouter les lourds battements de son cœur. Avait-elle perdu Kai pour toujours ? Leur histoire s'achevait-elle vraiment ici ?

Un sentiment de solitude comme elle n'en avait jamais éprouvé la submergea. Quand Morgan poussa un rugissement de triomphe, elle plaqua les mains sur ses oreilles, cependant un autre cri de dragon déchira bientôt la nuit et elle releva aussitôt la tête.

— Kai ?

Ce rugissement-là était d'un ton plus grave que les autres et empli d'un degré de colère bien différent.

— Kai, haleta-t-elle à l'instant où un gigantesque dragon apparut dans son champ de vision.

Oui, elle l'avait déjà vu sous cette forme, mais jamais en vol. Elle resta clouée au sol, bouche bée. S'agissait-il vraiment de l'homme qu'elle aimait ?

Ses ailes avaient une nuance cuivrée et ses yeux étincelaient dans l'obscurité, hésitant entre le bleu qu'elle aimait tant et le rouge de la colère. Sa queue battait l'air, et alors que cette apparition aurait dû la pétrifier, tout ce qu'elle éprouvait, c'était de l'attirance.

Compagnon, lui chuchota le vent. *C'est ton compagnon.*

Son compagnon était un magnifique dragon, et bizarrement, elle n'était pas surprise. Mais allait-il être de taille contre trois ennemis aussi gros que lui ?

D'un battement de queue, Kai se tourna vers le danger en approche, crachant une longue flamme crépitante dans leur direction. Tous trois se dispersèrent aussitôt avant de se regrouper.

Tessa se cramponna au sol, haletante. Elle aurait pu regarder, fascinée par cet incroyable spectacle, mais bordel, elle n'allait pas rester les bras croisés pendant que son amant se battait pour la protéger. Parvenue sur ses genoux, elle poussa un cri en fouillant ses poches.

L'émeraude. Où était-elle ?

Au-dessus de sa tête, les dragons tournoyaient et se précipitaient les uns contre les autres, tels des chevaliers dans une joute aérienne. Une joute de feu qui illuminait les pentes abruptes de l'île d'une lueur inquiétante. Il y eut un éclat vert sur le sol terne et elle poussa un cri.

L'émeraude ! Elle se trouvait une trentaine de mètres plus haut, là où elle l'avait laissé tomber. Elle entreprit de ramper vers la pierre, avant de soudainement s'aplatir au sol quand l'air fut envahi par les flammes, si proches qu'elle sentit la chaleur de leur souffle.

Il y eut un coup de vent quand les combattants passèrent devant elle, fonçant et s'esquivant en plein ciel. Les dents serrées, elle entreprit de ramper à nouveau vers le sommet. C'était Kai qui devait s'occuper des dragons. Sa tâche à elle, c'était la pierre.

Un dragon hurla de douleur. Levant les yeux, elle vit Morgan et ses camarades se regrouper. Ses ailes rouge sombre battaient furieusement dans la nuit tandis que des flammes lui sortaient de la gueule, accompagnées de rugissements rauques.

Il parlait, donnant des ordres aux autres, comprit-elle.

Tessa.

La voix de Kai fit irruption dans son esprit.

Où que tu sois, ne te montre pas.

Elle sentit son dos se crisper, vertèbre par vertèbre. Morgan ordonnait à ses hommes de main de partir à sa recherche, n'est-ce pas ? Le plus petit des trois dragons s'éloigna des autres et fila vers le sol, le scrutant d'un côté puis de l'autre. Les deux autres foncèrent sur Kai qui, dans un battement d'ailes, se précipita dans une nouvelle contre-attaque.

Tessa s'aplatit de nouveau, la joue plaquée contre le sol, quand le plus petit dragon fila à proximité. Tournant la tête, elle le vit continuer sa route le long de la fine bande de terre. Alors, d'un bond, elle se redressa afin d'aller récupérer la Pierre de Vie qui étincelait pour attirer son attention.

Protège-moi et je te protégerai, semblait dire l'éclat vert surgi d'un autre monde.

Elle gravit la pente, moitié en courant, moitié en rampant. Du coin de l'œil, elle avisa le dragon. Hravo. Ou bien était-ce Cyrk ? Il revenait effectuer une nouvelle boucle. Alors qu'elle n'était plus qu'à un mètre de l'émeraude, elle plongea dessus et plaqua son corps par terre. Haletant sans bruit, elle pria pour ne pas sentir les serres du dragon griffer à proximité de sa chair et la soulever du sol. Elle agrippa la pierre au moment où la pression de l'air changeait, signalant que la bête approchait.

Soudain, *zoum !* Le dragon passa au-dessus de sa tête, faisant trembler le sol. Ou était-ce elle qui tremblait, là où elle se tapissait ?

Une seconde plus tard, elle se levait d'un bond, la Pierre de Vie serrée au creux de sa paume, non pas sans s'interroger sur ce qu'elle allait faire ensuite.

Cours ! rugit Kai dans son esprit quand le dragon qui la pourchassait effectua un virage en épingle et revint pour un nouveau passage.

Le ciel était zébré par le feu des dragons qui s'y livraient bataille.

— Cyrk ! Attrape-la ! tempêta Morgan.

Sa voix puissante était rauque et brouillée. Tessa se figea quand le petit dragon la repéra. Elle sprinta alors vers la ligne de crête, tandis qu'il se mettait en chasse. L'air vibrait à chaque battement de ses ailes gigantesques. Quand le bruit râpeux de sa respiration s'interrompit, Tessa grimaça. Le dragon reprenait son souffle, prêt à lancer une flamme dans sa direction. Elle jeta un regard en arrière, juste à temps pour voir son immense gueule s'ouvrir et...

L'émeraude devint chaude dans sa main. Elle se retourna et leva la pierre quand Cyrk relâcha son souffle. L'air crépita autour d'elle et des flammes orange s'élevèrent de part et d'autre de son corps. Pourtant, elle ne ressentit ni brûlure ni douleur accablante. Juste une fournaise et le cri de frustration que poussa, en la dépassant, le dragon dont elle venait de contrecarrer les plans.

Il reviendrait vite après un nouveau demi-tour, elle le savait. Et ensuite ? Elle n'allait pas s'amuser à l'esquiver toute la nuit, sur la pente raide de cette montagne. Tôt ou tard, elle finirait par glisser et tomber. Ou bien Cyrk trouverait un moyen de l'attraper et...

Elle regarda autour d'elle. Elle devait faire mieux que simplement l'éviter. Elle devait le tuer. Mais comment ?

Cache-toi, Tessa ! rugit Kai.

Elle secoua la tête. Pas question de se cacher. Elle devait combattre. Même si elle n'avait pas le corps puissant d'un dragon, elle utiliserait au moins son intelligence... et le pouvoir que possédait la pierre dans sa main.

L'île de Molokini formait un croissant effilé, restes d'un cratère volcanique éteint depuis longtemps. Sur la droite, le sol penchait vers la mer selon un angle de quarante-cinq degrés, là où elle avait failli tomber dans ce qui avait un jour été la caldeira. À sa gauche, l'île devenait une abrupte falaise rocheuse. Elle regarda par-dessus le rebord, depuis les bourrelets arrondis de la roche jusqu'à la houle enragée, soixante mètres plus bas.

Les rochers en contrebas, ceux qui baignaient dans l'océan déchaîné, la défiaient d'approcher.

Elle se retourna et vit Cyrk qui revenait pour un nouvel assaut. Une mort certaine pour tous les deux.

Une mort certaine...

La pensée lui resta en tête.

Son cœur tambourina alors que le plan le plus fou de sa vie se formait dans son esprit. Elle passa par-dessus le rebord de la falaise jusqu'à ce que ses pieds rencontrent le rocher. Le vent avait assez érodé la paroi pour qu'elle y sente une cavité peu profonde où elle pouvait se loger. Elle s'adossa à la pierre, juste au moment où Cyrk passait au-dessus de sa tête. Une seconde plus tard, une aile pointant vers le bas et l'autre tranchant le ciel, il longea la falaise, à sa recherche, si près de la paroi rocheuse que son ventre s'y écorchait presque.

Les doigts de Tessa se serrèrent autour d'une épée imaginaire. Si seulement elle était comme l'une des héroïnes des livres qu'elle avait lus dans son enfance. Mais elle n'avait aucune épée, aucun outil pour se défendre à part la pierre verte serrée dans son poing.

— Je la veux vivante ! hurla Morgan au cœur de son combat contre Kai.

Cyrk vola vers elle, les yeux rougeoyants. Assez rouges en tout cas pour faire comprendre à Tessa qu'il pourrait ne pas se conformer à la spécification de « vivante ».

— Pourquoi devrais-je épargner cette greluche ? cracha-t-il en lançant une nouvelle langue de feu.

Tessa leva la Pierre de Vie, battant en retraite contre la falaise. Elle hurla face au rugissement du feu qui la frappa avec la force d'un bélier et la fit vaciller. Un mètre de plus et elle tombait à la renverse.

Cyrk passa en flèche, interrompant son attaque d'un coup de queue furieux. Tessa avait à peine plongé pour y échapper qu'elle le vit virer au-dessus de la mer et se préparer à son attaque suivante : un vol frontal qui la clouerait contre le rocher. Elle serra l'émeraude, cependant quelque chose lui souffla que même cette pierre serait impuissante face à l'assaut qu'il était sur le point de lancer.

La voix de dragon de Kai tonna au-dessus de sa tête et le ciel fut traversé d'un éclair de lumière qui aurait pu passer pour un feu d'artifice si elle avait ignoré qu'il y avait trois dragons en train de s'y affronter.

Elle montra les dents et se tourna vers Cyrk. Peut-être avait-elle vraiment du sang de dragon dans ses gènes. Assez en tout cas pour lui donner envie de cracher du feu.

Il ouvrit la gueule en grand et en fit jaillir... un sarcasme.

— Essaie un peu de cracher des flammes, petite humaine. Vas-y.

Elle sentit ses genoux flageoler et s'obligea à prendre une profonde inspiration. Elle en aurait besoin quand le feu de son ennemi l'encerclerait, tout autant qu'elle aurait besoin d'air pour plonger.

Tu ne survivras pas à la prochaine, chuchota une voix dans son esprit. *Tu dois ficher le camp.*

Tessa avait envie de hurler. Ficher le camp ? Elle ne demandait pas mieux. Mais elle avait environ deux mètres et demi pour manœuvrer d'un côté et trois mètres de l'autre. Sans parler des soixante mètres qui la séparaient des brisants en contrebas.

Réfléchis ! s'égosillait-elle mentalement. *Réfléchis !*

Mais il était impossible de penser avec un dragon qui fonçait droit sur elle. Tout ce qu'elle pouvait faire, c'était se carapater comme un crabe sous une saillie, absolument pas assez profonde pour la protéger de son ennemi.

— Meurs, petite humaine. Meurs ! rugit Cyrk.

Les paroles de Boone retentirent depuis les profondeurs de son esprit. « Les trucs brillants sont des trucs précieux. »

Tessa regarda l'émeraude. Serait-elle suffisante pour distraire le dragon ? Elle leva les yeux et se rendit compte que Cyrk était plus proche que jamais. Elle sentit son propre esprit se remplir d'un rugissement, accompagné de la vague de chaleur typique d'un accès de rage.

— Viens donc me chercher ! lui hurla-t-elle, soudain furieuse.

Elle était plus frustrée et en colère qu'elle ne l'avait jamais été auparavant. De quel droit cette brute s'interposait-elle entre son compagnon et elle ?

Le ciel obscur devant elle flamboyait d'une lumière aveuglante, mais elle tint bon.

Encore une petite seconde, ordonna-t-elle à ses genoux flageolants.

Encore une seconde et tu vas te faire griller, lui criait une autre partie de son esprit. La partie humaine, réalisa-t-elle.

Attends ! aboya-t-elle de nouveau, sentant le sang de dragon se mêler à ses veines et lui donner de la force.

— Viens me chercher si tu l'oses ! cria-t-elle au moment où Cyrk s'élançait dans une explosion de feu.

— Je ne vais pas me gêner, stupide humaine ! rétorqua-t-il.

— Tu ne pourras pas l'avoir, le provoqua-t-elle en tendant la pierre vers lui.

— Bien sûr que si, ricana le dragon, les yeux fixés sur l'émeraude.

Ses ailes déployées étaient si larges qu'elles empêchaient Tessa de voir les étoiles, l'enfermant dans une bulle de flammes. La température autour d'elle grimpa en flèche tandis que le feu se rapprochait, cherchant à atteindre son corps.

— Essaie, le défia-t-elle en plissant les yeux sous l'effet de la chaleur. Essaie seulement.

Dans deux..., se dit-elle, bandant tous les muscles de son corps.

— Meurs, petite humaine, lança Cyrk. Meurs !

Le compte à rebours que Tessa effectuait mentalement vint à son terme et elle glissa sur le côté, dans le petit espace de sa minuscule saillie rocheuse.

— Meurs..., répéta Cyrk.

— Non, c'est toi qui vas mourir, murmura-t-elle en reculant alors qu'il s'écrasait contre la falaise.

La tête du dragon se cogna la première et son cou se plia dans un angle peu naturel, une fraction de seconde avant que l'élan ne projette son corps vers l'avant dans un claquement. Les flammes disparurent aussitôt, de même que l'éclat rouge de ses yeux.

Tessa recula au moment où le corps du dragon tombait dans la mer. Elle allait applaudir quand son talon glissa sur la surface lisse du rocher et qu'elle tomba en avant. Elle chancela, battant l'air de ses bras qui refusaient de devenir des ailes ; malgré tout, elle garda le poing bien serré, bien déterminée à ne pas perdre la Pierre de Vie. Les vagues s'élevèrent puis retombèrent dans un énorme jet d'écume quand Cyrk heurta la surface. Allait-elle le suivre ?

Tessa ! hurla Kai dans son esprit.

Sa voix était un lien vital qui lui donna juste assez de force pour reculer et tituber jusqu'à un recoin dans la roche. Elle s'y assit, pantelante, les yeux écarquillés, absolument incapable de réfléchir.

Quand de nouvelles flammes surgirent autour d'elle, elle se couvrit le visage. Quelque chose palpita en périphérie de son champ de vision et elle lâcha un petit cri : c'était un dragon en flamme, filant. Il ne crachait pas du feu, il brûlait.

Au revoir, Hravo ! rugit Kai au moment où, entrant en contact avec la mer, le corps de son ennemi grésilla. *Maintenant à toi, connard...*

— Morgan, chuchota Tessa en levant les yeux.

Elle espérait le voir embrasé, lui aussi. Le dragon rouge sombre apparut, suivi de Kai et d'une longue flamme avide.

— Kai, chuchota-t-elle en reprenant appui sur le rocher.

Les deux dragons feulèrent et accélérèrent jusqu'à ce que leurs corps se percutent l'un contre l'autre en un choc qui fit grimacer Tessa. Ils s'affrontèrent ensuite en combat rapproché, sans cesser de battre des ailes, tout en se griffant et se mordant.

Le spectacle était aussi terrifiant qu'hypnotique, et Tessa poussa un cri. Juste au moment où elle commençait à redouter que Morgan prenne le dessus, Kai s'extirpa de son emprise et contre-attaqua.

Un nouveau hurlement perça la nuit et elle se tourna sur la droite.

— Oh, mon Dieu, non, murmura-t-elle en se plaquant à nouveau contre le rocher.

C'était un autre dragon, arrivant de Maui. Un dragon tout frais, toutes ailes et griffes dehors, fendant l'air dans son impatience de se joindre à la bataille.

Le cri de désespoir de Tessa se mua en encouragement quand la voix de Kai retentit puissamment dans la nuit.

Silas !

Silas ? Elle se rassit, à moitié sous le choc. Jamais encore elle n'avait été aussi heureuse de voir le dragon grognon. Elle tremblait. Une semaine plus tôt, elle ignorait jusqu'à l'existence des métamorphes. À présent, elle en acclamait un.

Morgan s'éloigna de Kai, faisant marche arrière dans l'air. Il exécuta ensuite un demi-tour rapide et s'enfuit à tire-d'aile vers l'horizon.

Profite de cette femme pendant que tu le peux, lança-t-il à l'adresse de Kai, ce qui glaça le sang de Tessa. *Je reviendrai les chercher, elle et la pierre.*

Tessa frissonna en regardant Kai s'élancer, furieux, à la poursuite de Morgan. Une seconde plus tard, il n'était plus qu'une forme élégante dans la nuit, à peine visible s'il n'y avait pas eu quelques explosions de feu par intermittence.

Silas partit leur filer le train, mais il semblait se retenir. Tessa avait envie de crier. Pourquoi n'aidait-il pas Kai à pourchasser Morgan ? Des larmes ruisselèrent sur ses joues tandis qu'elle se balançait, le maudissant, jusqu'à finalement comprendre : il laissait Kai mener son propre combat et vaincre leur ennemi avec les honneurs.

Elle plissa les yeux pour distinguer quelque chose dans la nuit, puis poussa un cri quand une épaisse langue de feu jaillit. Une forme sombre tomba vers la mer. Plus bas, toujours plus bas, encore plus bas...

Elle s'égosilla en voyant un énorme jet d'écume fuser à la surface de la mer, puis se rassit, haletante. Qui venait de faire une chute mortelle ? Kai ou Morgan ?

L'émeraude devint chaude dans sa main et son cœur battit plus vite.

— Kai ? chuchota-t-elle en observant le dragon qui faisait demi-tour vers elle.

Une paire d'yeux bleus étincela dans la nuit, lui arrachant un soupir de soulagement.

Tessa, appela-t-il en fouillant les falaises du regard.

Pendant un instant, elle fut incapable de bouger, paralysée par un millier d'émotions. Et puis, elle se leva d'un bond et agita les deux mains, souriant comme une imbécile même si c'était un dragon qui fonçait à sa rencontre et non un chevalier revêtu d'une armure étincelante. Car ce n'était pas seulement un dragon, c'était son compagnon.

Tessa, appela Kai d'une voix où l'épuisement se mêlait au soulagement.

Pourtant, son torse se gonfla un peu à mesure qu'il approchait, et son énorme bouche se retroussa en un sourire de dragon qui lui disait qu'il allait bien.

Il n'en fallut pas plus pour qu'elle trouve l'énergie de sourire, elle aussi.

Elle posa une main sur sa hanche et fit de son mieux pour la jouer détendue. Si elle couinait ou tremblait, elle ne se le pardonnerait jamais. Elle opta alors pour une attitude effrontée.

— Eh bien, c'était moins une, cher monsieur.

N'est-ce pas ? lança-t-il avec un sourire en planant devant elle.

Ses ailes projetaient l'air frais de la nuit vers elle, rafraîchissant sa peau tandis que ses yeux l'enveloppaient de chaleur et d'amour.

— Pierre de Vie. Sang de dragon. Compagnons, énuméra-t-elle. Bon sang, tu as un tas de choses à m'expliquer.

Kai la dévisagea, un peu dépité, mais une seconde plus tard, elle éclata de rire et lui tendit la main.

— Viens à moi, compagnon, l'appela-t-elle d'une voix sonore et claire. Viens à moi.

Chapitre 18

Tessa plissa les yeux face à la lumière du jour. Elle resta parfaitement immobile sur l'étendue moelleuse de l'immense lit, histoire de vérifier que tout ce qui s'était passé n'avait pas été qu'un rêve. Mais non, l'homme blotti contre son corps était vraiment Kai et les palmiers ondoyants dehors étaient tout aussi authentiques. Le soleil faisait étinceler le Pacifique et les draps soyeux procuraient une sensation de fraîcheur contre sa peau.

Maui. Le domaine de Koa Point. Kai.

Il avait le bras passé autour d'elle et leurs doigts étaient entremêlés. Lentement, afin de ne pas le réveiller, Tessa souleva la main de Kai et la caressa. Son amant attentionné s'était-il vraiment métamorphosé en une féroce bête ailée, la nuit dernière ? Morgan était-il vraiment mort ?

Il remua les doigts et effleura les siens, murmurant pardessus son épaule d'une voix si profonde qu'elle la perçut jusque dans ses os :

— Bonjour.

— Bonjour, chuchota-t-elle en se retournant entre ses bras pour être face à lui.

Ce n'était pas tout à fait le matin, mais ça y ressemblait. Une nouvelle journée. Une nouvelle vie.

Dès qu'elle vit l'éclat de ses yeux bleus, elle en eut le souffle coupé. Dragon. Amant. Compagnon.

C'était vraiment arrivé. C'était vraiment vrai.

Il l'attira sans un mot et la tint serrée contre lui, ce qui fit chanter son âme. Tant d'événements s'étaient produits en un laps de temps si bref! Elle avait l'impression que des années s'étaient écoulées, des années au cours desquelles elle avait appris combien Kai était bon, combien il lui était fidèle et sincèrement dévoué. Son compagnon.

Elle soupira, lui caressant le dos avec précaution afin d'éviter les blessures qu'il avait reçues.

— Je te l'ai dit, murmura-t-il, comme s'il lisait dans son esprit. Les métamorphes guérissent vite.

— Dis-moi que tu ne souffres pas, au moins, insista-t-elle en reculant.

Il sourit, levant un bras bien haut, mais grimaça aussitôt.

— OK, peut-être un peu.

— Un peu, ricana-t-elle.

— Je n'y pense plus quand je suis avec toi.

Elle sourit. Oui, il avait bel et bien mis la douleur de côté quand ils avaient enfin regagné Koa Point au petit matin et qu'il l'avait emmenée dans son lit... mais pas pour dormir. Ils avaient fait l'amour pendant une longue heure avide, en partie pour réconforter les humains en eux, et en partie par pur besoin animal. Ils s'étaient liés d'une manière qui signifiait « toujours », même s'ils n'avaient pas prononcé le mot à ce moment-là.

— Donc tu appelles ça « Donner des explications » ? avait-elle plaisanté alors qu'ils se serraient dans les bras l'un de l'autre.

— J'appelle ça « Demander ma compagne en mariage », avait-il répondu en plongeant son regard dans le sien.

— Compagnon.

Elle avait chuchoté le mot, de la joie pulsant dans ses veines.

— C'est pour toujours, Tessa.

— Je veux que ce soit pour toujours.

— Avec moi, avait-il précisé en désignant son torse du pouce d'un air peu convaincu.

— Pour toujours, lui avait-elle assuré.

— Il y a pourtant encore des tas de choses à expliquer...

Elle l'avait embrassé, avant de se retourner entre ses bras pour se caler contre son torse.

— Demain. Pour le moment, nous avons vraiment besoin de dormir.

En dépit de tout, elle avait dormi comme un loir, et maintenant qu'elle était réveillée, son corps la faisait souffrir de la manière la plus plaisante qui soit. Sa peau conservait les écorchures infligées par la terre rugueuse de Molokini, toutefois le sentiment de bien-être procuré par une intense partie de jambes en l'air l'emportait, si bien que ce qui dominait en elle, c'était une sensation de chaleur et de satisfaction. Une satisfaction jusque dans les tréfonds de son âme.

— Toc-toc, lança quelqu'un depuis la porte de la véranda.

Tessa enfouit son visage contre le torse de Kai avant qu'il ne tire le drap pour dissimuler leur nudité et ne grogne :

— Purée, Boone...

— Hé, ne tue pas le messager, répliqua le métamorphe loup. Silas veut vous voir tous les deux d'ici une heure.

Boone avait parlé comme s'il venait chez Kai tous les jours et qu'y trouver Tessa n'avait rien d'inhabituel, ce qui la fit sourire. Ces hommes étaient comme des frères, étroitement liés, et désormais, elle se sentait acceptée. Enfin, en ce qui concernait Boone. La question était : qu'allaient en penser les autres ?

Elle étreignit Kai avec une force redoublée. Peu importait la façon dont ils allaient le prendre, ce n'était pas négociable. Il était à elle et elle était à lui.

— Il nous accorde une heure entière pour arriver ? soupira Kai.

— Il est d'humeur généreuse, répondit Boone. Si on était toujours dans les forces spéciales, vous auriez eu trente secondes. J'ai l'impression qu'il aime bien ta compagne.

Kai grogna un avertissement et Tessa entendit les pas légers du loup battre en retraite.

— J'ai pigé, j'ai pigé, lança ce dernier. C'est ta compagne. Elle n'appartient à personne d'autre. À dans une heure.

Kai se retourna sur le dos et Tessa roula sur le flanc tout en se pelotonnant bien fort contre lui.

— Et donc, qu'est-ce qu'on fait, maintenant ?

Kai passa une main sur sa cuisse, ce qui lui mit de nouveau les veines en ébullition.

— On a deux options. Soit on aborde les grandes questions...

Il ne paraissait pas très enthousiaste, et franchement, elle ne l'était pas non plus.

— Soit... ?

— Soit tu me laisses te montrer encore à quel point un dragon aime sa compagne.

— Option 2, chuchota-t-elle en lui grimpant dessus. Sans hésiter, option 2.

Il sourit et glissa les mains plus bas pour une nouvelle partie de plaisir. Dans le lit, dans la douche, par terre, au point que Tessa en perde la notion du temps et de l'espace. Elle se retrouva alors à son point de départ, à savoir profondément satisfaite, blottie contre son homme, à se demander si elle avait rêvé tous ces événements.

Mais Kai jeta ensuite un coup d'œil à la pendule et grogna :

— Il est temps de se remuer.

Il se leva et lui tendit la main pour l'attirer dans ses bras dès qu'elle fut debout.

— Hé, chuchota-t-il en lui lissant les cheveux. Qu'est-ce qui ne va pas ?

Elle garda le menton enfoui contre son épaule.

— Tu veux dire, en plus d'avoir à affronter encore une fois un dragon, un loup, un tigre et un ours ?

Elle repensa à son tout premier soir dans la propriété.

— Bien sûr, j'ai mon propre dragon à mes côtés, cette fois-ci.

Il lui souleva le menton pour croiser son regard.

— Tu l'as toujours eu, Tessa. Depuis le tout premier soir.

Elle déglutit. Qu'avait-elle fait pour mériter cet homme ?

Il hocha la tête.

— Jusqu'à la fin de mes jours. Je jure que je serai toujours là pour toi.

Elle lui passa une main sur la joue, puis soupira.

— Et les autres ? Que vont-ils penser ?

Les commissures des lèvres de Kai se retroussèrent.

— Ne me dis pas que ma coriace compagne est intimidée par ces petits chiots.

Ce fut son tour à elle de grogner.

— Ils ressemblent plus à des rottweilers. Enfin, Hunter et Boone, ça va, mais Silas me fiche toujours la frousse. Quant à Cruz...

Kai secoua la tête.

— Cruz ne fait qu'aboyer, il ne mord pas. Enfin, peut-être pas littéralement...

Elle lui donna une petite tape sur le bras.

— Merci. Me voilà bien rassurée.

Elle s'habilla lentement, soudain consciente de tous ses élancements et douleurs... sans même parler d'une profonde réticence à affronter le monde extérieur. Mais leur heure était presque écoulée... et son ventre grondait, lui aussi. Alors qu'elle suivait Kai hors de la maison, elle s'arrêta dans l'immense véranda ouverte et regarda autour d'elle. Tant de questions demeuraient sans réponse. Tant de choses auxquelles elle devait réfléchir.

—Prête? murmura-t-il en lui emprisonnant une main dans les siennes.

Avec lui à ses côtés, oui, elle était prête. Malgré tout, ses pas devenaient plus hésitants au fur et à mesure qu'elle suivait Kai en bas de l'escalier de pierre en colimaçon, puis à travers le domaine jusqu'à l'*akule hale*. Ce n'était pas aussi éprouvant que sa première rencontre avec les autres, mais presque. Allaient-ils l'accepter en tant que compagne de Kai? Elle toucha l'émeraude qui pendait autour de son cou au moment de pénétrer dans l'ombre de la bâtisse ouverte.

— Salut, l'accueillit Boone comme s'il ne s'agissait de rien de plus qu'une nouvelle journée à la plage.

Hunter souriait lui aussi. Jamais Tessa n'avait autant apprécié de voir deux visages amicaux. Parce que Silas avait pour sa part l'air lugubre et Cruz arpentait le périmètre de la structure, une expression menaçante sur le visage.

Kai resserra les doigts autour des siens au moment où elle murmurait un timide :

— Salut.

Hunter hocha la tête, mais ne répondit rien. Les narines de Cruz se dilatèrent et le regard de Silas jeta d'un air entendu à Tessa et Kai. Elle baissa les yeux. Oui, elle avait occupé l'essentiel de la dernière heure à faire des galipettes avec ce dernier. Elle n'avait pas été en mesure de s'en empêcher, victime de son instinct et d'un désir irrépressible. C'était une sensation sacrément agréable par ailleurs, et elle l'avait apaisée. Donc non, elle n'avait pas honte, néanmoins elle ferait mieux de réserver les sujets intimes... eh bien, à l'intimité.

— Tu voulais nous voir, ma compagne et moi ? grogna Kai en inclinant la tête vers Silas.

Les deux métamorphes dragons échangèrent un regard et Tessa sentit la tension dans la pièce grimper d'un cran. Elle avait été aux premières loges pour constater combien Kai était puissant, néanmoins il existait une hiérarchie très nette entre ces hommes, et Silas était le chef de leur groupe uni.

— En effet, répondit ce dernier en hochant la tête.

Il recula d'un pas. Tessa retint son souffle. Boone lui adressa un clin d'œil d'encouragement, comme pour lui dire : « Tu vois ? Il aboie, mais il ne mord pas ».

Silas se déplaça vers les chaises et chacun s'assit. En tout cas, Tessa, Kai, Boone et Silas. Hunter s'était adossé au pilier le plus proche, comme pour soutenir le toit, et elle ne doutait pas que c'était un exploit qu'il aurait su accomplir si nécessaire. Cruz continuait à faire les cent pas sans rien dire.

Pendant que Silas servait à chacun une tasse de thé, de cette manière civilisée et très vieux jeu qui était la sienne, Boone passa un journal à Tessa et Kai.

— Tu fais la une, mon gars.

Kai lui jeta un regard noir et s'empara du journal pour que Tessa puisse voir la couverture. Une photo d'hélicoptère calciné avec comme titre : « Accident grave à Molokini ».

Tessa parcourut le récit en vitesse. Une fois Morgan mort, Kai lui avait proposé de la ramener sur son dos à Maui, mais Silas avait alors inventé une histoire destinée à faire la première page des nouvelles. Il les avait obligés à rester à Molokini assez longtemps pour rencontrer les services de secours venus de Maui, en réponse aux multiples explosions qui avaient été constatées.

— « Un pilote incapable de reprendre le contrôle », mon cul ! pesta Kai, furieux.

— J'espère que cet hélico était assuré, marmonna Boone.

Silas soupira.

— L'explosion est une bonne chose, en un sens. Tout le monde a cru que les flammes provenaient de l'hélicoptère.

Boone sourit.

— La prochaine fois, je suggère que les dragons aillent en découdre dans un endroit avec des volcans en activité. Ça sera encore mieux pour étouffer l'affaire.

— Il n'y aura pas de prochaine fois, ricana Kai. Morgan est mort.

Tessa serra sa main. Elle n'avait jamais souhaité de mal à quiconque, mais pour Morgan, elle n'y manquerait pas.

— Amen, fit Boone en hochant la tête.

Malgré tout, Kai avait l'air toujours sur le qui-vive et Silas se caressa le menton. Ni l'un ni l'autre ne paraissait pleinement convaincu que le danger avait disparu. La nuit passée, Kai avait émis l'hypothèse que Damien Morgan puisse être lié à un ennemi encore plus redoutable, cependant il n'avait pas eu le temps d'aller plus loin, car l'hélicoptère des garde-côtes était arrivé sur les lieux.

Tessa observa le visage fatigué de Silas. Tous ces hommes avaient l'air épuisés, en fait, et elle se demanda combien d'heures ils avaient passées à la chercher la veille ou à s'inquiéter pour Kai et elle. Même Cruz donnait l'impression de n'avoir pas bien dormi. Elle avait eu tellement tort de croire au mensonge de Morgan à propos d'un traître parmi eux. Depuis le début, ce groupe l'avait acceptée, elle, une parfaite inconnue, et ils lui avaient beaucoup donné. Que pourrait-elle faire en retour ?

Lentement, elle ôta l'émeraude et la tendit, les dévisageant l'un après l'autre. Ils étaient des alliés. Des amis. Elle fit passer la pierre de sa paume à la table, puis retira ses mains. L'émeraude était en sécurité, ici. Et ce qui était à elle était à eux.

Tous se penchèrent, retenant leur souffle. Même Cruz, qui se tenait aussi immobile qu'un chat sur le point de bondir sur sa proie. Les yeux de Silas étincelèrent si vivement que Tessa craignit de le voir se métamorphoser en dragon et s'envoler avec la pierre précieuse. Mais quelques instants plus tard, ses prunelles se brouillèrent, et il déglutit.

— La Pierre de Vie, murmura-t-il en s'écartant légèrement de la table.

Tessa se détendit un peu. Silas n'avait pas été plus submergé que Kai par la pierre. Il y avait vraiment de bons et de mauvais dragons, juste comme son compagnon l'avait dit.

Boone siffla, ce qui brisa le silence.

— La Pierre de Vie ! Donc les légendes disaient vrai, murmura-t-il.

— Dis-nous, qui te l'a donnée. Où ? Quand ? Comment ? exigea Silas.

Tessa expliqua le peu qu'elle savait et il envoya Hunter au cottage des invités afin de récupérer le message qui accompagnait la pierre. Ils l'examinèrent attentivement, sans toutefois en tirer grand-chose qui leur permette de résoudre le mystère.

— Je ne pige toujours pas, lâcha Boone. Comment l'une des cinq Pierres d'Esprit a-t-elle atterri entre des mains humaines ?

— Pas entièrement humaines, murmura Kai en passant un bras autour des épaules de Tessa. En partie dragon.

Elle croisa son regard, désireuse d'obtenir au moins une réponse à l'une de ses innombrables questions.

— Silas a effectué quelques recherches et a découvert que tu es liée au clan Baird... du côté de ta grand-mère.

Baird ? Tessa chercha dans sa mémoire. Quand elle était en quatrième, elle avait eu un arbre généalogique à faire et elle se rappelait vaguement ce nom. Mais quel rapport avec les dragons ?

Apparemment, ce nom signifiait quelque chose dans le monde des dragons, parce que Silas et Kai hochèrent pensivement la tête tandis que les autres paraissaient ne rien comprendre. Exactement l'impression qu'elle affichait.

— Baird, comme dans Aderyn Baird, de la maison de Cluew, expliqua Silas.

À l'évidence, chacun était censé comprendre ce que cela signifiait.

— Les derniers descendants d'un puissant clan de dragons, expliqua Kai. Un clan qui s'est reproduit avec des humains, jusqu'à ce que le sang de métamorphe devienne récessif.

— Récessif, mais pulsant toujours dans tes veines, ajouta Silas, avec un petit hochement de tête à l'intention de Tessa.

Elle se concentra sur sa tasse de thé, intimant à ses mains de ne pas trembler. Soudain, tout devint logique. La sensation de confort qu'elle avait éprouvée auprès de Kai, pour commencer. Le fait qu'elle ne se brûlait jamais. Les rêves qu'elle faisait enfant où elle volait. Sa grand-mère lui avait avoué en faire aussi. Avait-elle toujours su ce que signifiaient les racines de leur famille ?

Tessa soupira et regarda l'océan. Plus que jamais, elle aurait aimé appeler la vieille femme pour avoir une bonne et longue conversation avec elle.

— Qu'est-ce que tu sais sur l'émeraude ? demanda-t-elle en la tripotant.

— C'est l'une des légendaires Pierres d'Esprit, répondit Silas.

— L'une des quoi ?

Elle reposa sa tasse avec fracas. Morgan avait dit quelque chose là-dessus, lui aussi.

Les autres s'étaient tus également, et même Hunter, l'ours robuste, se balançait d'un pied sur l'autre.

— L'une des cinq pierres précieuses dotées de pouvoirs magiques, expliqua Silas. C'est du moins ce que prétend la légende.

La bougie sur la table parut briller d'un éclat plus vif et un souffle traversa la pièce.

— Quel genre de pouvoirs ? demanda Boone, pour la première fois sérieux.

Silas observa l'émeraude.

— La Pierre de Vie peut démultiplier les pouvoirs innés de celui qui la porte, je crois.

Tessa frotta ses doigts les uns contre les autres, puis tendit précautionneusement la main vers la bougie, jusqu'à ce que son index fende la flamme.

— Waouh ! s'exclama Boone.

— Elle ne craint pas les brûlures, constata Kai, d'une voix pleine de fierté.

Tessa hocha lentement la tête. Tout ce qu'elle éprouvait, c'était un chatouillis. Sa peau ne brûlait pas et elle ne ressentait aucune douleur.

— J'ai toujours pensé que j'avais le cuir solide.

— Pas un cuir solide : un cuir de dragon, rectifia Kai en plaçant ses doigts à côté des siens. Sous notre forme humaine, il nous protège seulement des petites flammes de ce genre. Sous notre forme animale, il nous protège du feu d'un dragon ennemi.

Sous notre forme animale... Les mots touchèrent quelque chose tout au fond de son âme. Un besoin, un désir ardent qu'elle n'avait plus éprouvé ou ne s'était plus autorisée à éprouver depuis très, très longtemps.

— La Pierre de Vie a démultiplié ton aptitude, c'est pour ça que tu as pu repousser le feu des dragons qui t'ont attaquée, commenta Silas.

Boone hocha la tête.

— La Pierre de Vie, et un sacré paquet de volonté, je dirais.

Kai sourit jusqu'aux oreilles.

— Une autre manière de désigner son entêtement.

Il plaisantait, mais l'amour qu'elle lisait dans ses yeux emplit Tessa de fierté.

Silas surprit son regard et hocha la tête.

— Il s'agit de courage. Du véritable courage. La Pierre de Vie n'aurait pas suffi sans ta force intérieure.

Tessa se tortilla un peu sur sa chaise alors que les autres la regardaient avec un plus de respect. Elle ne s'était encore jamais sentie aussi fière... ni aussi gênée.

— Et les autres pierres ? demanda-t-elle, pour changer de sujet.

— Il y a aussi la Pierre d'Eau. La Pierre de Vent. La Pierre de Terre..., énuméra Kai en comptant sur ses doigts, avant de laisser sa phrase en suspens.

— Et la Pierre de Feu, compléta Silas. Des pierres précieuses perdues il y a très longtemps, si longtemps que nous devons nous contenter de légendes très floues.

— Et Morgan était au courant, lui ? demanda Boone.

Tessa pinça les lèvres.

— Comment est-ce possible ?

Kai parut pensif.

— Je ne suis sûr de rien. T'a-t-il embauchée par coïncidence ? Ou bien avait-il fait des recherches et t'avait-il pistée d'une manière ou d'une autre ?

— Ella, fit Tessa dont l'esprit bouillonnait. Était-elle au courant ?

Silas secoua la tête.

— J'ai enfin réussi à la contacter. Elle a dû mentir après t'avoir aidée à t'enfuir de chez Morgan. Elle travaille pour des loups très puissants en Arizona : la meute des Lunes jumelles.

Boone sourit et bomba le torse.

— C'est moi qui lui ai trouvé ce job, de rien, merci, au revoir.

Tessa inclina la tête vers lui.

— La meute des Lunes jumelles, répéta-t-il avant de faire une pause. Tu n'as jamais entendu parler d'eux ? Ce sont les loups les plus puissants du sud-ouest.

Sa voix se fit incrédule, puis il tapa dans ses mains.

— Oh, c'est vrai, tu es humaine, tu ne peux pas savoir.

Tessa grimaça. Un jour, elle percerait les secrets du monde des métamorphes.

— Bref, continua-t-il. Ce sont des cousins à moi. Ils ont embauché Ella pour garder un œil sur Morgan parce qu'ils n'aimaient pas l'idée qu'un dragon soit aussi proche de leur territoire.

— Donc, que sait Ella ?

— Rien. En tout cas rien sur toi ou la pierre.

— *Les* pierres, rectifia Kai en fronçant les sourcils.

— Elles se sont éparpillées au fil du temps, on les croyait perdues depuis longtemps, déclara Silas, pensif. La question est : Morgan le savait-il ? Était-il en quête des pierres tout autant que d'une compagne ?

Kai grogna et rapprocha Tessa de lui avant qu'elle ait le temps de songer au dégoût que cette possibilité lui inspirait.

— Eh bien, on possède celle-ci, en tout cas, lança Boone en reculant avec un sourire.

— C'est Tessa qui la possède, marmonna Kai.

Elle balaya la pièce du regard. Kai était son compagnon. Elle le sentait dans son cœur et du plus profond de son âme. Et ces hommes étaient aussi proches de lui que des frères.

— Nous la possédons, maintenant, rectifia-t-elle en croisant le regard de chaque homme.

Silas d'abord, puis Boone et enfin Hunter, qui hocha la tête sans rien dire.

Elle fixa Cruz jusqu'à ce que son regard croise le sien, et il cligna les paupières pour lui communiquer ce qu'elle espérait être le signe de son acceptation. Même une acceptation à contrecœur ferait l'affaire. Elle se tourna ensuite vers Kai et découvrit dans ses prunelles un scintillement bleu profond rayonnant. Elle sentit toute la chaleur de son regard, mais quelque chose d'autre aussi : la chaleur des autres. Qui faisaient tampon, la protégeaient, l'acceptaient comme l'une des leurs.

Silas hocha lentement la tête.

— Nous la possédons, maintenant.

— Qu'en est-il des autres pierres ? murmura Kai.

Tessa se retourna en décelant une pointe d'inquiétude dans sa voix. Boone haussa les épaules.

— On s'en fout des autres.

Silas lui lança un regard perçant.

— Quand l'une des pierres se réveille, elle appelle les autres.

Un silence s'abattit sur la pièce. Un silence tel que Tessa entendit le murmure de la mer sur le rivage, quelque part hors de leur vue. Un son apaisant ou une sonnette d'alarme ?

— Euh, est-ce que c'est une bonne chose ? se hasarda-t-elle tout en posant successivement les yeux sur chacun de leurs visages inquiets.

À en juger par la reprise des déambulations de Cruz, elle en conclut que non. Kai lui prit la main et la serra. Silas fronça les sourcils.

— Franchement, je ne suis pas sûr.

Les mâchoires de Kai se crispèrent, ce qui était mauvais signe. Silas n'était pas beaucoup plus âgé que les autres, mais il était celui vers qui tous les yeux se tournaient, et clairement, il était aussi le plus versé dans le folklore des dragons. S'il l'ignorait...

Boone frappa dans ses mains, brisant le silence songeur qui s'était abattu sur la pièce.

— Eh bien, je pense que ça suffit pour ce soir, vous ne pensez pas ?

Il s'empressa de se lever.

— Et je suis affamé.

— Tu es toujours affamé, soupira Kai.

— Un métabolisme de loup, qu'est-ce que tu veux que je te dise ! répliqua-t-il en souriant. Bon, qui est-ce qui cuisine ?

Tous les yeux se posèrent directement sur Tessa, toutefois Kai se hâta de se lever.

— Pas question. Pas ma compagne. Elle a eu une longue nuit.

— La faute à qui ? répliqua Boone avec un clin d'œil.

— Ça ne me dérange pas de cuisiner, intervint aussitôt Tessa en tentant de dissimuler le rouge qui lui était monté aux joues.

— Non, pas question, insista Kai en secouant la tête.

Elle planta une main sur sa hanche.

— Tu es en train de me dire ce que je dois faire ?

— Jamais, répondit-il en levant les mains. Mais sérieusement, tu as envie de cuisiner ?

Tessa se mordilla la lèvre. Elle aimait préparer à manger, mais bizarrement, ce soir...

— En fait, non. Pas vraiment. Pas maintenant.

— Ce n'est pas un problème, décréta-t-il en lui prenant la main. C'est Boone qui sera chargé de préparer le dîner, dans ce cas.

L'intéressé grogna, cependant Hunter lui donna une tape dans le dos et même Silas sourit.

— Les prospectus des traiteurs sont sur le frigo.

— Tu veux bien commander quelque chose pour nous ? lui lança Kai en aidant Tessa à se relever. On n'en a pas pour longtemps.

Le cœur de Tessa tambourinait alors qu'il la conduisait sur la plage, non loin du cottage des invités. Ils se tinrent sur le rivage où elle prit une profonde inspiration. Tellement d'événements s'étaient produits en si peu de temps.

— Donc qu'est-ce qu'on fait maintenant ? demanda-t-elle alors que d'importantes questions se bousculaient à nouveau dans sa tête.

Kai lui passa le bras sur l'épaule.

— Que veux-tu dire ?

— Je veux dire... Nous. Les autres. Tout, répondit-elle en faisant un geste de la main.

— C'est facile, répondit-il en désignant sa maison au sommet de la colline. Tu restes ici avec moi. On vit ensemble comme le couple que nous sommes.

Elle leva les yeux. Cette maison semblait sortie tout droit de ses rêves... exactement comme cet homme.

— Du moins, si tu es d'accord avec cette idée, ajouta-t-il en déglutissant.

Elle sourit et le serra de toutes ses forces dans ses bras.

— J'aimerais beaucoup. Les autres n'y verront pas d'objection ?

Kai hocha la tête.

— Tu n'es pas simplement la bienvenue ici, Tessa. Tu as gagné ta place.

Elle sourit malgré elle, puis réfléchit. Était-elle vraiment tentée de vivre parmi des métamorphes mâles ? Un loup, un ours, un tigre...

Elle s'obligea à ralentir. Un jour, elle comprendrait les autres métamorphes, à commencer par Boone, si facile à vivre qu'il devait cacher d'affreux souvenirs. Tout comme les autres, devina-t-elle.

— Eh bien, il faut juste que je trouve un emploi. J'imagine que je devrai probablement me constituer une nouvelle clientèle ici.

— Et aller cuisiner chez des inconnus ?

Kai ne s'y opposait pas, mais il n'avait absolument pas l'air ravi.

— J'ai une meilleure idée, dit-il.

— Laisse-moi deviner : une idée qui implique de cuisiner pour cinq célibataires, peut-être ?

— Quatre célibataires et un type qui, pour son plus grand bonheur, a trouvé sa compagne, rectifia-t-il. Plus sérieusement, tu pourrais essayer de nouvelles recettes sur nous pendant que tu écris ton livre.

Elle le dévisagea. Elle avait évoqué cette idée de livre la première fois qu'ils avaient discuté, avant le début de tous les trucs dingues qui étaient survenus ensuite. Et pourtant, Kai s'en souvenait. Avait-il donc fait vraiment attention à ce qu'elle avait raconté ?

— Ça serait... chouette, lâcha-t-elle alors que son cœur tambourinait et son esprit tourbillonnait.

Elle allait vivre à Hawaï avec l'homme de ses rêves, en faisant le travail de ses rêves et, un jour peut-être, elle aurait même la famille de ses rêves. Une famille de dragons ?

Elle déglutit et décida de ne pas se projeter aussi loin.

— Juste chouette ? s'étonna-t-il en haussant un sourcil.

— Ce serait génial. Un rêve devenu réalité, admit-elle en nouant les bras autour de son cou.

— Ne m'oublie pas quand tu seras devenue célèbre ! s'esclaffa-t-il.

— Que veux-tu dire par « Ne m'oublie pas » ?

Elle lui donna une petite tape sur le bras.

— On est compagnons pour la vie, tu te rappelles ?

— Je vérifiais juste, gloussa-t-il avant de l'attirer pour un long, très long baiser. C'est comme être mariés, mais en mieux.

— J'aime bien cette idée, concéda-t-elle en se blottissant plus étroitement contre lui. Je ne suis pas encore très sûre concernant la morsure d'union, cela dit.

— Non ? murmura-t-il.

Il déposa une ligne de baisers de sa joue à son cou.

— Dans ce cas, on attend. Jusqu'à ce que tu sois prête, peu importe le temps que ça prendra.

Elle recula la tête avec un soupir pendant qu'il faisait disparaître, avec ses baisers, les derniers restes de tension en elle pour les chasser vers l'horizon.

— C'est si bon, murmura-t-elle.

— Bon ?

Son baiser suivant se posa dans le creux de son cou et s'acheva par une légère morsure qui excita toutes ses terminaisons nerveuses. Elle grogna : la sensation était vraiment agréable. Si bonne, que la rumeur de la mer s'amplifia quand elle pressa son corps contre le sien.

— Vraiment bon. Encore. S'il te plaît.

Quand il la mordilla, son sang se mit à bouillonner. Son sang de dragon, peut-être, pour lui assurer qu'une morsure d'union serait délicieuse. Et même pour lui donner l'idée de planter ses propres dents dans le cou de Kai.

— Comment ça se passe, exactement, cette histoire d'union ? murmura-t-elle pendant qu'il lui embrassait la clavicule.

— D'abord, je t'emmène dans ma tanière et je te montre comment un dragon s'y prend pour aimer sa compagne.

— Il me semble que tu me l'as déjà montré, gloussa-t-elle.

— Ça va devenir meilleur.

— Encore meilleur ? fit-elle en remontant une jambe le long de sa cuisse.

— Et juste au moment où on pense atteindre notre limite, je te fais une morsure d'union.

Elle se cambra afin de lui faciliter l'accès à son cou. Sans qu'elle sache trop comment, il se débrouillait pour que tout ait l'air bon. Si bon qu'elle sentait son corps supplier pour qu'il le fasse, ici et maintenant.

— Il y aura aussi un souffle de feu, ajouta-t-il à voix basse. Avec prudence.

Bizarrement, cette précision ne l'effrayait pas. Elle l'excitait, même.

— Et ensuite, quand tu seras prête, tu me rendras la pareille.

Elle passa la main dans son cou pour sentir son pouls, devinant d'instinct l'endroit exact où elle planterait sa morsure : juste ici, où elle comprenait qu'elle ne causerait aucun dommage. Sa bouche s'échauffa lorsque sa partie dragon songea au marquage, liée à ce rituel d'accouplement, et elle eut une vision de son homme grand et puissant, totalement à sa merci.

— Je crois qu'elle me plaît bien, cette idée, murmura-t-elle, mélangeant déjà le présent et le futur.

Son corps était en feu, suppliant de revendiquer et d'être revendiquée, là, tout de suite.

— Tu *crois* que cette idée te plaît bien ? demanda-t-il, pas tout à fait satisfait.

— J'aime cette idée. Et je t'aime, toi, Kai.

Il l'attira contre lui, la huma profondément, avec possessivité.

— Ma compagne, pour toujours.

— Pour toujours, répéta-t-elle en hochant la tête.

Elle lui chatouilla l'oreille puis, lentement, reposa sa jambe au sol.

— Maintenant, ramène-moi à la maison et montre-moi ce que tu sais faire, dragon.

— Tu es en train de me dire ce que je dois faire ?

Elle s'esclaffa.

— Et si je te le demande poliment ?

Il sourit et l'embrassa avec fougue, avant de lui prendre la main et de la conduire vers le sommet de la colline.

— J'aime bien l'idée.

Chapitre 19

Ils prirent main dans la main le chemin qui montait vers la maison. Kai passa ensuite un bras autour des épaules de Tessa et l'attira fermement contre lui. Quand ils atteignirent l'escalier, dernière étape de leur ascension, ses doigts caressaient l'épaule nue de sa compagne, qui perdait déjà la tête. La chaleur de son cœur n'avait cessé d'augmenter et elle avait faim de lui. Vraiment faim : de ses baisers, de son contact, de sa peau rugueuse sur la sienne. Une dizaine de fantasmes jaillirent dans son esprit et elle brûlait de les mettre tous en œuvre. Peu importait le temps passé cette nuit et ce matin enroulés l'un autour de l'autre. Curieusement, elle avait encore besoin de plus.

J'ai besoin de mon compagnon, grogna une petite voix dans un coin de son esprit. *J'ai besoin de le faire mien.*

Autrefois, elle avait ignoré cette enquiquineuse et toutes les autres questions qu'elle posait, mais à présent, elle devenait plus forte et plus insistante. Comme si son sang de dragon se réveillait lentement et formulait des exigences.

— Mmh, fredonna Kai en logeant sa tête contre la sienne, pendant qu'ils avançaient.

Le son profond, rauque, parvint jusqu'à son âme et transforma les flammes vacillantes en feu de joie. Tessa prit une grande inspiration. Peut-être n'était-il pas si insensé de croire qu'elle était en partie dragon. Il y avait une bête sauvage en elle, c'était une certitude, et celle-ci était avide de son compagnon.

Tu es prête. Il est prêt lui aussi, affirma la voix. *Pourquoi attendre ?*

Elle glissa la main dans la poche arrière du jean de Kai et accéléra leur ascension de l'escalier. Plus vite ils auraient atteint la véranda, plus vite ils pourraient...

Se déshabiller et se prendre comme des bêtes ? demanda-t-il dans son esprit.

Elle lui donna un petit coup de coude et poussa un grognement exaspéré, comme si elle n'avait pas projeté la même chose.

— Honnêtement, tu ne penses vraiment qu'au sexe ?

— C'est l'hôpital qui se fout de la charité ?! s'esclaffa-t-il.

Tessa dissimula un sourire. La capacité de Kai à lire dans ses pensées avait ses avantages et ses inconvénients.

— Eh bien, vu que je suis en partie dragon...

Il ne chuchota même pas à l'intérieur de son esprit, mais elle distingua de l'espoir dans ses yeux.

Tu pourrais être entièrement dragon.

Elle prit une profonde inspiration. Il suffirait d'une morsure d'union, et une fois que le dragon en elle serait pleinement réveillé, elle pourrait se métamorphoser, comme Kai. Elle pourrait voler... Non, s'élever en flèche dans les airs, comme elle l'avait vu dans ses rêves. Elle pourrait passer toute sa vie avec cet homme incroyable et se débarrasser des chaînes qui la retenaient depuis des années.

Ils étaient presque parvenus à la dernière marche et la vue s'élargissait lentement. Pourtant, elle n'avait d'yeux que pour Kai. Pour cette épaisse chevelure où elle rêvait d'enfoncer les doigts. Pour ces épaules musclées qu'elle brûlait d'agripper quand il s'allongerait sur elle et l'emporterait vers un autre incroyable sommet. Pour ces tablettes de chocolat où elle passerait les mains quand ils seraient couchés, tanguant et haletant, une fois redescendus.

Les yeux de Kai balayèrent son corps : il dressait sa propre liste, elle le sentait. Il enroula un doigt dans l'une de ses mèches rousses et un murmure traversa son esprit.

Je veux plonger mes doigts dans ta magnifique chevelure et t'embrasser jusqu'à ce que tu ne voies plus rien.

Tessa tressaillit. Bordel, elle en était déjà arrivée au point où elle ne voyait presque plus rien, sauf ce qui émanait de lui. Le monde avait de nouveau reflué, il ne restait qu'elle et lui, ainsi que la fournaise autour d'eux.

— Enfin chez soi, murmura-t-elle quand ils atteignirent la véranda.

Il la serra contre lui et murmura :

— Enfin chez soi. Et je veux parler de la personne, pas de l'endroit.

Elle se blottit contre son épaule. Qui aurait cru que les dragons étaient aussi adorables ? Levant alors la tête, elle lui prit le visage entre les mains, avec l'intention de lui en faire la remarque, mais à la seconde où Kai plongea son regard dans le sien, elle en perdit ses mots. L'air entre eux crépitait presque sous la force brutale de leur désir.

— Donc, est-ce que ça te dirait que toi et moi..., commença-t-elle avant que Kai ne la coupe d'un baiser torride et dévorant.

Il y mit toutefois un terme, une seconde plus tard, pantelant, les yeux fermés. Elle devina qu'il était de nouveau en train de se disputer avec son dragon.

— Hé, j'aimais bien ça, protesta-t-elle en l'attirant plus près.

Il sourit et ses incroyables yeux bleus étincelèrent.

— J'aimais bien, moi aussi.

Elle inclina la tête pour l'approcher de la sienne et lui mordilla la limite de la mâchoire.

— Tu aimes ? chuchota-t-elle.

Il lui posa une main sur la joue tout en hochant légèrement la tête et elle remonta vers son oreille, sans décoller son corps du sien.

— Et ça, tu aimes ? murmura-t-elle en enfouissant le nez dans son oreille.

Il resserra les mains sur son chemisier. Bon sang, comme elle aurait voulu qu'il lui fasse passer vite fait ce vêtement par-dessus la tête et qu'il la déshabille des pieds à la tête. Néanmoins, il se contenta de déglutir et demeura parfaitement immobile.

Tessa descendit les mains le long de son ventre jusqu'à ce qu'elle sente le jean rugueux de son pantalon. Elle faillit s'arrêter à cette étape, mais son envie était irrésistible et elle descendit encore la main. Plus bas. Bon sang, si seulement elle pouvait lui arracher ce jean, elle le ferait.

— Tu n'en as pas envie ?

La pomme d'Adam de Kai s'agita.

— Je te désire tellement que j'en deviens dingue.

— Pourquoi te retenir dans ce cas ?

— Tessa, répondit-il, la mâchoire soudain crispée. C'est bien plus qu'une simple question de désir. Il s'agit de te revendiquer. Chaque fois qu'on fait l'amour...

Elle secoua la tête quand il s'interrompit.

— Quoi, Kai ?

— Chaque fois qu'on fait l'amour, j'ai de plus en plus de mal à résister à l'instinct qui me pousse à te mordre. À te revendiquer. À te faire mienne.

Une onde de désir courut à travers le corps de Tessa, chaque terminaison nerveuse titillant la suivante dans un jeu de dominos infini.

— Je veux être revendiquée. Et tu ferais bien de prendre garde, parce que je te revendiquerai dans la foulée.

Il lui prit les mains avant qu'elle puisse abaisser la fermeture éclair de son jean.

— Je veux aussi parler de la marque, Tessa. Je ne suis pas certain d'être capable de me retenir, cette fois. Et si tu n'es pas prête...

Elle leva les yeux et rencontra les siens qui ne se contentaient plus de briller ; ils étincelaient d'un bleu aussi profond que le plumage qu'arboraient les paons. C'était un signe d'excitation chez les dragons, elle l'avait appris. Elle laissa son regard dériver dans le vide pendant qu'elle tentait de retrouver ses esprits. Bataille perdue d'avance, étant donné le puissant brouillard qui s'était emparé de son corps.

Allez, Tessa. Réfléchis. Tu n'as pas eu assez de crocs et de feux de dragon pour le moment ? Tu es vraiment prête pour la morsure d'union... et la marque ?

Elle rassembla son courage pour accepter l'inévitable « non », mais tout ce que son âme lui lança, ce fut un « oui » sincère.

S'il te plaît, supplia-t-elle. *Sans cette morsure, nous ne nous sentirons jamais complètes.*

« Nous ». La réponse émanait-elle de son dragon ?

Elle ferma les yeux, se remémorant les sommets incroyables qu'elle avait atteints avec Kai. Comment pourrait-elle vouloir davantage ? Mais chaque sommet s'accompagnait d'une légère démangeaison, de l'indice qu'elle s'était approchée de quelque chose de fracassant qu'elle avait manqué d'un cheveu.

On a besoin de la morsure d'union ! cria la voix. *De la marque.*

Elle prit une profonde inspiration. Kai l'avait choisie, elle, au lieu de la Pierre de Vie. Il avait presque sacrifié sa vie pour elle. Pourquoi devrait-elle le faire attendre ? Pourquoi devrait-elle se faire attendre ?

— Je le veux, Kai. Je suis prête. Enfin, aussi prête que je ne le serai jamais.

Les braises au fond de ses yeux étincelèrent encore plus vivement.

— Tu en es sûre ?

Elle serra ses mains et se remit à le renifler. Bon sang oui, elle en était sûre. Aussi sûre que jamais.

— Oui. Je le veux, Kai. Je te veux. Pour toujours.

Un sourire se dessina sur les lèvres de Kai quand les ultimes doutes de Tessa disparurent. Il lui fit traverser la véranda à reculons, jusqu'au mur de la maison contre lequel il la plaqua, l'étouffant dans un baiser torride. Elle gémit contre ses lèvres tandis que son corps se moulait au sien. Oh, ce que ça allait être bon !

Ses mains étaient aussi douces que sa bouche était brutale, ce qui lui convenait parfaitement. Il appuya encore les lèvres, lui arrachant un grognement tant elle brûlait de le toucher partout à la fois.

— Kai, gémit-elle, glissant les mains sous sa chemise.

Elle remonta le long de son torse et, pendant quelques secondes, ils demeurèrent enchevêtrés, lui qui refusait de rompre leur baiser et elle qui était déterminée à le débarrasser de chaque morceau de tissu qu'il avait sur le corps. Tessa était à deux doigts de glousser, mais Kai était si sérieux qu'elle se retint. Il s'écarta pendant une fraction de seconde, se débarrassa de sa chemise et revint aussitôt réclamer sa bouche de la sienne.

Tremblante d'impatience, Tessa réussit à reprendre une rapide bouffée d'air. Cet homme était en feu. S'il lui faisait l'amour aussi puissamment qu'il l'embrassait... eh bien, bon sang... Elle grogna pour l'encourager.

Leurs mains se mêlèrent quand il voulut lui retirer son chemisier juste au moment où elle s'affairait sur sa braguette, et pendant une seconde, ni l'un ni l'autre ne céda. Kai finit par s'écarter. Le souffle court, il plaqua les mains sur le mur, de part et d'autre de la tête de Tessa, et posa son front contre le sien.

— Toi d'abord, murmura-t-il en lui laissant prendre le contrôle.

Elle perçut la tension dans sa voix, cependant. La lutte intérieure de l'homme contre la bête.

— Toi, mon compagnon, tu es une star, chuchota-t-elle en remontant les mains le long de son torse.

Il grogna.

— Si tu entendais ce que mon dragon brûle de te faire...

L'idée était alléchante. Elle baissa complètement sa braguette et glissa une main à l'intérieur.

— Ah oui ? Comme me revendiquer, par exemple ?

Quand elle passa la main sur son sexe épais, il siffla et s'immobilisa complètement. Elle fit descendre son jean, puis son boxer et l'empoigna, pour faire ensuite coulisser sa main de haut en bas, sur toute sa longueur. Il poussa un grognement.

— Ou bien ton dragon veut-il que je le titille pendant un petit moment ? suggéra-t-elle, d'une voix pleine de sensualité.

Les mâchoires de Kai étaient si crispées qu'elle comprit à peine ce qu'il marmonna :

— Les dragons n'aiment pas qu'on les titille.

— Oh, c'est bien dommage, roucoula-t-elle, cherchant à conserver une voix décontractée quand, en réalité, elle avait l'eau à la bouche et la culotte trempée. Ça peut être amusant, d'être titillé.

Elle passa le pouce sur son gland pendant que les autres doigts étaient enroulés autour de son membre.

— Amusant ? grogna-t-il.

Il restait immobile comme une statue, mais son érection tressaillait dans sa main. Lentement, ses hanches ruèrent pour glisser entre le cercle de ses doigts.

— Tu vois ? C'est amusant, constata-t-elle avec un sourire.

Il recula, puis rua de nouveau vers l'avant.

— Je visualise quelque chose d'encore plus amusant.

— J'y pense justement maintenant, lui chuchota-t-elle à l'oreille.

Kai prit une brusque inspiration. Elle resserra la main autour de son sexe et la déplaça dans le sens inverse des lentes poussées de Kai, imaginant ce qu'elle éprouverait quand il serait en elle.

— Je suis en train de t'imaginer profondément enfoui en moi, fredonna-t-elle, devenant aussi nerveuse que lui à en juger par la sueur qui lui dégoulinait des sourcils.

Jusqu'où pourrait-elle, jusqu'où oserait-elle pousser son côté dragon ?

Kai émit un bruit sourd, indistinct. Une veine pulsa sur un côté de son cou. Son sexe glissait dans sa paume sur un rythme lent et régulier. Quand il posa une main sur ses seins pour en prendre un avec lenteur, elle grogna et se passa la langue sur les lèvres. *Waouh !* C'était elle-même qu'elle rendait folle avec ces préliminaires, pas seulement lui. Mais l'anticipation n'était-elle pas ce qu'il y avait de mieux ?

Non, pas cette fois, murmura Kai dans son esprit.

Elle songea brièvement à se laisser tomber à genoux pour le prendre dans sa bouche, mais ses doigts infligeaient à ses seins la caresse la plus incroyable. Elle se cambra. Sans rien dire, il avait lancé sa contre-attaque et l'âme de Tessa était tout à fait prête à lui confier son corps. L'étreinte qu'ils étaient sur le point d'avoir serait hors normes. Elle s'imagina nue, allongée sur le lit, avec lui qui l'observait avant de s'agenouiller au-dessus de son corps.

Sans dire un mot, il hocha la tête contre son épaule.

J'aime cette idée. Beaucoup.

Elle lui donna une petite tape sur l'épaule.

— Il faut vraiment que tu restes en dehors de mon esprit quand j'ai des pensées cochonnes.

— Ce sont les meilleures, murmura-t-il en passant la partie rugueuse de son pouce sur ses seins.

Tessa prit une profonde inspiration. Était-elle vraiment prête pour la morsure d'union ? Et surtout, pour la marque du dragon, qui ferait d'elle une métamorphe à son image ? Au cours de leur brève conversation sur Molokini, Kai avait évoqué le danger d'une telle opération et lui avait expliqué que c'était la raison pour laquelle ses parents n'avaient jamais franchi le pas. Mais Tessa était en partie dragon, ce qui signifiait que tout irait bien pour elle, non ?

Il n'en avait pas l'air aussi certain.

S'il te plaît, supplia sa voix intérieure. *S'il te plaît.*

— Tessa, chuchota Kai, sur le point de reculer.

Et il n'en fallut pas davantage pour que sa décision soit prise. Elle n'avait jamais fait les choses à moitié. Pourquoi commencerait-elle maintenant ? Elle enroula les bras autour de ses épaules et le retint.

— Je le veux, Kai. J'en ai besoin.

— Mais si jamais...

Elle posa les doigts sur ses lèvres.

— Pourquoi la destinée nous aurait-elle rapprochés si elle ne voulait pas que nous devenions compagnons ?

Les narines de Kai se dilatèrent, sans qu'il réplique pour autant.

— Mince, Kai ! J'ai besoin de toi.

Ses yeux bleus flamboyèrent, puis s'écarquillèrent.

— Quoi ? demanda-t-elle.

— Tes yeux... Ils sont si verts...

Il resta bouche bée, tout en repoussant les cheveux du visage de Tessa.

Elle poussa un gémissement exaspéré. Ne le savait-il pas déjà ?

— Non, je veux dire... Ils étincellent, comme ceux d'un dragon, expliqua-t-il enfin, le souffle court.

Tessa cligna plusieurs fois. Elle n'avait pas la sensation que ses yeux avaient changé, en revanche son corps flambait de désir. Elle l'attira encore contre elle.

— Eh bien, ça montre juste que la femelle dragon en moi a besoin de ça, elle aussi. Et qu'elle est certaine que tout ira bien.

Nous irons bien, intervint la voix dans son esprit.

Kai hésita encore une seconde, promenant les mains le long de ses flancs, les pouces tendus pour pouvoir lui effleurer les côtés des seins. Un grognement retentit à ses oreilles, sans qu'elle puisse déterminer s'il provenait d'elle ou de sa gorge à lui. Non, il devait avoir été poussé par Kai, parce que dans la seconde qui suivit, il la dévorait de baisers sans aucune retenue.

Elle poussa un cri, car en effet, il y allait sans ménagement, néanmoins elle le lui rendit rapidement, et avec la même fougue. Quand il l'attira contre lui, elle enroula les jambes autour de sa taille. Profitant du moment où elle reprenait son souffle, il la transporta dans la chambre et la voix qui habitait Tessa hurla.

Oui, oui, oui!

— Tessa, murmura-t-il en la déposant lentement sur le lit où il la rejoignit, sans cesser un seul instant de l'embrasser.

Elle l'attira à elle, désespérément avide de son contact. Quand il passa la main sur son ventre, elle écarta les jambes. À la seconde où il atteignit les replis de son sexe, elle souleva les hanches du matelas.

— C'est tellement bon, gémit-elle alors qu'il s'insinuait plus loin. Kai...

D'un doigt, puis de deux, il décrivit des cercles autour de sa fente, mais ce n'était pas assez. Elle leva la tête et les épaules du matelas pour le tapoter.

— J'ai besoin de t'avoir en moi, dragon. Maintenant.

Les yeux de Kai flamboyèrent, ce qui lui permit de voir une faible touche de vert se refléter dedans. Peut-être ne plaisantait-il pas quand il parlait de ses étincelles à elle. Mais vu qu'elle avait l'impression que son corps entier s'embrasait, pourquoi n'en serait-il pas de même pour ses yeux?

— Viens en moi, compagnon, lâcha-t-elle d'une voix tremblante de désir.

Le regard de Kai se porta sur son cou : il déterminait l'endroit où il allait la mordre.

— Tourne-toi, ordonna-t-il d'une voix rauque, tout en la guidant. Comme ça.

Elle se retrouva à quatre pattes sous son grand corps avec le dos qui frottait contre son entrejambe. Il repoussa ses cheveux sur le côté gauche de sa nuque et quand ses doigts effleurèrent la peau sensible à cet endroit, elle frissonna de désir. Visiblement, il était plus à l'écoute de son corps qu'elle ne l'était elle-même, parce que cette nouvelle position lui apparut comme précisément celle qu'il lui fallait. Il lui caressa les flancs puis l'agrippa fermement par les hanches.

Tessa retint son souffle, si affamée de lui que l'attente était douloureuse.

Kai donna un petit coup, un deuxième, puis, prenant une profonde inspiration, la pénétra d'une seule poussée, brûlante et avide.

Sous l'assaut et le mélange exquis de douleur et de plaisir, elle sentit ses yeux s'emplir de larmes.

— Oui, gémit-elle en se pressant contre lui, pour qu'il lui en donne plus. Oui...

Kai se retira à moitié, puis replongea en elle, lui arrachant un nouveau cri. Et un autre, et encore un autre, alors qu'il la pénétrait plus profondément et plus vite. Son corps entier se contracta, acheminant toute son énergie vers leur point de contact.

Le halètement lourd de Kai se mua en doux grognement. Tessa se laissa tomber sur les coudes pour étouffer ses cris dans l'oreiller. Son esprit était devenu une brume de plaisir, son corps grimpait plus haut, toujours plus haut, comme une droguée prenant sa dernière dose.

Tessa, grogna-t-il dans son esprit. *Tessa...*

Le rythme fluide devint saccadé et elle comprit qu'il était tout proche. Elle contracta ses muscles internes autour de lui, juste à temps pour sa poussée suivante, provoquant une sensation de brûlure.

Tessa, gémit-il.

Elle tourna la tête sur le côté et laissa échapper un sanglot quand son corps fut secoué de tremblements, succombant enfin à l'orgasme.

Kai...

La main gauche de son amant quitta sa hanche et se porta à son épaule afin de la faire pivoter légèrement tandis qu'il plongeait une dernière fois. Quand il se pencha sur elle, son haleine lui brûla le cou.

Elle demeura parfaitement immobile, retenant son souffle. En toute autre occasion, elle se serait simplement laissée aller contre les draps, vaincue par le plaisir, mais cette fois ce n'était pas encore terminé. Pas avec les dents de Kai qui lui raclaient la peau, la préparant à la morsure. Il la lécha lentement, se dirigeant vers le point exact, un point qu'elle pouvait sentir, elle aussi.

Maintenant! voulut-elle crier. *Maintenant!*

Kai poussa des hanches et jouit en elle à l'instant exact où ses dents lui perçaient la peau. Son cri fut étouffé et son corps s'embrasa. Elle frissonna sous lui, en proie à un plaisir sans commune mesure avec ce qu'elle avait éprouvé jusqu'à présent. Un voile d'un blanc pur s'abattit sur ses yeux tandis que sa main droite se cramponnait aux draps. La paume de Kai se referma dessus et leurs doigts se mêlèrent. Il enfonça encore les dents, la propulsant plus loin, dans une version moite et douloureuse de la béatitude. Il ne proféra pas le moindre mot, mais ses pensées explosèrent dans son esprit.

Je t'aimerai toujours.

Je te chérirai jusqu'au jour de ma mort.

Je ne peux pas vivre sans toi.

Je ferai tout, j'irai partout, je m'abaisserai autant que tu le voudras.

Tessa serra sa main aussi fort qu'elle le put au moment où ses larmes se répandaient sur les draps. Aucune émotion ne l'avait étreinte aussi violemment et jamais elle ne s'était sentie aussi sûre de quoi que ce soit au cours de sa vie. Lui non plus n'avait jamais été aussi sûr, elle le devinait, parce qu'un voile avait été retiré, lui permettant de jeter un œil sur ses pensées comme il le faisait sur les siennes. Comme si un banc de brouillard se retirait de l'océan pour révéler un beau rivage doré. Une île sur laquelle se dressaient les espoirs, les rêves et la dévotion d'un homme bien, sa dévotion envers elle. Pour toujours.

— Kai, murmura-t-elle, submergée.

Il relâcha lentement sa morsure et elle gémit, regrettant qu'il faille en finir.

Tiens bon, la rassura sa voix profonde.

Il resserra sa main sur la sienne quand soudain, elle se rappela que la morsure d'union n'était qu'une partie du processus. Il ne l'avait pas encore scellée en la marquant.

Elle sentit leurs corps se tendre à l'unisson. Sa chair déchirée se referma à l'instant où il retira ses dents, sans qu'elle éprouve la moindre douleur, juste de la chaleur. Le souffle de son amant lui chatouilla la peau, mais il s'immobilisa rapidement. La respiration profonde du dragon écorchait le silence de la pièce, aussi rauque que quand Kai s'était apprêté à cracher du feu pendant le combat.

Rassemblant son courage, elle enfonça les doigts dans le matelas et écarta les orteils. Il recula légèrement son corps lorsqu'il prit son inspiration, puis une seconde plus tard s'appuya de nouveau contre elle. Ses lèvres se fixèrent sur la blessure dans son cou. Il resserra les mains sur les siennes... et relâcha son souffle, projetant une bouffée de feu dans les traces de la morsure.

Je t'aime, Tessa, lança-t-il dans son esprit.

Elle s'était attendue à une vague de chaleur, cependant ce fut une projection de lave, soufflée directement dans ses artères. La chaleur écrasante dans ses membres transperçait chaque embranchement de ses veines. De la sueur se mit à couler sur son front et elle se tortillait tandis que la fièvre s'insinuait dans chaque recoin de son corps et de son esprit. Soudain, elle devint toute molle, cédant au pouvoir de la marque, acceptant de l'accueillir et non de le combattre.

Oui! cria sa voix intérieure. *Oui. Enfin, je vais être libéré.*

Des liens dont elle n'avait encore jamais été consciente se brisèrent dans tout son être et une joie différente de tout ce qu'elle avait éprouvé jusqu'alors engloutit son âme.

Libre, chanta la voix. *Je vais être libre.*

Elle écarta les bras sur le matelas et replia les doigts, non plus pour seulement imaginer ce que cela ferait de voler, mais le visualisant parfaitement. Elle aurait besoin de beaucoup de pratique, mais *waouh !* Ce n'était plus un simple souhait. Le jour où son essence métamorphe aurait fini de prendre racine dans ses veines n'était plus très loin : elle pourrait alors se métamorphoser et s'envoler aux côtés de son compagnon.

— Tessa, appela Kai.

Il paraissait à des milliers de kilomètres et sa voix trahissait de l'inquiétude. Pourquoi ? C'était le point culminant de sa vie : savoir qu'elle lui appartenait et qu'il était à elle pour toujours.

— Tessa.

Il lui agrippa rudement l'épaule pour la retourner. Elle cligna deux ou trois fois des yeux, avant de les lever vers lui. Les siens étaient bleu pâle, son visage assombri par l'inquiétude.

— Tessa ? chuchota-t-il. Ça va ?

Elle tendit deux mains tremblantes vers lui pour y emprisonner son visage.

— Je ne me suis jamais sentie mieux, compagnon.

Il soupira de soulagement, et quand elle noua les bras derrière son cou, il se laissa tomber sur elle pour la plaquer contre le matelas et lui toucher le visage d'une main frémissante.

— J'ai cru...

Il n'acheva pas sa phrase, toutefois elle distingua les images terribles qui étaient apparues dans son esprit. Elle secoua la tête, prête à lui répéter à quel point elle se sentait bien. Mais, une minute... Elle pouvait faire bien mieux que le lui dire maintenant qu'elle avait accès à son esprit.

Elle ferma les yeux et rejoua l'expérience pour lui, propulsant images et sensations dans son esprit. Le plaisir incroyable qu'elle avait éprouvé à l'apogée de leur étreinte. Le mélange douloureusement bon de plaisir et de douleur que lui avait procurés la morsure. Le pouvoir explosif de sa marque quand elle s'était propagée à travers son corps, suivi de l'incroyable sentiment de liberté qui l'avait submergé comme une onde de choc.

Elle sourit.

— Tu vois ce que je veux dire ? Je ne me suis jamais sentie mieux.

Elle exerça une petite pression sur son torse et il roula sur le dos pour lui permettre de le chevaucher. Des gouttes de sueur perlaient de chacun de leurs pores, mais c'était bon. Comme une purification de l'âme. Un nouveau départ. Dans ses yeux, elle voyait les siens, et bon sang, ils étincelaient vraiment. Elle s'esclaffa en rejetant ses cheveux en arrière.

— Quoi ? demanda-t-il en la ramenant de nouveau sur son torse.

Ce dernier s'élevait et s'abaissait au rythme des lourdes respirations qui faisaient onduler Tessa sur de douces vagues. Elle agita les mains sans pouvoir trouver les mots qui lui permettraient d'exprimer ce qu'elle ressentait.

— Rien. Tout. Bordel, c'était incroyable.

— Incroyable, peut-être, gloussa Kai. Mais tu m'as flanqué une sacrée frousse.

Elle glissa les mains sur ses épaules, imaginant sa panique si quoi que ce soit arrivait à son compagnon. L'heure était néanmoins à la joie, et lentement, ces pensées s'éloignèrent de son esprit. Elle replongea dans un état de rêverie béate. Ils se déplacèrent délicatement, jusqu'à ce que Kai se blottisse dans son dos, la serrant fort. Tessa soupira.

La brise tiède de la mi-journée jouait avec sa peau, soulevant les rideaux. Au loin, l'océan allait et venait au même rythme, montant et descendant sous la houle comme la poitrine de Kai. Un puffin passa, battant des ailes sans effort, et le monde entier lui parut connecté, battant d'une même pulsation. Était-ce la destinée qui lui souriait, ou elle qui souriait au monde ?

Elle ferma les yeux et se rapprocha encore de Kai. OK, peut-être que c'était le monde qui lui semblait parfait en cet instant. Mais la réalité rôdait toujours alentour, prête à apporter on ne savait trop quoi. Des bonnes surprises. Des mauvaises. Malgré tout, quoi que le sort eût en réserve, elle saurait gérer, parce qu'avec son compagnon, elle avait toute confiance en l'avenir. Elle frotta sa joue contre la sienne, songeant à ceux qui l'avaient aidée au cours des folles péripéties de ces derniers jours. Ella. Boone. Silas. Hunter et Cruz. La destinée allait-elle leur sourire à eux aussi ? Allait-elle leur faire rencontrer le compagnon idéal ?

Elle serra les poings. Elle ferait tout ce qu'elle pourrait pour les aider. Évidemment, pour l'instant, elle était nue et collée à Kai, toutefois le moment venu, elle serait prête. En attendant...

Elle se déplaça lentement, ce qui eut pour effet de plaquer ses fesses contre l'entrejambe de Kai. Par accident, elle le jurait ! Cela n'empêcha pas une toute nouvelle série d'images sensuelles d'affluer dans son esprit.

— Hé, Kai ? murmura-t-elle, lui dessinant un motif sur la main.

— Oui ?

— Cette histoire de morsure d'union, reprit-elle, sur le ton le plus nonchalant qu'elle put. Tu as bien dit qu'elle marchait dans les deux sens ?

— Qu'est-ce que tu veux dire ?

Elle se passa la langue sur les dents. Une vague idée était en train de prendre forme à l'arrière de son esprit ; placée là, sans aucun doute possible, par son côté dragon. Lentement, elle se développa jusqu'à ce qu'elle puisse imaginer parfaitement la scène. Un jour, dans un futur très proche, alors qu'elle ferait l'amour à Kai... Elle serait au-dessus, les épaules rejetées en arrière et les hanches battant contre les siennes. L'instinct la guiderait comme il l'avait guidé lui, et elle s'arrêterait pile au bon moment pour se pencher sur son cou, quand ils seraient à l'apogée de leur plaisir. À cet instant, elle montrerait les dents et lui ferait sa propre morsure d'union. Peut-être même insufflerait-elle sa propre marque dans les traces de la morsure, afin de consolider leur lien.

Kai sourit contre son dos et faufila ses mains jusqu'à ses seins, recommençant à la titiller.

— Oui, ça marche dans les deux sens.

Elle se tortilla, afin de le chevaucher.

— Waouh. Là, maintenant ? protesta-t-il, même si ses yeux pétillaient de désir.

Elle s'esclaffa.

— Peut-être pas la partie morsure, mais nous pouvons toujours nous entraîner, non ? suggéra-t-elle en le taquinant d'un petit coup de dents.

Il lui souleva les hanches jusqu'à ce qu'elle soit parfaitement positionnée au-dessus de son sexe raidi.

— C'est en forgeant qu'on devient forgeron.

— Hmm, murmura-t-elle, en commençant à onduler sur lui.

La langueur lui alourdissait toujours les os, néanmoins une partie d'elle ne parvenait pas à se rassasier de son compagnon.

— C'est parfait, marmonna-t-elle quand elle eut pris le rythme. Tout simplement parfait.

Aperçu: L'appel du loup

Elle ne se souvient pas de son passé. Il ferait tout pour oublier le sien.

Nina ne garde qu'un souvenir flou de qui elle est, et ignore pourquoi deux hommes ont tenté de la tuer lors d'une nuit cauchemardesque. Tout ce qu'elle sait, c'est qu'elle tombe irrésistiblement sous le charme de son sauveur, un homme aux secrets bien gardés.

Avec elle, il se montre tendre, attentionné et amusant… Pourtant, Nina perçoit une part sauvage et féroce chez Boone, ainsi que chez le groupe de vétérans des forces spéciales avec qui il partage une luxueuse propriété en bord de mer. Boone saura-t-il l'aider à retrouver son passé avant que les assassins ne la rattrapent ?

Si le destin frappait à la porte du bungalow de Boone Hawthorne, il le rejetterait immédiatement à la mer ; surtout si le destin commençait à lui chuchoter des inepties sur l'amour et les compagnes prédestinées. Pourtant, un soir, une femme s'échoue sur sa plage privée. Avant même d'en avoir conscience, le loup métamorphe enfreint pour elle toutes les règles qu'il s'est fixé et lui fait des promesses qu'il n'est pas certain de pouvoir tenir.

En fouillant dans le passé de Nina, Boone croise la route d'un ennemi juré, de criminels impitoyables, et d'une ex manipulatrice prête à tout pour le ramener dans son lit. Mais pourra-t-il protéger Nina – et son propre cœur – tout en perçant le mystère de son identité ?

Par Anna Lowe

Aloha Shifters : Les Joyaux du cœur

L'appel du dragon (Tome 1)

L'appel du loup (Tome 2)

L'appel de l'ours (Tome 3)

L'appel du tigre (Tome 4)

L'amour du dragon (Tome 5)

L'appel du renard (Tome 6)

Aloha Shifters : Les Perles du désir

Dragon rebelle (Tome 1)

Ours rebelle (Tome 2)

Lion rebelle (Tome 3)

Loup rebelle (Tome 4)

Cœur rebelle (Tome 5)

Alpha rebelle (Tome 6)

Les Veilleuses du feu : Milliardaires et Gardiens

Les Veilleuses du feu : Paris (Tome 1)

Les Veilleuses du feu : Londres (Tome 2)

Les Veilleuses du feu : Rome (Tome 3)

Les Veilleuses du feu : Portugal (Tome 4)

Les Veilleuses du feu : Irlande (Tome 5)

Les Veilleuses du feu : Écosse (Tome 6)

Les Veilleuses du feu : Venise (Tome 7)

Les Veilleuses du feu : Grèce (Tome 8)

Les Veilleuses du feu : Suisse (Tome 9)

Les Loups de Twin Moon Ranch

Desert Hunt (Tome 1)

Desert Moon (Tome 2)

Desert Blood (Tome 3)

Desert Fate (Tome 4)

Desert Yule (Tome 5)

Desert Heart (Tome 6)

Desert Rose (Tome 7)

Desert Roots (Tome 8)

Sasquatch Surprise (Tome 9)

Blue Moon Saloon

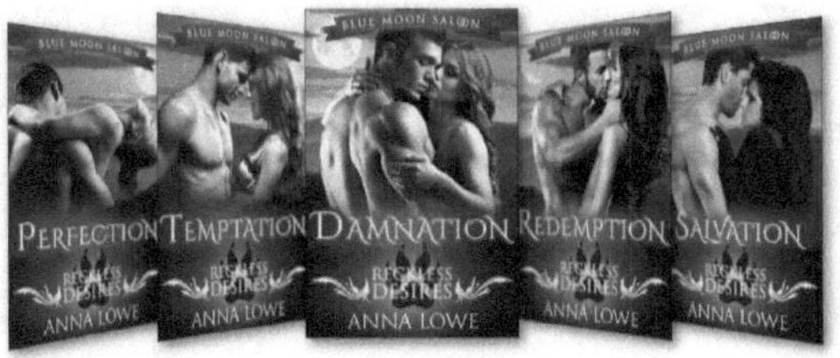

Perfection (Tome 0)

Damnation (Tome 1)

Temptation (Tome 2)

Redemption (Tome 3)

Salvation (Tome 4)

Deception (Tome 5)

Celebration (Tome 6)

Vegas Shifters

Le pari du loup (Tome 1)

Le pari de l'ours (Tome 2)

Le pari de la panthère (Tome 3)

Serendipity Adventure Romance

Off the Charts

Uncharted

Entangled

Windswept

Adrift

Travel Romance

Veiled Fantasies

Island Fantasies

www.annalowe.fr

À propos d'Anna Lowe

Anna Lowe, auteure de best-sellers aux classements USA Today et Amazon, adore rappeler que les héroïnes sont des héros au féminin et faire naître des histoires d'amour passionnées dans des décors enchanteurs. Elle aime les chiens, le sport et les voyages – où elle puise ses inspirations. Si elle n'est pas concentrée sur son ordinateur, à travailler sur sa toute dernière histoire, vous la trouverez en randonnée dans les montagnes ou à vélo sur les routes de campagne. Et sa journée se terminera toujours par un carré de chocolat noir et une bonne lecture.

*Visitez **www.annalowe.fr**.*